Πολίτη Τριαντάφυλλη

ΤΗΝ ΠΑΤΗΣΕΣ

Μυθιστόρημα

Ακακία
PUBLICATIONS

Published in England by AKAKIA Publications, 2015

ΠΟΛΙΤΗ ΤΡΙΑΝΤΑΦΥΛΛΗ

ΤΗΝ ΠΑΤΗΣΕΣ

Μυθιστόρημα

ISBN: 978-1-910714-50-8

Επιμέλεια κειμένου:
Ελευθερία Κοψιδά

Cover Image:
Source: ShutterStock.com / Copyright: James Pyle / File No: 28131883
Mixed and Designed by AKAKIA Publications

Ακακία
PUBLICATIONS

St Peters Vicarage, Wightman Road, London N8 0LY, UK

T. 0044 207 1244 057
F. 0044 203 4325 030

www.akakia.net
publications@akakia.net

2015, London, UK

ΠΕΡΙΕΧΟΜΕΝΑ

Όλα από την αρχή

Λένε ότι ο έρωτας περνάει από το στομάχι. Πολύ αμφιβάλλω! Αν ο έρωτας ακολουθεί κάποιο μονοπάτι, τότε το στομάχι είναι, ίσως, ο τελευταίος προορισμός μετά από πολλές στροφές, στάσεις και σταυροδρόμια.

«Και ποιος είμαι εγώ που αμφιβάλλω ε;» θα μου πεις. Με λένε Γιώργο. Γιώργο Βατζιόλα. Δεν θέλω σχόλια για το επίθετό μου. Άλλο είναι το θέμα μας. Δεν ξέρω αν ο έρωτας είναι ο φτερωτός θεός πάντα έτοιμος να σημαδέψει με τα βέλη του, αυτό που ξέρω είναι πως όταν ερωτευτείς μπλοκάρουν όλα. Ούτε στομάχι δουλεύει, ούτε μυαλό. Τα πόδια σου τρέμουν σαν την αντικρίζεις, και το μόνο που δουλεύει χωρίς σταματημό είναι η καρδιά. Και όχι μόνο δουλεύει, έχει φουλάρει τις μηχανές και νομίζεις ότι θα πεταχτεί έξω από το στήθος σου και θα πάθεις συγκοπή. Τραντάζει τα μέσα σου και το τσιτωμένο δέρμα στο στέρνο σου πάλλεται σαν να είναι τουμπερλέκι. Τραντάζει το πουκάμισο ανάμεσα στο δεύτερο και το τρίτο κουμπί, που πάντα έχεις την εντύπωση πως το βλέπουν όλοι. Τραντάζει ακόμα και το πανωφόρι σου ή ακόμα χειρότερα, το κρεβάτι σου ολόκληρο καθώς προσπαθείς να κοιμηθείς αλλά δεν μπορείς, γιατί τη σκέφτεσαι. Και αν καταφέρεις να κλείσεις για λίγο τα μάτια σου, εξοντωμένος από την κούραση και την ταχυπαλμία, τραντάζει και τα όνειρά σου.

Γνώρισα πριν μερικά χρόνια δύο πολύ ερωτευμένους. Μία μακαρονάδα έφτιαξαν όλη κι όλη κατά τη διάρκεια της σχέσης τους, και αυτή τους έκατσε στο στομάχι. Άτιμο πράγμα ο έρωτας. Άτιμο και ύπουλο. Έρχεται πάντα όταν δεν τον περιμένεις. Αυτά έλεγα και στον Στάθη και με κορόιδευε.

«Μην κοροϊδεύεις γιατί θα 'ρθει μια μέρα που θα με θυμηθείς». Έλεγα εγώ και όσο επέμενα τόσο εκείνος μ' έπαιρνε στο ψιλό. Πού να 'ξερε τότε!

Με τον Στάθη είμαστε μαζί από παιδιά. Μεγαλώσαμε στην ίδια γειτονιά. Ένα σπίτι μας χώριζε. Δεκαεννιά βήματα. Το σχολείο το βγάλαμε παρέα, διαγωγή κοσμία. Σχολείο πηγαίναμε στο Λεβίδι, γιατί το δικό μας χωριό είχε λίγα παιδιά. Αλλά και πιο πολλά να ήταν τα παιδιά, πάλι μαζί θα είμαστε και λόγω ηλικίας, τον περνάω μόνο έξι μήνες, αλλά και λόγω αλφαβητικής γειτνίασης των ονομάτων. Αργυρόπουλος εκείνος, Βατζιόλας εγώ. Μόνο ο Στάθης δεν με κορόιδεψε ποτέ για το επίθετό μου. Τα άλλα παιδιά φώναζαν συνήθως «ο Φρατζόλας», επειδή ήμουν στρουμπουλός. Εντάξει, δε λέω, έτρωγα και λίγο παραπάνω, το παραδέχομαι αλλά κι αυτά ήταν βρομόπαιδα. Τα πρώτα χρόνια ο Στάθης δεν έκανε παρέα με κανέναν. Μέχρι τα επτά του, το θυμάμαι, γιατί μου είχε κάνει εντύπωση, μου έλεγε πως δεν ήθελε άλλο φίλο γιατί είχε ήδη έναν πολύ καλό. Το Θεόφιλο. Αυτόν τον Θεόφιλο, εγώ δεν τον είχα δει ποτέ. Ούτε στη γειτονιά μας έμενε ούτε και στο χωριό τον είχα πετύχει πουθενά. Όταν αρχίσαμε να κάνουμε πιο πολύ παρέα, ο Θεόφιλος εξαφανίστηκε από προσώπου γης και ούτε μου ξαναμίλησε ο Στάθης για δαύτον. Αποκτήσαμε όμως έναν καινούριο φίλο. Τον Φισφιρίκο. Ο Φισφιρίκος ήταν ένα προβατάκι, μανάρι, που λέμε και στο χωριό. Κάθε πρωί μας ξεπροβόδιζε μέχρι τον κεντρικό για το Λεβίδι και κάθε μεσημέρι μας περίμενε στο ίδιο σημείο για να επιστρέψουμε όλοι μαζί. Του σφυρίζαμε κι αυτό ερχόταν. Φις, φις, στο τέλος το βγάλαμε Φισφιρίκο. Όταν ήρθε η ώρα του, η κυρά Ντίνα, η μάνα του Στάθη, πού να 'ξερε η χριστιανή ότι ήταν φιλαράκι μας, το πήρε και το 'σφαξε. Ο Στάθης κόντεψε να πεθάνει. Από τότε δεν ξανάβαλε ποτέ στο στόμα του αρνί. Μετά από αυτό αποφασίσαμε να φτιάξουμε την Ο.Μ.Ε. Ομάδα Μικρών Εξερευνητών. Παίρναμε τα ποδήλατα και γυρίζαμε όλο το χωριό. Είχε ωραία σημεία η Λίμνη. Έτσι λένε το χωριό μας. Ακόμα έχει. Τότε όμως ήταν σχεδόν μαγικά. Θες να τα βλέπαμε έτσι γιατί ήμασταν μικροί; Θες, γιατί δεν τα είχε καλοπατήσει ανθρώπου πόδι; Δεν ξέρω. Αυτό που ξέρω είναι πως δεν είχαμε αφήσει γωνιά ανεξερεύνητη.

Στο γυμνάσιο λογοδοθήκαμε πρώτη φορά. Ήταν όμορφη, στρογγυλή και δερμάτινη. Υποσχεθήκαμε πως δεν θα την εγκαταλείπαμε ποτέ. Ιδρύσαμε τον Παν-γειτονικό. Η πρώτη ομάδα ποδοσφαίρου αποτελούμενη από τέσσερα άτομα όλα κι όλα.

Είμαι σίγουρος πως, τότε, κάποιος μας είδε να παίζουμε και έτσι σκέφτηκε το 4 επί 4.

Με το που τελειώσαμε το σχολείο άρχισαν και οι γκομενοδουλειές. Για μένα δηλαδή, γιατί ο Στάθης είχε ξεκινήσει από πριν τα πονηρά κρυφοκοιτάγματα. Και όχι με τις μικρές, γιατί εκεί δεν μπορούσε να κάνει τίποτε. Με τις μεγαλύτερες, τις έμπειρες, τις περπατημένες. Στα δεκαεφτά κάναμε μόνοι μας τη μεταγραφή μας από τον Παν-γειτονικό και τις αλάνες στο γήπεδο της Ένωσης. Το «Φρατζόλας» έγινε «Τζιανφράνκο», από τον Ιταλό επιθετικό της Τσέλσι, και ήταν η πρώτη φορά που ήμουν περήφανος για το παρατσούκλι μου. Έπαιζα αριστερό μπακ και ο Στάθης κεντρικός αμυντικός. Αυτός κι αν ήταν έρωτας! Ο Στάθης λάτρευε το ποδόσφαιρο. Και μέχρι σήμερα δηλαδή έχει την τρέλα του φανατικού οπαδού. Στο γήπεδο ήταν άνεμος. Οι κερκίδες γέμιζαν κάθε Κυριακή από τις ερωτοχτυπημένες θαυμάστριές του. Και όταν έκανε και το στρατιωτικό; Εκεί να δεις επιτυχίες ο γόης! Μελαχρινός, με καλοδουλεμένο σώμα και στιβαρά χέρια. Άσε και κείνα τα γαλάζια μάτια που σου τράβαγαν αμέσως την προσοχή! Η αλήθεια είναι πώς τον ζήλευα λίγο γι' αυτό αλλά όλο κάτι έβγαζα κι εγώ από δίπλα παρηγορώντας όποια ερχόταν δεύτερη. Κάπως έτσι γνώρισα και τη γυναίκα μου. Φίλη μιας φίλης που θα έβγαινε με τον Στάθη. Ήμασταν κοντά στα είκοσι τέσσερα τότε. Για καλή μου τύχη, της Αρετής δεν της είχε γυαλίσει ο Στάθης. Είχε καταλάβει, απ' τα λεγόμενα της φίλης της, Ελένη στο όνομα, πως, ο Στάθης μας είχε βγει μπερμπάντης. Έτσι διάλεξε εμένα. Παιδί για οικογένεια, για σπίτι. Την ερωτεύτηκα με την πρώτη ματιά και ευτυχώς για μένα υπήρξε άμεση ανταπόκριση. Μετά από μερικά ραντεβού, εγώ τα έφτιαξα με την Αρετή και η Ελένη τα χάλασε με τον

Στάθη, που με τα καμώματά του την είχε κάνει να μετανιώσει την ώρα και τη στιγμή που έμπλεξε μαζί του. Με την Αρετή ήμασταν μαζί κοντά ένα χρόνο όταν ο Στάθης γνώρισε τη Μαρία.

Περίπου τότε ξεκινάει και η ιστορία που θέλω να σου διηγηθώ. Τότε που τα δικά μου μαλλιά είχαν αρχίσει να πέφτουν και του Στάθη να φουντώνουν όλο και περισσότερο για να κρύβουν το άδειο του κεφάλι. Άδειο σαν κενό κανάτι. Αν τα χτυπούσες ταυτόχρονα με τους κόμπους των δαχτύλων σου τον ίδιο ήχο θα έκαναν. Ήταν δέκα Μαΐου το ενενήντα εννιά. Δευτέρα. Είχαμε φιλικό με τον Αιγέα. Σπάνια συνέβαινε να έχουμε αγώνα Δευτέρα, αλλά ο προπονητής μας το είχε σχεδιάσει από καιρό. Ήθελε να δοκιμάσει τις αντοχές μας. Ήταν καλή η ομάδα μας. Συμμετείχε πάντα στο πρωτάθλημα της Β' Εθνικής και δεν θυσίαζε εύκολα τις ημέρες της ξεκούρασης. Χάρη μας κάνανε! Έτσι είπαν.

Βρήκα τον Στάθη ξαπλωμένο στο κρεβάτι του, με ένα λευκό σώβρακο και μια γκρι αμάνικη φανέλα. Είχε βολέψει το κεφάλι του πάνω στον διπλωμένο του αγκώνα και κάπνιζε ένα τσιγάρο. Μάλμπορο μαλακό. Η αγαπημένη του μάρκα. Το δωμάτιο ήταν ακόμα σκοτεινό και μύριζε κλεισούρα και νικοτίνη. Το τρεμουλιαστό γαλάζιο της τηλεόρασης αντανακλούσε στους τοίχους. Μόνο μερικές ηλιαχτίδες γλιστρούσαν από τις γρίλιες του παραθύρου στο ξύλινο πάτωμα. Υποτίθεται ότι παρακολουθούσε τις ειδήσεις αλλά αυτός, αγουροξυπνημένος όπως ήταν με τα μάτια του μισόκλειστα ακόμα, χάζευε την οθόνη σαν υπνωτισμένος. Η εξώπορτα στο πατρικό του ήταν ανοιχτή. Είχα μπει μέσα φουριόζος, ίσια στο δωμάτιό του, χωρίς να νοιαστώ αν ήταν κάνας άλλος εκεί. Ιδρωμένος, από τη βιασύνη και την αγωνία να προλάβω.

«Καλά, ρε! Έτσι είσαι ακόμα;» του είπα μόλις τον είδα. Ούτε καλημέρα ούτε τίποτα.

«Πού 'σαι, γεράκο!», είπε ο Στάθης με βραχνή φωνή, σαν να με περίμενε. Έτσι λέγαμε ο ένας τον άλλον όταν ήμασταν στις καλές μας. Πείραγμα μαζί αλλά κι αλήθεια, για την πρώτη νιότη που είχαμε αρχίσει να χάνουμε. Φύσηξε τον καπνό από το τσιγάρο του και το πέταξε μέσα σε ένα πλαστικό ποτήρι με νερό που είχε πάνω στο κομοδίνο.

«Άσ' τα αυτά τώρα! Κουνήσου. Έχουμε αγώνα, το ξέχασες;», είπα και σκούπισα τον ιδρώτα από το γυμνό μου κεφάλι που είχε αρχίσει να κυλάει μέχρι το σβέρκο. Ο Στάθης σηκώθηκε νωχελικά, στάθηκε μπροστά στο παράθυρο και το άνοιξε διάπλατα. Σαν να ήθελε να δοκιμάσει την υπομονή μου, πήρε μια βαθιά ανάσα, λες και σκόπευε να ρουφήξει όλο τον φρέσκο αέρα, και τεντώθηκε όσο περισσότερο μπορούσε. Μετά σταύρωσε τα δάχτυλα στην κορυφή του κεφαλιού του και έμεινε ασάλευτος να χαζεύει τον καταπράσινο κάμπο. Δεν μίλησα. Τον άφησα για λίγα δευτερόλεπτα με το βλέμμα χαμένο στα πράσινα καλοσχηματισμένα χωράφια, μπας και κατάφερνε να ανοίξει τα πρησμένα μάτια του και φεύγαμε μια ώρα αρχύτερα. Ακούστηκε το τιτίβισμα μερικών σπίνων και το κράξιμο μιας καρακάξας. Ο αέρας έφερε στο δωμάτιο μυρωδιά από πεύκο και αγιόκλημα. Κοίταξα γύρω. Τα ρούχα του Στάθη ήταν πεταμένα δεξιά και αριστερά. Το τζιν στην ξύλινη πολυθρόνα δίπλα από την τηλεόραση, το λευκό πουκάμισο στο σίδερο του κρεβατιού και από κάτω ένα ζευγάρι δερμάτινα σκαρπίνια, λες κι έβλεπες τα πόδια του Σαρλό. Δίπλα στο παράθυρο όπου στεκόταν τώρα ο Στάθης, πάνω στο γραφείο του, ήταν στοιβαγμένα τα ρούχα της ομάδας. Σαν να τα 'χες βγάλει μόλις από το πλυντήριο αλλά πιο βρόμικα. Στο πάτωμα, πεταμένες κάλτσες και τα ποδοσφαιρικά παπούτσια αναποδογυρισμένα, με το χορτάρι ακόμα κολλημένο στα καρφιά τους.

«Τι θα γίνει; Θα σε περιμένουμε πολλή ώρα;», είπα βλέποντας τον Στάθη να μην αντιδρά. Γύρισε και με κοίταξε με απορία.

«Πλάκα μου κάνεις ε;»

«Τι πλάκα, ρε; Μ' έστειλαν να σε φωνάξω».

«Ωχ, άσε με. Ούτε καφέ δεν έχω πιει ακόμα». Μόλις άρχισε να χασμουριέται ξανά, τον πλησίασα και τον τράβηξα από τον αγκώνα.

«Δεν πειράζει! Πίνεις στο δρόμο», είπα και του έδειξα με το βλέμμα την εμφάνιση της ομάδας.

«Έχεις μια γυαλάδα στο μάτι. Να το κοιτάξεις», μου είπε και άρχισε να ντύνεται. Μη φανταστείς, μια ώρα το κάθε μπατζάκι.

«Τι ώρα γύρισες χθες;» τον ρώτησα μόλις πέρασε στο λαιμό του τη φανέλα της Ένωσης.

«Μη ρωτάς καλύτερα!»

«Είχες πει ότι θα δούλευες εφτά-τρεις; Τι έγινε;»

«Ε, Δεν ξέρεις τώρα; Τα συνηθισμένα», είπε καθώς έβαζε τις κάλτσες. «Ήρθε πάλι στο μπαρ η Μαρία. Το ένα ποτό έφερε το άλλο και μετά πήγαμε στο σπίτι της».

«Αα! Γι' αυτό κοιμάσαι όρθιος!» είπα και μου ξέφυγε ένα πονηρό χαχανητό.

«Μπα! Μη χαίρεσαι! Δεν πάει άλλο. Αν έρθει σήμερα στο μπαρ θα της το ξεκόψω να τελειώνουμε. Μου έχει γίνει κολλιτσίδα». Και συνέχιζε να δένει τα κορδόνια των παπουτσιών του.

«Σήμερα δεν είναι τα γενέθλιά σου;»

«Ναι, γέρο μου! Πάλι τα ίδια θα λέμε; Μαζί θα πάμε». Ήταν έτοιμος.

«Μισό λεπτό να κλείσω την τηλεόραση», είπε. Πήρε τα κλειδιά και φύγαμε.

Νύχτα γενεθλίων

Το γήπεδο δεν ήταν μακριά. Κάνα δεκάλεπτο με τα πόδια. Όταν φτάσαμε, οι ομάδες είχαν αρχίσει κιόλας το ζέσταμα. Ο διαιτητής σφύριξε την έναρξη του αγώνα. Το σφύριγμα ήχησε σαν ένεση καφεΐνης στη φλέβα του Στάθη. Το πρώτο ημίχρονο κύλησε ομαλά. Δημιουργήσαμε μια δυο καλές ευκαιρίες αλλά δεν είχαμε καταφέρει να βάλουμε γκολ. Ευτυχώς ούτε και οι αντίπαλοι! Ο Στάθης ήταν μια χαρά. Η μπάλα ήταν το μόνο θηλυκό που όχι μόνο δεν μπορούσε να του αντισταθεί αλλά την κυνηγούσε ασταμάτητα και χωρίς ανταλλάγματα. Αυτή η πλανεύτρα, ένα μήνα πριν, είχε γίνει η αιτία να χαλάσει άλλη μία σχέση του, που έμοιαζε μάλιστα και αρκετά σοβαρή. Αλλά ο Στάθης μας διέψευσε για άλλη μια φορά. Δύσκολα κέρδιζε γυναίκα την εμπιστοσύνη του. Ο ίδιος υποστήριζε πως γνώριζε καλύτερα τα τεχνάσματά τους, αφού μεγάλωσε με δυο αδελφές. Εγώ νομίζω πως έκρινε από τον εαυτό του. Πονηρό μάτι, πονηρό μυαλό!

Τα σαράντα πέντε πρώτα λεπτά πέρασαν χωρίς γκολ

αλλά με μπόλικο ιδρώτα.

«Καλά παίξατε για κορίτσια!», είπε ο Νίκος, ο προπονητής μας. Η ομάδα άρχισε να τον γιουχάρει.

«Άντε μπράβο! Για καθίστε», είπε χτυπώντας δύο φορές τις παλάμες του. Οι μισοί έκατσαν στον πάγκο και οι υπόλοιποι, κι εμείς μαζί, οκλαδόν στο χορτάρι, σε έναν κακοσχηματισμένο μισοφέγγαρο.

«Αργυρόπουλε, από χθες άρχισες να πίνεις για τα γενέθλιά σου;» είπε και ακούμπησε την παλάμη του στο μουσκεμένο κεφάλι του Στάθη. Εκείνος χαμογέλασε σαν σκανταλιάρικο παιδί που τον είχαν πιάσει στα πράσα.

«Στάθη, το βράδυ που θα μαζευτούμε θα 'ναι κι ο έρωτας;» είπε ο Μάκης, ο τερματοφύλακας. Ο Στάθης σούφρωσε το μέτωπο του, βαθαίνοντας τις γραμμές ανάμεσα στα φρύδια του.

«Ποια εννοείς, φίλε μου;».

«Τη Σούλα. Ποια άλλη;» Η έκφρασή του άλλαξε μεμιάς. Τα φρύδια ανασηκώθηκαν, τα μάτια του άνοιξαν διάπλατα και τα χείλη του δημιούργησαν ένα σφιχτό χαμόγελο που ανασήκωσε το πιγούνι του.

«Αυτή κι αν κάνει χρόνια να με δει! Τέτοιο σάλτο από παράθυρο, ούτε στα νιάτα μου! Καλά που ακούσαμε το κλειδί στην πόρτα, δε λες; Ακόμα δεν μπορώ να θυμηθώ αν τα φόρεσα όλα». Γελάσαμε όλοι δυνατά.

«Χήρες, παντρεμένες, όλες στον Αργυρόπουλο! Αυτός τις έχει δύο δύο κι εμάς ούτε να μας κοιτάξουν. Κατάλαβες;» είπε ο Κωστής, κεντρικός επιθετικός της ομάδας και καψούρης με τη Μυρτώ, την κόρη του κυρ-Μπάμπη που έχει το καφενείο στην πλατεία. Κοίταξα τον Στάθη. Είχε χαμηλώσει το βλέμμα και μισοχαμογελούσε σαν να έκρυβε ένα μεγάλο μυστικό.

Η συζήτηση έληξε μόλις ο Νίκος πήρε στα χέρια του το ντοσιέ με το μεταλλικό έλασμα και άρχισε να σχεδιάζει το καινούριο σύστημα που θα έπρεπε να παίξουμε στο δεύτερο ημίχρονο. Μετά τις τελευταίες οδηγίες ξαναμπήκαμε στον αγωνιστικό χώρο. Στο 65ό λεπτό ο Αιγέας άνοιξε το σκορ. Τα πόδια μας βάρυναν απότομα. Δέκα λεπτά μετά, ο Στάθης κάνοντας μια βαθιά μπαλιά, κατάφερε να βρει ξεμαρκάριστο τον Κωστή που με ένα ωραίο σουτ έστειλε την μπάλα στα δίχτυα των αντιπάλων. Είχαμε κουραστεί πολύ. Το παιχνίδι έληξε ισόπαλο. 1-1. Από καθαρή τύχη, δηλαδή. Έτσι όπως σερνόμασταν στο γήπεδο ο Θεός μας λυπήθηκε! Τουλάχιστον τρία θα έπρεπε να είχαμε «φάει».

Το μεγάλο ρολόι του γηπέδου έδειχνε δύο.

«Άντε, γεράκο, πάμε; Είμαι πτώμα!» του είπα. Ο Στάθης κούνησε συγκαταβατικά το κεφάλι. Μάζεψε τα συμπράγκαλά του από τον πάγκο και γυρνώντας προς τους άλλους που ήταν εκεί τριγύρω: «Το βράδυ σας περιμένω όλους», είπε και φύγαμε.

Όταν πέρασε το κατώφλι του σπιτιού, έγειρα για λίγο στο κούφωμα της ορθάνοιχτης πόρτας για να ξαποστάσω. Η μάνα του έστρωνε το τραπέζι. Σε λίγο θα σέρβιρε το φαγητό. Ο Χρήστος και ο Σταύρος, τα δύο του ανίψια, έπαιζαν στο σαλόνι. Καθισμένα κατάχαμα, μπροστά στην τηλεόραση, κυλούσαν κάτι μεταλλικά αυτοκινητάκια πάνω στο χαλί. Προσπαθούσαν να μιμηθούν τους ήχους τους και από τη φασαρία βούιζε όλο το σπίτι. Μόλις τον είδαν, τα παράτησαν όλα στο πάτωμα και έτρεξαν καταπάνω του. Γράπωσαν από ένα του πόδι το καθένα και παραλίγο να τον ρίξουν κάτω.

«Είναι εδώ η Δέσποινα;» ρώτησε την κυρά Ντίνα καθώς προσπαθούσε να περπατήσει. Η Δέσποινα είναι η αδελφή του η μεγάλη.

«Όχι, παιδί μου. Έχει δρόμους να κάνει και μου τ' άφησε να τα φυλάω», είπε η μάνα του και πήγε στην κουζίνα σούρνοντας τις παντόφλες τη. Τα αγόρια τράβηξαν τον Στάθη στο σαλόνι για να του δείξουν τα καινούρια αυτοκινητάκια που τους είχε αγοράσει ο παππούς Σταύρος. Η κυρά Ντίνα μου φώναξε να μπω μέσα. Ήμουν όμως κατάκοπος. Φώναξα και εγώ από την πόρτα ένα «καλή όρεξη» και γύρισα σπίτι.

Γύρω στις τρεισήμισι το κεφάλι του Στάθη είχε βουλιάξει μέσα στο μαλακό μαξιλάρι του. Ροχάλιζε ακατάπαυστα μέχρι και τις έξι που άνοιξε ξανά τα μάτια του και μου τηλεφώνησε. Με ρώτησε αν κοιμήθηκα και μου υπενθύμισε να είμαι στο σπίτι του πριν τις οχτώ, πριν δηλαδή αρχίσει να μαζεύεται το σόι. Μία ώρα μετά ήμουν εκεί. Όπως του είχα υποσχεθεί. Τότε με ενημέρωσαν και για το μεσημεριανό του ξεφάντωμα.

«Ολάκερη συναυλία, γιε μου! Όλο το μεσημέρι μόνο αυτός κοιμήθηκε!» είπε ο πατέρας του.

Αργά το απόγευμα άρχισαν να καταφθάνουν οι πρώτοι συγγενείς. Οι αγκαλιές και τα φιλιά είχαν την τιμητική τους. Ιδιαίτερα από κάτι θείες ξεχασμένες που είχαμε να τις δούμε χρόνια. Τραβούσαν τον Στάθη από το λαιμό για να τον φτάσουν, μιας και όλες ήταν κοντές και στρουμπουλές σαν πιθάρια και μετά τον γράπωναν από τους καρπούς για να μην τους φύγει και άρχιζαν: « Φτου σου, παλικάρι μου! Πώς ομόρφυνες έτσι! Κοτζάμ άντρας. Της παντρειάς!»

Αν εκείνη τη στιγμή περνούσε έξω από το σπίτι κάνας τουρίστας και κρυφοκοίταζε από το παράθυρο θα νόμιζε πως γυρίζουμε ταινία. Σαν εκείνες με τη Μία Βαρντάλος. Εκατό τοις εκατό σου λέω! Ο Στάθης διασκέδαζε πολύ μ' αυτά! Εγώ, πάλι, σκούπιζα κάθε τόσο τα μάγουλά μου από τα υγρά φιλιά που μου προκαλούσαν αηδία, μιας και ήμουν σίγουρος ότι τα μισά από αυτά ήταν αποτέλεσμα της αιωρούμενης μασέλας των γιαγιάδων ή των απογυμνωμένων από δόντια ούλων τους. Εκείνος καμάρωνε περήφανος και καθόταν υπομονετικά να του τσιμπάνε τα μάγουλα και να τον φτύνουν για να μην τον ματιάσουν.

Αφού πέρασε αυτό το βάσανο, καθίσαμε όλοι γύρω από το τραπέζι. Φάγαμε κόκορα κοκκινιστό από τα χεράκια της κυρα-Ντίνας και ήπιαμε ντόπιο λευκό κρασί. Τότε αποκαλύφθηκαν και οι πρωινές δουλειές που είχε να κάνει η Δέσποινα. Είχαν συνεννοηθεί με τη μικρή, τη Μάγδα, την άλλη αδελφή του Στάθη, να του φτιάξουν μια μεγάλη σοκολατένια τούρτα. Της έμπηξαν είκοσι πέντε κεράκια, όσα και τα χρόνια του, και τον έβαλαν να τα σβήσει. Τον χειροκροτήσαμε όλοι θερμά. «Χρόνια πολλά! Κορακοζώητος!» του είπα χαμογελώντας. Η κυρα-Ντίνα άρχισε να σερβίρει. Γενναία κομμάτια! Ίσα που πρόλαβα να φάω ένα στα γρήγορα πριν με πάρει ο Στάθης να φύγουμε για το μπαρ. Η τελευταία μπουκιά κόντεψε να μου κάτσει στο λαιμό.

Τις πρώτες πρωινές ώρες, ο Στάθης, πίσω από την κονσόλα του ήχου με τα ακουστικά ριγμένα στο λαιμό του, έπαιζε τσιφτετέλια και ζεϊμπέκικα. Δίπλα του, είχε ένα χαμηλό ποτήρι γεμάτο ουίσκι και πάγο. Οι ώρες περνούσαν γρήγορα και η παρέα διασκέδαζε πίνοντας και χορεύοντας. Γύρω στις τέσσερις το πρωί η Μαρία τον πλησίασε διστακτικά. Κατάλαβε πως ήθελε να του μιλήσει. Έσκυψε το κεφάλι του και εκείνη κόλλησε τα χείλη της στο αυτί του.

«Θα με πετάξεις μέχρι το σπίτι;» του είπε. Η μουσική σχεδόν κάλυπτε τη φωνή της. Μου έκανε νόημα να πάω κοντά του. Του είπα πως θα γύριζα με τον Μάκη και τον Κωστή, που ήταν ακόμα εκεί. Οι υπόλοιποι είχαν φύγει και στο μαγαζί παρέμεναν μόνο οι γνωστοί θαμώνες. Μου έδωσε ένα δεκαχίλιαρο για τα ποτά. Τα προηγούμενα και τα επόμενα. Συμφωνήσαμε. Ανάθεμα την ώρα. Τη Μαρία την βαριόταν αφάνταστα. Σκεφτόταν πως θα άρχιζε πάλι την γκρίνια, επειδή δεν της είχε δώσει και πολλή σημασία όλο το βράδυ αλλά από την άλλη ήταν μία καλή ευκαιρία για να της μιλήσει. Να ξεκαθαρίσει μαζί της. Κοίταξε το ρολόι του.

«Πάμε», της είπε. Τράβηξε την τελευταία τζούρα από το τσιγάρο του, το πέταξε μέσα στο νερωμένο ουίσκι και έφυγαν.

Βγήκα μέχρι την είσοδο του μπαρ. Ο καιρός ήταν ιδιαίτερα άστατος εκείνο το βράδυ. Η θερμοκρασία δεν ήταν χαμηλή για την εποχή κι ο ουρανός γέμιζε ξαφνικά από σύννεφα που γρήγορα τα έδιωχνε μακριά ο δυνατός αέρας. Και εκεί που έλεγες πως θα βρέξει, να σου πάλι ο ξάστερος ουρανός. Τα τζάμια του αυτοκινήτου ήταν γεμάτα υγρασία και το νωπό χορτάρι μύριζε έντονα. Ο Στάθης άνοιξε την πόρτα του αυτοκινήτου και μπήκε μέσα χωρίς να την κλείσει. Η Μαρία στεκόταν από την πλευρά του συνοδηγού περιμένοντας να της ανοίξει. Είχε διπλώσει τα χέρια γύρω από στήθος της και προσπαθούσε να προφυλαχτεί από τον υγρό αέρα. Τα καρέ μαλλιά της άφηναν το σβέρκο της ακάλυπτο. Από τον ώμο της κρεμόταν μια ασημένια αλυσίδα που κατέληγε σε ένα γυαλιστερό τσαντάκι. Αν τα μετρούσες με το φόρεμα, το τσαντάκι της ήταν πιο μακρύ! Ο Στάθης πήρε ένα στουπί, που ήταν πεταμένο κάτω από το κάθισμα, και σκούπισε το μισό παρμπρίζ. Όσο έφτανε δηλαδή το τεντωμένο του χέρι. Μετά έκατσε στη θέση του οδηγού και απασφάλισε την πόρτα της Μαρίας για να μπει μέσα. Όση ώρα τους κοιτούσα είχα την εντύπωση πως ο Στάθης δεν είχε αποφασίσει ακόμη αν ήθελε να την πάρει μαζί του.

Μπήκα ξανά στο μπαρ με ένα βάρος στο στήθος μου. Σαν να είχα χάσει μεμιάς την όρεξή μου για γλέντι, ξεσήκωσα και τους άλλους να φύγουμε. Ότι είχα μπει στο σπίτι όταν χτύπησε το τηλέφωνό μου. Εγώ ήμουν ο πρώτος που έμαθε τα νέα. Με ειδοποίησε από το νοσοκομείο ένας κοινός μας φίλος. Ο Σωτήρης «ο μάχιμος», όπως τον λέγαμε. Ήταν νοσηλευτής. Εκείνη τη νύχτα είχε βάρδια στα επείγοντα.

«Δυστύχημα; Τι δυστύχημα; Ποιος;» ρωτούσα σαν χαζός. «Είσαι σίγουρος;» Ήταν απόλυτα σίγουρος. Ερχόταν συχνά στο μπαρ που δούλευε ο Στάθης και μόλις τον είδε τον γνώρισε. Το μυαλό μου πήγε στη Μαρία.

«Η κοπέλα που ήταν μαζί του; Είναι καλά;» Η απάντηση δεν ήταν ούτε ναι ούτε όχι. Ξαφνιάστηκα όταν μου είπε πως δεν είχε καμιά κοπέλα μαζί του. Δεν ήταν όμως η ώρα κατάλληλη για άλλες ερωτήσεις. Έπρεπε να ειδοποιήσω.

Πήγα αμέσως στο σπίτι του Στάθη. Μου άνοιξε ο πατέρας του. Όταν του είπα τα μαντάτα έχασε το χρώμα του. Με την κυρα-Ντίνα φύγανε για το νοσοκομείο με την ψυχή στο στόμα. Εμένα δεν με χωρούσε ο τόπος. Πού να μου κολλήσει ύπνος μετά από αυτά. Μάζεψα τους άλλους της ομάδας και πήγαμε στο καφενείο του κυρ-Μπάμπη. Η ώρα πλησίασε οχτώ και μισή.

Στο πρωινό δελτίο βγήκε ως έκτακτη είδηση. Εκεί το άκουσαν πρώτη φορά και οι άλλοι. «Ο νεαρός οδηγός ονόματι Ευστάθιος Αργυρόπουλος νοσηλεύεται σε κρίσιμη κατάσταση στο Παναρκαδικό Νοσοκομείο Τριπόλεως, με πολλαπλά τραύματα στο κεφάλι και το σώμα. Η οικογένειά του περνά ώρες αγωνίας. Απ' την άλλη, οι συγγενείς του άτυχου 53χρονου οδηγού, ζητούν ευθύνες και οργισμένοι απειλούν με προσφυγή στη δικαιοσύνη για τον αδόκητο χαμό του». Δεν μπορούσαν να πιστέψουν ότι αυτό που άκουγαν αφορούσε τον φίλο τους. Αυτόν, που διασκέδαζαν μαζί του το προηγούμενο βράδυ. Αυτός, ο ίδιος άνθρωπος, που παίζανε μαζί στην ίδια ομάδα, που ήταν δυνατός και υγιής, κινδύνευε τώρα να χάσει τη ζωή του. Αλλά να μου πεις, εγώ μπορούσα να το πιστέψω; Τι λέω για τους άλλους; Ανάθεμα την ώρα που τον άφησα να γυρίσει μόνος του με τη Μαρία. Ίσως αν είχα πάει μαζί του να μη συνέβαινε τίποτα. Με εκείνη, πάλι, φοβόμουν να επικοινωνήσω. Δεν ήξερα τι είχε συμβεί. Στους άλλους, τον Μάκη και τον Κωστή, τα μπάλωσα όπως όπως. Τα μπουρδούκλωσα με ό,τι μου 'ρθε στο κεφάλι. Δεν νομίζω να με πίστεψαν, αλλά μέσα στην αγωνία τους για τον Στάθη δεν ασχολήθηκαν άλλο μαζί μου. Το καλύτερο που είχα να κάνω τώρα ήταν να περιμένω.

Το δελτίο συνέχιζε να μεταδίδει χωρίς να μιλάει κανείς. «Αλλάζουμε τώρα θέμα καθώς έχουμε ένα...» Ο κυρ-Μπάμπης, έκλεισε την τηλεόραση ξεφυσώντας στεναχωρημένος. Κάποιοι πελάτες άρχισαν να διαμαρτύρονται.

«Σωπάτε, ρε παιδιά! Σωπάτε! Τα πράματα είναι σοβαρά με το παλικάρι. Θα την ανοίξω σε λίγο», είπε κουνώντας νευρικά το χέρι του. Μετά σκούπισε το μέτωπό του και ξεφύσησε άλλη μια φορά. Πήρε μια καρέκλα, την γύρισε ανάποδα και την καβάλησε.

«Μάθατε τίποτα νεότερο από το νοσοκομείο;» είπε γυρίζοντας προς το μέρος μου και ακούμπησε τα μπράτσα του στην πλάτη της καρέκλας. Κούνησα το κεφάλι μου αρνητικά. Δεν μπορούσα ούτε να τον κοιτάξω. Είχα κολλήσει το βλέμμα μου στο μωσαϊκό και η φωνή μου έβγαινε τρεμάμενη.

«Οι γονείς του; Πώς είναι;»

«Πώς να 'ναι κυρ-Μπάμπη; Η μητέρα του κοντεύει να καταρρεύσει. Όχι ότι ο πατέρας του πάει πίσω. Είναι βλέπεις και μοναχογιός. Οι γιατροί κρίνουν ότι η κατάσταση είναι σταθερή, αλλά δεν μπορούν να πουν τίποτε άλλο αν δεν περάσουν σαράντα οχτώ ώρες». Σήκωσα το κεφάλι μου και τον κοίταξα για μερικά δευτερόλεπτα. Μετά το άφησα να ξαναπέσει τόσο χαμηλά που το πιγούνι μου κόντευε να ακουμπήσει στο στήθος μου. «Το τραύμα στο κεφάλι είναι αυτό που τους ανησυχεί περισσότερο. Μέχρι να ανακτήσει τις αισθήσεις του δεν μπορούν να ξέρουν». Ένιωσα τα μάτια μου να γεμίζουν. Έσφιξα τα δόντια μου. Ξεροκατάπια και δεν μίλησα άλλο.

Το απόγευμα όλες οι τοπικές εφημερίδες το είχαν πρωτοσέλιδο:

ΜΟΙΡΑΙΟ ΤΡΟΧΑΙΟ ΣΤΗΝ ΕΘΝΙΚΗ. ΘΛΙΒΕΡΟΣ ΑΠΟΛΟΓΙΣΜΟΣ ΜΕ ΕΝΑΝ ΝΕΚΡΟ ΚΑΙ ΕΝΑΝ ΣΟΒΑΡΑ ΤΡΑΥΜΑΤΙΑ.

«... Η σύγκρουση με το διερχόμενο αυτοκίνητο ήταν σφοδρή. Ο οδηγός του Φίατ, Ευστάθιος Αργυρόπουλος, έπεσε με μεγάλη ταχύτητα, επάνω στην πόρτα του οδηγού της Λάντσια Εμμανουήλ Δέδε, ο οποίος δεν πρόλαβε να αντιδράσει. Το αυτοκίνητό του εξετράπη της πορείας του και ανατράπηκε, με αποτέλεσμα ο οδηγός του να βρει ακαριαίο θάνατο στην πρόσκρουσή του με το έδαφος. Το Φίατ καρφώθηκε με δύναμη πάνω στην δεξιά νησίδα του δρόμου και ο νεαρός Αργυρόπουλος νοσηλεύεται τώρα στο νοσοκομείο της Τριπόλεως με σοβαρά τραύματα στο κεφάλι», έγραφαν τα Αρκαδικά Νέα. Από κάτω, είχαν δύο φωτογραφίες των αυτοκινήτων μετά τη σύγκρουση. Ήταν και τα δυο για κλάματα!

Με βλέμμα καθαρό

Την επομένη πήγα στο νοσοκομείο. Έξω από την εντατική βρίσκονταν οι γονείς του και οι δυο του αδελφές. Η μυρωδιά του νοσοκομείου διάχυτη παντού. Ο πατέρας του κοιτούσε μέσα από το τζάμι του θαλάμου. Τον πλησίασα. Το κεφάλι του Στάθη ήταν δεμένο με γάζες. Μια θαμπωμένη, από τα χνότα, μάσκα οξυγόνου έκρυβε τη μύτη και το στόμα του. Με τον ορό στο αριστερό του χέρι, κατάχλωμος, με τα μάτια κλειστά, έδειχνε εντελώς αβοήθητος. Ακούμπησα το χέρι μου στον ώμο του κυρ-Σταύρου χωρίς να πω τίποτα! Τι να του 'λεγα άλλωστε;

Η μητέρα του, καθισμένη σε μια πλαστική καρέκλα στη μέση του διαδρόμου, είχε στερεώσει το κεφάλι της στις παλάμες της και έκλαιγε απαρηγόρητη. Η Μάγδα της χάιδευε τους ώμους και προσπαθούσε να την ηρεμήσει, ενώ η Δέσποινα πηγαινοερχόταν ανήσυχη πάνω κάτω στο διάδρομο. Ο μόνος ήχος που ακουγόταν, όταν ησύχαζε για λίγο το κλάμα της μάνας του, ήταν οι παλμοί της καρδιάς του Στάθη από τον καρδιογράφο της εντατικής.

Έμεινα εκεί, δίπλα στην τζαμένια πόρτα, πάνω από τέσσερις ώρες. Κοιτούσα επίμονα τα χέρια του μήπως δω κάποια κίνηση, έστω και σπασμωδική και περίμενα ότι από στιγμή σε στιγμή θα άνοιγε τα μάτια του. Μάταια όμως. Ο πατέρας του, που κατάλαβε την αγωνία μου, με τράβηξε από το τζάμι. Με χτύπησε ελαφρά στην πλάτη και μου πρότεινε να με γυρίσει εκείνος στο χωριό. Δεν δέχτηκα. Έμεινα εκεί όλο το βράδυ, πλάι στην κυρα-Ντίνα και τη Δέσποινα. Με παρηγοριά λίγο ζεστό καφέ από το αυτόματο μηχάνημα του νοσοκομείου, πάλευαν κι εκείνες όλη νύχτα με την αγωνία και την κούραση. Περπατούσαν πέρα δώθε χωρίς να μιλούν και κάθε τόσο κοιτούσαν μέσα από το προστατευτικό τζάμι. Τις περισσότερες φορές αντάλλασσαν κάποιο βλέμμα άλλοτε ανήσυχο και άλλοτε βουρκωμένο. Άλλες, μια κουβέντα παρηγοριάς, ελπίδας και μετά ξανά ησυχία. Ποτέ πριν η ησυχία δεν ήταν τόσο ενοχλητική. Και εγώ; Ζήτημα να είπα δυο κουβέντες όλο το βράδυ. Είχα κάτσει σε μια γωνιά με το κεφάλι κατεβασμένο να κοιτάζω τα φαγωμένα νύχια μου. Μόνο να γίνει καλά. Αυτό σκεφτόμουν συνέχεια. Αν δεν τα κατάφερνε θα πέθαινα από τις τύψεις.

Το ξημέρωμα ήρθε και ο κυρ-Σταύρος. Βρήκε τη γυναίκα του και την κόρη του να κοιμούνται αποκαμωμένες, καθισμένες στραβά στα άβολα καθίσματα του διαδρόμου, η μία απέναντι από την άλλη. Με κοίταξε και μου έγνεψε για καλημέρα. Ανταπέδωσα. Με αργά βήματα πλησίασε τη Δέσποινα και ακούμπησε απαλά το χέρι του στον ώμο της. Εκείνη άνοιξε τα μάτια.

«Τι ώρα είναι;» του είπε ψιθυριστά. Ο πατέρας της, έπιασε με το δεξί του χέρι το ρολόι και προσπάθησε να διακρίνει τους δείκτες.

«Πάει πέντε και είκοσι. Έγινε τίποτα;» Την κοίταξε κατάματα σαν να περίμενε να του αποκαλύψει κάποιο μεγάλο θαύμα.

«Τίποτα», είπε η Δέσποινα και έριξε το βλέμμα χαμηλά. Δευτερόλεπτα αργότερα, η κυρα-Ντίνα πετάχτηκε ξαφνιασμένη στο κάθισμά της, αναλογιζόμενη πού ήταν και τι συνέβαινε. Είχε αφεθεί στη γαλήνη του ύπνου και αντέδρασε σαν να ήταν ένοχη για κάτι. Έτριψε τα μάτια της με τα δάχτυλά της και κοίταξε τον άντρα της αφηρημένα. Τακτοποίησε λίγο τα άσπρα της μαλλιά και μετά πλησίασε σέρνοντας αργά τα πόδια της στο δωμάτιο του Στάθη. Πήγα κοντά της.

«Δεν είναι τόσο χλωμός όσο χθες ε;» σιγομίλησε καθώς τον κοιτούσε, αλλά δεν τόλμησε να πει στους άλλους τη σκέψη της. Φοβόταν η καψερή. Όχι τους δικούς της ανθρώπους. Τη μοίρα. Μην την έβγαζε ψεύτρα. Έκανε να φύγει, όμως εκείνη τη στιγμή κάτι άκουσε και σταμάτησε ξαναγυρνώντας απότομα. Η Δέσποινα και ο πατέρας έτρεξαν κι αυτοί προς το μέρος μας. Κοιτάζοντας μέσα στο θάλαμο, είδαμε τον Στάθη να προσπαθεί να γυρίσει το σώμα του αλλά ο δυνατός πόνος απ' τα πλευρά του τον έκανε να βγάλει ένα βογκητό.

«Δόξα τω Θεώ!» είπε με ανακούφιση η μάνα του! Ποιος να της το 'λεγε πως θα έβλεπε τον γιο της να πονάει και θα αναφωνούσε «Δόξα τω Θεώ»! Της αρκούσε έστω κι αυτό το βογκητό, που είχε ξυπνήσει μετά από τόσες ώρες. Πισωπάτησα με το βλέμμα καρφωμένο στον Στάθη. Ένιωσα τα γόνατά μου να λυγίζουν, τα χέρια μου να τρέμουν. Έκατσα σε μια καρέκλα στην άκρη του διαδρόμου.

«Τρέξε να φωνάξεις το γιατρό», είπε ο κυρ-Σταύρος στην κόρη του. Έπιασε τη γυναίκα του από το μπράτσο και έμειναν να τον κοιτάζουν ακίνητοι, σαν μαρμαρωμένοι. Λίγα λεπτά αργότερα ο γιατρός μαζί με μια νοσοκόμα διέσχιζαν βιαστικά το διάδρομο. Άνοιξαν την πόρτα της εντατικής και μπήκαν μέσα απομακρύνοντας τους γονείς που έκαναν απανωτές ερωτήσεις.

«Ηρεμήστε παρακαλώ!» είπε ο γιατρός και τους άφησε να κοιτάζουν από την πόρτα καρδιοχτυπώντας. Ο Στάθης άνοιξε τα μάτια του και κοίταξε γύρω του. Ήταν ζαλισμένος και δεν είχε συνειδητοποιήσει ακόμη πού βρισκόταν. Η όρασή του δεν είχε καθαρίσει εντελώς. Όλα τα έβλεπε θολά. Ο γιατρός άρχισε να τον εξετάζει. Του έκανε ερωτήσεις, κυρίως προσωπικές, για να διαπιστώσει τι θυμόταν κι αν είχε επαφή με το περιβάλλον. Όλα πήγαιναν καλά. Η θολούρα δεν προκαλούσε ανησυχία, ήταν από τα φάρμακα που του είχαν χορηγήσει. Θα υποχωρούσε μέχρι το βράδυ. Ο γιατρός βγήκε από τον θάλαμο χαμογελαστός.

«Γερό σκαρί! Σιδεροκέφαλος! Είστε η οικογένεια;» Κούνησαν κι οι τρεις μαζί το κεφάλι χωρίς να μιλήσουν. Η κυρα-Ντίνα είχε μπλέξει τα δάχτυλα της, λες και όλη εκείνη την ώρα προσευχόταν όρθια και περίμενε να ακούσει τα όσα είχε να τους πει ο γιατρός.

«Είναι πολύ καλά. Έχει συνέλθει εντελώς. Τα πλευρά του θα τον πονάνε για μερικές ημέρες γιατί πιέστηκαν αρκετά. Ευτυχώς, δεν έχει σπάσει τίποτα. Το μεσημέρι θα τον μεταφέρουμε σε κανονικό δωμάτιο».

Τα νέα διαδόθηκαν γρήγορα. Η Δέσποινα ειδοποίησε

τη Μάγδα, που είχε μείνει στο σπίτι για να μαγειρέψει για τους γονείς και εγώ πήρα τον Νίκο.

Το ίδιο απόγευμα ξαναπήγα στο νοσοκομείο. Ήθελαν να έρθουν και οι άλλοι, αλλά ο γιατρός δεν επέτρεπε πολλές επισκέψεις. Χτύπησα την ανοιχτή πόρτα και κοντοστάθηκα κάπως αμήχανα. Στο πλάι του καθόταν η μάνα του και στα πόδια του κρεβατιού η Μάγδα. Προχώρησα προς το μέρος του. Εκείνος μου χαμογέλασε λες και μου είχε σκαρώσει κάποια φάρσα.

«Πώς είσαι γεράκο μου; Αναστήθηκες;» είπα και ακούμπησα τα χέρια μου στο κρεβάτι του. Ένιωθα μια λιγοψυχιά, που μάλλον είχε αποτυπωθεί σε κάθε γραμμή του προσώπου μου.

«Σε τρόμαξα, φίλε;» είπε ο Στάθης και μου έσφιξε το χέρι. Ήταν χλωμός ακόμα αλλά είχε δύναμη.

«Πάντως τώρα νιώθω καλύτερα».

«Έχε χάρη που είναι εδώ η μάνα σου. Αλλιώς θα τ' άκουγες», του είπα. Έκατσα σε μια καρέκλα πλάι του. Όσα τον ρώτησα, τα θυμόταν όλα. Πριν το ατύχημα και μετά. Δεν μπορούσε με τίποτα να θυμηθεί πώς έγινε. Είδε το αυτοκίνητο να μπαίνει μπροστά του και μετά κενό. Κάποια στιγμή η κυρα-Ντίνα πήρε τη Μάγδα και βγήκαν έξω.

«Πήγα κα γύρισα, φίλε!» έλεγε και ξανάλεγε όση ώρα ήμασταν μόνοι μας στο δωμάτιο. Ένιωσε να χάνει τη ζωή του αλλά επέστρεψε σαν από θαύμα. Σαν να ξεγέλασε το θάνατο. Όταν άνοιξε τα μάτια του στην εντατική ταράχτηκε πολύ. Συνειδητοποίησε ότι θα μπορούσε να είχε πεθάνει για το τίποτα! Μου είπε και για τη Μαρία.

«Έως τα μισά της διαδρομής δεν είχαμε ανταλλάξει

κουβέντα. Έψαχνε μια αφορμή για να ανοίξει τη συζήτηση».

«Είχε καταλάβει, από γυναικεία διαίσθηση, πως κάτι δεν πήγαινε καλά. Έτσι μας είχε πει», του είπα. Ο Στάθης ξεκίνησε να μου αφηγείται με κάθε λεπτομέρεια:

«Ευχαριστώ που προσφέρθηκες να με γυρίσεις», μου λέει με μισοκακόμοιρο ύφος. Μου το έπαιζε καλή.

«Δεν χρειάζεται να μ' ευχαριστείς», της λέω εγώ χωρίς καν να την κοιτάξω. «Άλλωστε δεν προσφέρθηκα εγώ, εσύ το ζήτησες». Κούνησε το κεφάλι της. Τότε ξεκίνησε το ταβατούρι.

«Ώστε δεν είναι ιδέα μου, λοιπόν. Κάτι έχεις. Έτσι δεν είναι;» μου λέει.

«Άσε με, ρε Μαρία, στην κούραση μου!», της λέω εγώ. «Αφού δεν κολλάμε, δεν το καταλαβαίνεις;». Τι ήταν να το πω αυτό; Έγινε θηρίο.

«Λογικό», είπα και έσφιξα τα δόντια. Εκείνος συνέχισε το ίδιο παραστατικά:

«Χθες το βράδυ όμως, που ήσουν κολλημένος επάνω μου δεν μου έδινες αυτή την εντύπωση», μου λέει τονίζοντας τη λέξη κολλημένος. Σούφρωσα τα φρύδια μου. Είχε αρχίσει να με νευριάζει. «Ωχ, έλα τώρα!» της λέω. «Μην αρχίζεις πάλι τα ίδια! Καταλαβαίνεις τι εννοώ». Έσκυψα και έπιασα το πακέτο με τα τσιγάρα μου από την κονσόλα του αυτοκινήτου. Η Μαρία είχε γυρίσει το σώμα της προς το μέρος μου, και διαμαρτυρόταν με χειρονομίες. Έβγαλα από το πακέτο ένα τσιγάρο και το άναψα χωρίς να δίνω σημασία. Μετά φύσηξα τον καπνό στο πρόσωπό της και την κοίταξα αγριεμένος.

Έκανε μία παύση. Ένας πόνος στα πλευρά τού έκοψε

στιγμιαία την ανάσα.

«Άσ' τα αυτά τώρα», του είπα. Αλλά εκείνος επέμενε. Ήθελε να μου τα πει:

«Σταμάτα να φωνάζεις κι άκουσέ με», της λέω.

«Τι ν' ακούσω, ρε Στάθη; Τις βλακείες που θα πεις σαν δικαιολογίες επειδή βαρέθηκες; Ή νομίζεις πως δεν ξέρω τι κάνεις όταν φεύγεις από μένα; Έχω κι εγώ φίλους. Και σε βλέπουν, αγόρι μου!» μου λέει.

«Και τι βλέπουν δηλαδή τα φιλαράκια σου;»

«Ρωτάς;» μου λέει. «Δεν ντρέπεσαι να ρωτάς;» Και μετά είπε κάτι για το ύφος μου.

«Και αφού γυρίζω και μυρίζω, όπως λες, τι θέλεις τότε μαζί μου;» της απαντάω.

«Ποπό! Με κούραζε τόσο πολύ αυτή η συζήτηση. Ήταν ανούσιο για μένα όλο αυτό», μου είπε ο Στάθης μορφάζοντας. Μετά άλλαξε τη χροιά της φωνής του παριστάνοντας τη Μαρία.

«Είμαι ηλίθια! Γι' αυτό! Γιατί δεν ήθελα να πιστέψω κανέναν. Αλλά είχαν δίκιο τελικά, παλιομαλάκα!»

«Ακούς; Παλιομαλάκας. Μας βγήκε και από πάνω το Μαράκι! Ούρλιαζε στο αυτοκίνητο σαν υστερική. Τότε φρέναρα απότομα. Η ζώνη ασφαλείας την τράβηξε με δύναμη και την ανάγκασε να ακινητοποιηθεί στη θέση της. Τα χρειάστηκε. Το είδα στα μάτια της», είπε και γέλασε βραχνά.

«Είσαι κι εσύ, ρε παιδί μου, άμα σε πιάσει», του είπα. Αλλά με σταμάτησε πιάνοντας τον καρπό μου.

«Της είπα να κατέβει. Την κοιτούσα ίσια στα μάτια».

«Φαντάζομαι τη φάτσα σου. Νονός νούμερο δύο. Το βλέμμα που σκοτώνει».

«Άκου, ντε! Εκείνη με κοίταξε σαν χαμένη. Δεν πίστευε πως το εννοούσα. Ήμασταν ακόμα μακριά από το χωριό και ολόγυρά μας υπήρχαν μόνο χωράφια. Δεν περνούσε ψυχή εκείνη την ώρα από κει. Της φώναξα να κατέβει. Τα μάγουλά της κοκκίνισαν και τα χέρια της έτρεμαν. Με κοίταξε με μίσος. Έβγαλε τη ζώνη που την κρατούσε ακόμα σφιχτά, άνοιξε την πόρτα και την ξανάκλεισε πίσω της με όση δύναμη είχε. Ξεκίνησα απότομα με τους τροχούς να σπινιάρουν. Την άκουσα να ουρλιάζει «Μαλάκα!» καθώς τη κοίταζα φευγαλέα από τον καθρέφτη. Αυτή η καρακάξα έφταιγε για ό,τι έπαθα. Ένιωθα τα μελίγγια μου να χτυπάνε. Λίγα μέτρα μπροστά ο δρόμος ήταν κλειστός. Μερικά σήματα της τροχαίας με οδηγούσαν σε παράκαμψη μέσω της Εθνικής. Βλαστήμησα την τύχη μου και έστριψα αριστερά. Δεν έβλεπα καλά, τα φώτα του δρόμου αντανακλούσαν στα θολωμένα τζάμια. Ένιωθα το κεφάλι μου βαρύ και άνοιξα το παράθυρο. Άπλωσα το χέρι μου κάτω από το κάθισμα και έψαξα για ένα μπουκάλι νερό που είχα συνήθως αφημένο εκεί. Για κάποια δευτερόλεπτα πήρα τα μάτια μου από το δρόμο. Εκείνη ακριβώς τη στιγμή άκουσα ένα μακρόσυρτο κορνάρισμα και μόλις κοίταξα ξανά το δρόμο είδα ένα λευκό αυτοκίνητο να μπαίνει κάθετα στη λωρίδα μου σε απόσταση περίπου δύο μέτρων. Το επόμενο πράγμα που θυμάμαι είναι ο ήχος από τη σειρήνα του ασθενοφόρου».

Από τη μια σκέφτηκα τη Μαρία. Τυχερή ήταν. Από την άλλη τη συμπεριφορά του Στάθη. Τι να του 'λεγα; Χαιρόμουν μόνο που ήταν ζωντανός.

Ήξερε ότι δεν είχε φερθεί σωστά στη Μαρία, αλλά δεν το μετάνιωνε. Τη χρέωνε για την ένταση και τη σύγχυση που είχε στο μυαλό του εκείνη τη νύχτα. Για την γκρίνια της. Ποιος ξέρει τι θα του έσουρναν πάλι στο χωριό άμα μαθευότανε. Κλειστή κοινωνία, βλέπεις! Δεν ξεφεύγει τίποτα! Άσε που η φήμη του Στάθη προηγούνταν της παρουσίας του. Ξενύχτης και γυναικάς. Ήταν να μην του κρεμάσουν την ταμπέλα. Ο πατέρας του, τον καταλάβαινε, σαν άντρας, καλύτερα και τον δικαιολογούσε σε πολλά αλλά κι αυτός δεν στενοχωριόταν λιγότερο. Στο καφενείο της πλατείας άκουγε πάντα παράπονα για τον Στάθη. Δεν ήταν κακός έλεγαν. Επιπόλαιος. Επιπόλαιος κι εγωιστής. Τώρα όμως, περισσότερο απ' όλους, λυπήθηκε τη μάνα του, που την είδε να κλαίει γερμένη πάνω στο κρεβάτι του. Ήταν άδικο να την πικραίνει τόσο. Είχε φτιάξει μια ζωή που τελικά δεν του άρεσε. Προσπαθούσε να αποδείξει πως έχει αξία, αλλά όχι με τον σωστό τρόπο.

Την επομένη ξύπνησε με βλέμμα καθαρό. Ανοιγόκλεισε μόνο δυο τρεις φορές τα βλέφαρα σαν άλλους υαλοκαθαριστήρες και η όρασή του καθάρισε όπως το σκονισμένο τζάμι. Από εκείνο το πρωινό και μετά παρέλασε, από το δωμάτιό του, όλη μας η ομάδα. Με πρώτο και καλύτερο τον Νίκο.

«Που 'σαι, βρε κουτσουροκέφαλε;» είπε στον Στάθη ζωηρά μόλις τον είδε. Ο ένας μετά τον άλλον του μετέφεραν τη ζωντάνια και την υποστήριξη που τόσο χρειαζόταν. Πήρε αληθινό κουράγιο. Άρχισε να σκέφτεται το πότε θα βγει από το νοσοκομείο. Ονειρευόταν ένα νέο ξεκίνημα. Κάτι είχε κουνηθεί μέσα στο ξεροκέφαλό του και άρχισε να σκέφτεται. Και να πεις ότι δεν τα συζητούσαμε; Αλλά όταν πείσμωνε ο Στάθης, δεν άκουγε κανέναν. Ούτε κι εμένα. Και ας ήξερε πως δεν μιλούσα για κακό.

Πέρασε περίπου μία εβδομάδα μέχρις ότου να του βγάλουν τους επιδέσμους από το κεφάλι. Του ξανακάνανε αξονική και μαγνητική. Ήθελαν να αποκλείσουν την πιθανότητα αιματώματος. Κάποιο περίεργο σύμπτωμα δεν είχε. Ωστόσο, όπως μας είπε «ο μάχιμος», οι γιατροί ήθελαν να είναι σίγουροι πριν δώσουν εξιτήριο. Τελικά, βγήκε τρεις ημέρες μετά. Στο μπαρ δεν είχε σκοπό να ξαναπάει. Πήρε αναρρωτική και έκατσε στο σπίτι να σκεφτεί τι θα έκανε πλέον με τη ζωή του. Απ' την άλλη οι συγγενείς του ανθρώπου που σκοτώθηκε ετοιμάζονταν να τον βάλουν σε μπελάδες. Ο κυρ-Σταύρος είχε ήδη ξεκινήσει τα πάρε-δώσε με τους δικηγόρους.

Καιρός για αλλαγές

Στο καφενείο της πλατείας άλλοι δέχτηκαν τα νέα με ανακούφιση και άλλοι με ένα έντονο αίσθημα αδικίας. Οι δεύτεροι, οι «καλοθελητές», θεωρούσαν ότι μπορούσαν να σχολιάζουν με περίσσια κακία και σιγουριά πως ο «αλητάμπουρας ο Αργυρόπουλος» ήταν υπεύθυνος για το ατύχημα. «Πάλι πιωμένος θα 'τανε. Δεν τον ξέρουμε τον ανεύθυνο! Αυτός πήρε τον άνθρωπο στο λαιμό του». «Φονιάς ο γιος του Αργυρόπουλου» και άλλα τέτοια.

Οι νεότεροι και πιο υποψιασμένοι έλεγαν πως δεν μπορεί να έφταιγε εκείνος, αφού οδηγούσε σε Εθνικό δρόμο, όταν πετάχτηκε μπροστά του το Λάντσια. Τι θα μπορούσε να κάνει; Η οικογένεια του θύματος ζητούσε χρηματική αποζημίωση. Στείλανε τον δικηγόρο τους με την αγωγή στο χέρι να βρει τον κυρ-Σταύρο στο σπίτι. Εβδομήντα πέντε εκατομμύρια δραχμές ζητούσαν οι αθεόφοβοι. Όταν το άκουσε ο Στάθης, κατέβασε τη σημαία μεσίστια. Πού θα τα βρίσκανε τόσα λεφτά;

«Κάτσε, βρε παιδί μου. Θα πρέπει να σε κρίνουν

ένοχο πρώτα», του είπε ο δικηγόρος τους. Όμως εκείνος φοβόταν, γιατί αυτά τα κοράκια που είχαν μαζευτεί γύρω από τον πεθαμένο, κάποιον γνωστό πρέπει να είχαν μέσα στις μεγάλες δικαστικές πόρτες. Κάποιος είχε κινήσει τα νήματα και η αγωγή είχε εξαγγελθεί ώσπου να πεις κύμινο.

Ο Στάθης καταλάβαινε το κλίμα που επικρατούσε, κυρίως το μεσημέρι όταν επέστρεφε ο πατέρας του στο σπίτι. Ήταν πάντα πολύ στενοχωρημένος και νευρικός.

Όταν οι πόνοι στα πλευρά υποχώρησαν, αποφάσισε πως ήταν καιρός να βγει. Ήθελε να αντιμετωπίσει μόνος του τη νέα πραγματικότητα που ο ίδιος είχε δημιουργήσει. Η πρώτη του σκέψη ήταν να έρθει στο γήπεδο να μας δει, αλλά ήθελε να κάνει και μια στάση στο καφενείο για να βρει τον πατέρα του. Παρά τις μικρές αποστάσεις, ένιωσε να κουράζεται γρήγορα. Οι αντοχές του έμοιαζαν με ταλαιπωρημένου από τα χρόνια γέρου, που με τα χέρια πίσω από την πλάτη περπατούσε αργά και προσεκτικά σαν χελώνα. Εκείνο τον καιρό είχα κάθε δικαίωμα να τον φωνάζω γεράκο. Όμως τότε που μπορούσα δεν πήγαινε η καρδιά μου.

Έδωσε κουράγιο στον εαυτό του και προχώρησε χωρίς να το πολυσκέφτεται. Έφτασε πιο γρήγορα απ' ό,τι υπολόγιζε. Ήταν ακριβώς έξω από την πόρτα του καφενείου όταν από μέσα ακούστηκαν φωνές. Είδε τον πατέρα του όρθιο να λογομαχεί έντονα με ένα γείτονα και μακρινό συγγενή του.

«Αυτός ο αλήτης ο γιος σου φταίει. Λες και δεν τον ξέρουμε;» έλεγε στον κυρ-Σταύρο και χειρονομούσε έντονα. Εκείνον τον κρατούσε από το μπράτσο ο καφετζής.

«Άσ' τον, Σταύρο. Μην απαντάς. Δεν αξίζει τον κόπο!» έλεγε ο κυρ-Μπάμπης στην προσπάθειά του να τον ηρεμήσει. Ο Στάθης έσπρωξε την πόρτα με δύναμη και την άνοιξε διάπλατα. Ο μεταλλικός σκελετός της χτύπησε στον τοίχο και τράνταξε όλη την τζαμαρία. Ο δυνατός θόρυβος διέκοψε τις φωνές. Όλοι γύρισαν τα κεφάλια τους προς το μέρος του. Ο Στάθης κοίταξε τον γείτονά τους.

«Τι συμβαίνει, μπάρμπα Θανάση; Θες να μου πεις κάτι;» Ήταν πολύ θυμωμένος.

«Ό,τι είχα να πω το είπα», είπε εκείνος και μετά γύρισε το κεφάλι του περιφρονητικά και έκατσε στην καρέκλα του κοιτάζοντας αλλού.

«Να μου κάνεις τη χάρη ό,τι θέλεις να το λες σε μένα. Όχι στον πατέρα μου...» του είπε και τους πλησίασε ακόμα περισσότερο. «Και καλά θα κάνεις να κοιτάς τους δικούς σου γιους. Κατάλαβες;» τελείωσε τη φράση του υψώνοντας ακόμα περισσότερο τον τόνο της φωνής του. Ο άλλος δεν απάντησε. Δεν κουνήθηκε καν. Τα μάτια του Στάθη γυάλιζαν και το μέτωπό του είχε ιδρώσει. Ο πατέρας του τον κοίταξε συγχυσμένος και αυτός. Έσφιξε τα δόντια του και πέταξε τα λεφτά για τον καφέ πάνω στο τραπέζι. Ο κυρ-Μπάμπης τους κοίταξε, τα μάζεψε, κούνησε το κεφάλι όλο κατανόηση και επέστρεψε στην κουζίνα χωρίς να δώσει συνέχεια στην κουβέντα. Μέχρι που βγήκαν δεν μίλησε κανείς. Ο πατέρας του Στάθη πήρε το δρόμο του γυρισμού. Ο Στάθης όμως ήθελε να έρθει στο γήπεδο. Παρόλο που διαβεβαίωσε τον πατέρα του ότι ήταν καλά, η αλήθεια ήταν πως ένιωθε πολύ άσχημα. Λίγα μέτρα πιο κάτω σταμάτησε ξανά. Ακούμπησε τα χέρια του στα γόνατά του και πήρε μερικές κοφτές κι απανωτές αναπνοές. Η καρδιά του χτυπούσε γρήγορα και δυνατά. Νόμιζε πως θα 'σκαγε. Δεν συνήθιζε να λογαριάζει τις κουβέντες των άλλων αλλά πώς μπορούσε να κουβαλάει στις πλάτες του τον θάνατο ενός ανθρώπου; Αυτό ήταν βαρύ ακόμα και για εκείνον. Και ήταν η πρώτη φορά στη ζωή του που είχε να σηκώσει τέτοιο ασήκωτο φορτίο. Σκούπισε το ιδρωμένο του μέτωπο και συνέχισε τον δρόμο του. Στην επόμενη στροφή, χαμένος όπως ήταν στις σκέψεις του, έπεσε πάνω σε μια κοπέλα που ερχόταν από την αντίθετη κατεύθυνση.

«Ωχ! Συγνώμη. Σε χτύπησα;» του είπε. Αυτό θα έπρεπε να το είχε ρωτήσει εκείνος.

«Όχι, όχι! Εμένα με συγχωρείς», κατάφερε να ψελλίσει. Την κοίταξε. Είχε πολύ όμορφα μάτια. Πώς και δεν την είχε προσέξει; Η κοπέλα του χαμογέλασε. Είχε κάτι το μυστηριώδες επάνω της. Αν την είχε συναντήσει θα το θυμόταν σίγουρα. Τον προσπέρασε και συνέχισε το δρόμο της. Εκείνος γύρισε και την ξανακοίταξε. Μακάρι να είχε την ευκαιρία να τη γνωρίσει. Ήταν η πρώτη φορά που είχε σαστίσει κοιτάζοντας κάποια. Τον είχε κάνει να ξεχάσει ακόμα και τον θυμό του για λίγο.

Μέχρι να φτάσει στο γήπεδο περπατούσε αργά και σταθερά. Μόλις πέρασε τη σιδερένια πόρτα, ο Νίκος, που βρισκόταν στην άλλη άκρη του γηπέδου κοντά στο τέρμα, σήκωσε το χέρι του ψηλά και τον χαιρέτησε. Μας είπε να συνεχίσουμε ό,τι κάναμε και έτρεξε προς το μέρος του.

«Τι νέα κόουτς;» είπε και ακούμπησε το χέρι του στον ώμο του προπονητή.

«Καλά, φίλε μου. Εσύ πώς είσαι;» είπε εκείνος κρατώντας τον Στάθη από τον αγκώνα.

«Κάθε μέρα και καλύτερα», του είπε ο Στάθης και χαμογέλασε.

«Θες να κάνεις καμιά άσκηση να ξεμουδιάσεις;» πρότεινε ο Νίκος. Ο Στάθης κούνησε αρνητικά το κεφάλι του. Δεν είχε τόσα πολλά κουράγια ακόμα. Έκατσε στον πάγκο της ομάδας και μας κοιτούσε αλλά στο μυαλό του γύριζαν όλα όσα είχαν συμβεί νωρίτερα στο καφενείο. Όταν τελείωσε η προπόνηση, μου έκανε νόημα. Ήθελε να μου μιλήσει. Άφησα τους άλλους να φύγουν κι έμεινα τελευταίος.

«Τι συμβαίνει;» ρώτησα ανήσυχος. Νόμιζα ότι το θέμα αφορούσε την υγεία του.

«Φίλε, τα πράγματα δεν πάνε καλά. Οι γονείς μου έχουν βρει τον μπελά τους μ' αυτή την ιστορία και εγώ νιώθω ότι δεν μπορώ να μένω εδώ έτσι, με σταυρωμένα χέρια. Πρέπει να με βοηθήσεις». Μου εξήγησε σχετικά και μου περιέγραψε το περιστατικό που είχε διαδραματιστεί νωρίτερα. Δεν τον είχα ξαναδεί τόσο αναστατωμένο. Τον λυπήθηκα. Το καλό ήταν πως είχαν δουλέψει τα γρανάζια του μυαλού του και είχε πάρει κάποιες αποφάσεις. Είχε ιδιαίτερα εξομολογητική διάθεση. Τον άκουγα προσεχτικά.

«Έχω αποφασίσει καταρχάς να αλλάξω δουλειά. Φτάνει πια με τα ξενύχτια! Θα περάσω αύριο βράδυ από το μπαρ να τους πω ότι θα σταματήσω. Θα βρω μια δικαιολογία. Θέλω όμως τη βοήθειά σου, τη στήριξή σου».

«Ό,τι θες, ρε Στάθη! Αλλά πώς μπορώ;»

«Να ρωτήσουμε κάνα γνωστό. Κάνα φίλο. Μήπως έχουν κάτι υπόψη τους για δουλειά. Αν δεν βρούμε τίποτα εδώ, είμαι αποφασισμένος. Θα ανέβω στην Αθήνα». Συμφωνήσαμε. Του υποσχέθηκα ότι θα έκανα ό,τι μπορούσα.

Μέσα στην αναμπουμπούλα είχα ξεχάσει να του πω και κάτι άλλο που είχε συμβεί τις τελευταίες μέρες. Ο Κωστής, μετά το ατύχημα του Στάθη, δε μιλιόταν. Τη βδομάδα που ήταν στο νοσοκομείο δύο φορές δεν πάτησε στην προπόνηση. Είχαμε αρχίσει να ανησυχούμε και για εκείνον. Θα πήγαινα σπίτι του να δω τι γίνεται, αν δεν εμφανιζόταν και τρίτη φορά. Όμως δεν χρειάστηκε. Ήρθε και μάλιστα όχι μόνος. Ήταν με τη Μυρτώ. Μπήκαν στο γήπεδο αγκαλιασμένοι. Ο Κωστής μας είπε πως δεν θα έκανε προπόνηση αλλά είχε έρθει μόνο για να μας πει τα νέα. Μην τα μάθουμε από κανέναν άλλον. Το είχε σκεφτεί καλά. Τη Μυρτώ ήθελε. Εκείνη αγαπούσε. Πήγε ένα μεσημέρι στο καφενείο. Εκείνη ήταν εκεί, βοηθούσε τον κυρ-Μπάμπη στην κουζίνα. Παράγγειλε ένα ούζο και το ήπιε ξεροσφύρι. Μετά άλλο ένα. Και άλλο ένα. Στο τέταρτο πιάνει τον κυρ-Μπάμπη και του λέει τα καθέκαστα. Πως είναι ερωτευμένος με την κόρη του και πως αν δεν του τη δώσει θα βάλει φωτιά στο μαγαζί και θα το κάνει στάχτη. Λόγια μεθυσμένου. Ο κυρ-Μπάμπης, άρπαξε την κόρη του από το μπράτσο και την πήγε μπροστά του. Πάρ' τη, του λέει και πες της τα. Εκείνη δεν ήξερε τι να κάνει. Στην αρχή τα 'χασε. Της άρεσε ο Κωστής, αλλά δεν είχε πει κουβέντα σε κανέναν. Εκείνος ο μπουζουκοκέφαλος μόλις την είδε, μόνο που δεν έπεσε στα γόνατα. «Δεν είμαι μεθυσμένος, Μυρτώ μου. Σ' αγαπάω», της έλεγε και της ξανάλεγε, ενώ της κρατούσε το χέρι σφιχτά, να μην του φύγει. Αλλά το οινόπνευμα που έτρεχε στις φλέβες του ήταν πιο πολύ και από το αίμα του. Τον πήρε εκείνη και βγήκαν έξω. Κάθισαν στο πέτρινο τοιχίο, γύρω από τον μεγάλο πλάτανο της πλατείας, κι εκεί τα συμφώνησαν. Είχε θορυβηθεί από το ατύχημα του Στάθη. Δεν ήθελε, λέει, να χάνει άλλο χρόνο. Μια ζωή την έχουμε και αυτή μικρή. Έρχεται μια μέρα που σου χτυπά ο χάρος την πόρτα και βλαστημάς που δεν είχες το μυαλό να ζήσεις όπως πρόσταζε η ψυχή σου. Χωρίς δισταγμούς και φόβους. Του 'φτιαξε μετά έναν καφέ για να ξεμεθύσει και για να σιγουρευτεί, ότι της μιλούσε σοβαρά. Όταν ηρέμησαν τα πράγματα της ζήτησε να πάνε μαζί μια βόλτα. Ο πατέρας της, ώρα είναι σου λέει να χάσουμε το καφενείο από τον τρελό, την άφησε. Περπάτησαν μέχρι το προαύλιο της εκκλησίας και εκεί τη φίλησε.

«Ενώπιον Θεού και ανθρώπων δηλαδή», είπε κοροϊδευτικά ο Στάθης.

«Να δω εσύ πότε θα βρεις μια γυναίκα της προκοπής! Κοκορόμυαλε», είπα και εκείνος αντί να γελάσει σοβάρεψε.

«Δε μου λες; Μήπως πέρασε πριν καμία ώρα από το γήπεδο μία κοπέλα με γαλανά μάτια και μακριά καστανά μαλλιά;» Ξαφνιάστηκα. Νόμιζα πως με δουλεύει.

«Και τι είναι, ρε, το γήπεδο; Γραφείο συνοικεσίων! Να σου βρούμε γυναίκα ανάλογα με την περιγραφή;»

«Όχι, βρε στειλιάρι! Σοβαρά το λέω. Είδα μία κοπέλα καθώς ερχόμουν που δεν την έχουμε ξαναδεί στο χωριό. Αν την έβλεπες θα το καταλάβαινες και μόνος σου». Μου είπε πως έπεσε επάνω της και όλα όσα σου διηγήθηκα πριν. Σήκωσα τους ώμους μου με έναν τρόπο που δήλωνε την πλήρη άγνοιά μου.

Γυρίσαμε μαζί. Πήγαμε απευθείας στο σπίτι του Στάθη. Φάγαμε κάτι στα γρήγορα και μετά, σύμφωνα με τις υποδείξεις του, φτιάξαμε μία λίστα με τα ονόματα γνωστών και φίλων. Προσπαθούσαμε να κάνουμε ένα πλάνο που θα μας βοηθούσε να κινηθούμε προς μια κοινή κατεύθυνση, για να μη χάνουμε χρόνο. Χαμαλοδουλειές και νυχτερινές βάρδιες απορρίφτηκαν. Μπαρ, κλαμπ και κάθε λογής ξενυχτάδικο, επίσης. Ωραία η δουλειά του ντι τζέι αλλά μέχρι κάποια ηλικία!

Η εβδομάδα που ακολούθησε ήταν δύσκολη. Ο Στάθης ξεκίνησε να ψάχνει τις αγγελίες στις τοπικές εφημερίδες. Εγώ πήρα τη λίστα και ρωτούσα έναν έναν τους γνωστούς και τ' άτομα της εμπιστοσύνης μου. Δεν έφτανε μόνο να αρέσει η δουλειά στον Στάθη, έπρεπε και εκείνος να πληροί τα κριτήρια του εργοδότη. Το Λύκειο το είχαμε τελειώσει με μέτριο βαθμό. Δεν χρειάστηκε ποτέ να σκεφτούμε τις σπουδές βλέπεις. Εγώ μπήκα στο μαγαζί του πατέρα μου. Παραγωγή και πώληση παραδοσιακών προϊόντων. Ο Στάθης έκανε πάντα αυτό που του άρεσε. Δούλευε στα καφέ και έπαιζε μουσική στα μπαρ. Ήξερε να διαβάζει και να γράφει στα αγγλικά. Προσόν απαραίτητο για να εξυπηρετεί τους τουρίστες. Και τις τουρίστριες! Αλλά εκείνο ίσως που θα τον βοηθούσε περισσότερο απ' όλα, ήταν η γνώση που διέθετε στους ηλεκτρονικούς υπολογιστές και τα προγράμματα οργάνωσης γραφείου. Αυτό το χρωστούσε στη Σούλα, την παντρεμένη. Προκειμένου να μη συναντιούνται μόνο στα κρυφά, τον έπεισε να γραφτεί σε ένα τμήμα ταχύρρυθμης εκμάθησης υπολογιστών που παρακολουθούσε και η ίδια για τη δουλειά της. Του φαινόταν διασκεδαστικό τότε. Τους ξεγελούσαν όλους και του άρεσε. Βγήκε και κάτι καλό απ' αυτή την ιστορία!

Δεν ζητούσε πολλά. Μια κανονική δουλειά. Να ξεφύγει από τη νύχτα. Στα γύρω χωριά τα γραφεία ήταν ανύπαρκτα. Στους πιο ανεπτυγμένους δήμους, που υπήρχαν κάποια τουριστικά γραφεία, είχαν αυξημένες απαιτήσεις από τους υπαλλήλους. Για τα ξενοδοχεία δεν συζητάμε καν. Ζητούσαν περισσότερες από μία ξένες γλώσσες και μάλιστα άπταιστα. Σιγά, μάστορα! Τι νομίζεις ότι διευθύνεις; Τη Μεγάλη Βρετάνια! Έτσι μου 'ρχόταν να τους πω όταν τον κοιτούσαν με υπεροψία αλλά το κατάπινα για χάρη του Στάθη. Τέλος πάντων. Παρ' όλα αυτά εκείνος πήγε σε κάποιες συνεντεύξεις. Έδινε έξυπνες απαντήσεις, είχε κοφτερή ματιά και έδειχνε μεγάλη θέληση και όρεξη για δουλειά. Όλοι λίγο πολύ εκτιμούσαν ότι θα μπορούσε να εργαστεί σ' αυτό το χώρο αλλά κανένας δεν του έδινε την ευκαιρία. Αρνούνταν να τον εμπιστευτούν και κρύβονταν πίσω από μια δικαιολογία με ευγενικά λόγια.

Στο τέλος της εβδομάδας το δωμάτιο του Στάθη ήταν γεμάτο εφημερίδες σκορπισμένες δεξιά και αριστερά, αποκόμματα από αγγελίες και σελίδες Α4 με παραλλαγές του βιογραφικού του ανάλογα με την περίσταση. Στο πάνω μέρος της ντουλάπας, περασμένο σε μια κρεμάστρα, αιωρούνταν ένα καινούριο σακάκι. Πιο κει, κρέμονταν στη σειρά μερικά πουκάμισα. Καθόμασταν στο κρεβάτι και σημειώναμε διευθύνσεις και τηλέφωνα σε ένα μικρό μπλοκ. Τη συσκευή την είχε δίπλα του και μόλις βρίσκαμε κάτι καλό σήκωνε το ακουστικό και έπαιρνε. Στο κομοδίνο του υπήρχε ένα τασάκι γεμάτο αποτσίγαρα και γύρω του σκορπισμένες στάχτες. Μόλις τελείωσαν τα τσιγάρα αποφασίσαμε. Ο δεύτερος γύρος αναζήτησης θα ξεκινούσε πάλι από Δευτέρα.

Το Σαββάτο το βράδυ, είχα ένα τηλεφώνημα από έναν παλιό μου φίλο τον Γιάννη. Δούλευε στο Βήμα της Αρκαδίας. Του είχα πει για τον Στάθη και μίλησαν. Του πρότεινε να γράφει για λογαριασμό της εφημερίδας άρθρα, σχετικά με τις τοπικές εκδηλώσεις και τα καλλιτεχνικά δρώμενα του χωριού και των γύρω κοινοτήτων.

«Η ιστορία με το τρακάρισμα είναι γνωστή και το όνομά σου επίσης. Μπορείς να το εκμεταλλευτείς. Δεν είναι κάτι μόνιμο και με σταθερό μισθό. Ένα χαρτζιλίκι. Αλλά θα βοηθήσω κι εγώ όσο μπορώ», του είπε ο Γιάννης. Ο Στάθης συμφώνησε. Είχε ακόμα λίγες οικονομίες. Σκέφτηκε πως θα ήταν μια ωραία ευκαιρία να εκφράζει τις απόψεις του μέσω αυτής της στήλης. Εγώ πάλι, που τον ξέρω καλύτερα, σκεφτόμουν μήπως είχε βρει έναν καινούριο τρόπο για να γκομενίζει. Δεν είπα τίποτα όμως. Μην του κόψω τα φτερά.

Η επόμενη εβδομάδα κύλησε με μεγαλύτερη αισιοδοξία. Η αρχή είχε γίνει και ο Αργυρόπουλος δεν ήταν απ' αυτούς που θα εγκατέλειπε με την πρώτη δυσκολία. Ο Ιούλιος ήταν, θυμάμαι, από τους πιο ζεστούς μήνες τότε. Ο Στάθης είχε ξεκινήσει να συντάσσει κάποια άρθρα για την εφημερίδα. Το περιεχόμενό τους απευθυνόταν σε όλες τις ηλικίες. Το καλοκαίρι προσφέρεται για εκδηλώσεις και διασκέδαση και έτσι είχε πολύ υλικό. Τα άρθρα έτυχαν ιδιαίτερης αποδοχής. Δεν το περίμενε ότι θα άρεσαν τόσο! Ωστόσο, συνέχιζε παράλληλα να ψάχνει για μια πιο σταθερή δουλειά. Έστρεφε τώρα το βλέμμα του στην Αθήνα. Οι πιθανότητες για δουλειά εδώ γύρω είχαν μειωθεί.

Με τόλμη και γοητεία

Μέχρι που μπήκε και ο Οκτώβρης τα μόνα του έσοδα ήταν από την εφημερίδα. Η υπόθεση του ατυχήματος είχε αρχίσει να παίρνει το δρόμο της και ο Στάθης είχε ήδη κληθεί μία φορά από την τροχαία, σχετικά με το ποινικό αδίκημα, στο δικαστήριο του Ναυπλίου. Η δίκη όμως είχε αναβληθεί λόγω αδυναμίας του δικηγόρου του να παραστεί. Στην πραγματικότητα και οι δύο πλευρές αναζητούσαν περισσότερα στοιχεία. Ο δικηγόρος της οικογένειας του νεκρού, Δεληγιάννης μας συστήθηκε, ενημέρωσε τον κύριο Αρσένη, τον δικηγόρο του Στάθη ότι οι συγγενείς πίστευαν ότι ο Στάθης ήταν μεθυσμένος. Δεν μπορούσαν όμως να το αποδείξουν, όπως μας είπε ο κύριος Αρσένης. Δεν είχαν μάρτυρες να το επιβεβαιώσουν. Απ' την άλλη εμείς ήμασταν όλοι στο μπαρ. Θα μπορούσαμε να υποστηρίξουμε ότι ο Στάθης ήταν νηφάλιος. Πώς είχε διανύσει άλλωστε τόσα χιλιόμετρα; Είχαμε και τις εξετάσεις αίματος από το νοσοκομείο. Αυτές δεν γινόταν να πουν ψέματα! Θα έπρεπε λοιπόν να βρουν έναν καλύτερο λόγο για να κατηγορήσουν τον Στάθη. Το μόνο που με ανησυχούσε ήταν μη μάθαιναν την ιστορία με τη Μαρία. Την είχα ικανή να μας την κάνει τη ζημιά.

Εξαιτίας αυτής της δίκης, ο Στάθης έπρεπε να είναι πολύ προσεκτικός. Το ωραίο φύλο δεν είχε πάψει να τον απασχολεί, αλλά θα έπρεπε να δείξει διαγωγή κοσμιωτάτη. Δεν μας συνέφερε να κάνει άλλους εχθρούς. Άμα η γυναίκα πληγωθεί γίνεται μεγάλη τσούχτρα! Δεν είναι να παίζεις μαζί τους. Του τα θύμιζα συνέχεια αυτά. Κούναγε το κεφάλι του και μου έλεγε να μην ανησυχώ τόσο. Ήξερε εκείνος! Τον έβλεπα όμως πως ήταν προσεχτικότερος από άλλες φορές. Μέχρι να φύγει για την Αθήνα δεν θα έδινε άλλα δικαιώματα στο χωριό. Δεν ήθελε να καταστρέψει την προσπάθεια που όλοι έβλεπαν πως έκανε. Να αλλάξει. Όταν τελικά βρήκε δουλειά στην πρωτεύουσα, ξεσάλωσε πάλι. Δεν ήμουν και κοντά του να του κρατάω τα χαλινάρια και να τον συγκρατώ. Έφταιγε η γοητεία του, όπως έλεγε ο ίδιος. Δύο δύο τις είχε ο άτιμος. Η διαφορά ήταν πως τώρα τα έκανε όλα στα μουλωχτά, για να μην τον παίρνουν χαμπάρι. Βέβαια, και η Αθήνα βοηθούσε σ' αυτό. Εκεί, στις πολυκατοικίες, δεν ήξερε ο κάτω ποιος έμενε από πάνω του. Τώρα που το σκέφτομαι έχει δίκιο η Αρετή που απορεί. Συνήθως λένε «δείξε μου το φίλο σου να σου πω ποιος είσαι», αλλά εγώ με τον Στάθη δεν μοιάζουμε καθόλου σαν χαρακτήρες. Όσο ακόμα δεν τον είχε χτυπήσει με τα βέλη του ο έρωτας, μπορούσε να βγαίνει από πάνω. Να φωνάζει, να υψώνει το ανάστημα και τον ανδρισμό του και να υπηρετεί τις στρατηγικές του. Όλες ήταν απλώς γυναίκες, υποψήφια θηράματα, και εκείνος ο κυνηγός. Σκοπός ήταν πάντα να «χτυπήσει και να φύγει».

«Α, ρε άτιμε! Δεν θα έρθει και η δική σου η ώρα; Έχεις να φας δούλεμα τότε!» του έλεγα στο τηλέφωνο κι αυτός γελούσε.

«Σιγά να μην ερωτευτώ! Αυτά είναι για κάτι τύπους σαν εσένα που σας σέρνουν οι γυναίκες από τη μύτη», έλεγε. Αν τον άκουγε η Αρετή θα του 'κοβε και την καλημέρα. Δεν τον ξεσυνεριζόμουν όμως. Ήξερα ότι τα έλεγε πιο πολύ για να με πικάρει. Χαιρόταν που είχα βρει το άλλο μου μισό και είμαι σίγουρος ότι κι εκείνος θα ήθελε κάποτε να νιώσει έτσι. Και ας μην το παραδεχόταν ακόμα. Εγώ όμως ήξερα ότι όλα αυτά τα έλεγε γιατί φοβόταν να αφεθεί, φοβόταν να αγαπήσει.

«Εκείνη τη γαλανομάτα την ξαναείδες καθόλου;» με ρώταγε τον πρώτο καιρό. Τη θυμόταν ακόμα. Όχι τα χαρακτηριστικά της. Μόνο τα μάτια της. Με είχε βάλει σε σκέψεις που του είχε κάνει τόση εντύπωση. Κάποια στιγμή σταμάτησε να με ρωτάει. Η δουλειά του στην καινούρια εταιρεία δεν του άφηνε περιθώρια να σκεφτεί τίποτε άλλο. Περιοριστήκαμε να μιλάμε τα Σαββατοκύριακα. Ήταν μια φαρμακευτική εταιρεία. «Your Health», μου την είπε. Δεν την ήξερα. Στην αρχή ξεκίνησε ως πλασιέ. Είχε καλό λέγειν. Μετά τις πρώτες επιτυχημένες πωλήσεις τον κάνανε ιατρικό επισκέπτη. Όλη μέρα όργωνε τους δρόμους. Το βράδυ γύριζε ξεθεωμένος. Ούτε γυναίκες φτουρήσανε ούτε τίποτα. Κατάκοπος από την κούραση ήθελε μόνο να ξεκουράσει τα πονεμένα του πόδια σε ένα κρεβάτι όλο δικό του. Όταν έμαθε καλά τη δουλειά, ζήτησε να δουλέψει σε γραφείο. Στην αρχή δεν το δέχτηκαν. Γιατί να χάσουν έναν καλό πωλητή; Ο Στάθης όμως είχε τον τρόπο του. Του πήρε άλλους τρεις μήνες αλλά τελικά τα κατάφερε. Είχε αλλάξει τη ζωή του προς το καλύτερο. Το σκεφτόταν συχνά τα βράδια πριν κοιμηθεί και μου το 'λεγε όταν τύχαινε να μιλάμε. Πήγαινε στο γραφείο του περιποιημένος, με ωραία ρούχα και ένιωθε ότι του άξιζε περισσότερο αυτός ο Στάθης. Όχι εκείνος, ο παλιός, που είχαν μάθει στο χωριό να του χρεώνουν όλα τα στραβά. Το επόμενο καλοκαίρι, με την πρώτη του άδεια, ήρθε να μας δει με την τσάντα του γεμάτη φωτογραφίες. Το νέο του διαμέρισμα, το μικρό αλλά όλο δικό του, που το συντηρούσε μόνος του. Το νέο του γραφείο, με τη δερμάτινη πολυθρόνα. Αυτός, με κουστούμι και γραβάτα. Οι νέοι του συνάδελφοι. Ο Γιάννης, ο πιο παλιός. Η Ναταλία, η Καίτη, η Βασιλική.

«Βρε βλαμμένε πάλι τα ίδια!» του είπα και του έριξα μια καρπαζιά.

«Όχι, ρε! Δεν είναι γκόμενες. Αλήθεια!» άρχισε να διαμαρτύρεται. Τον πίστεψα. Εργαζόταν με πολλές και όμορφες γυναίκες. Στην αρχή όλες, με διακριτική περιέργεια, προσπαθούσαν να μάθουν για τη ζωή και το χαρακτήρα του και αυτό του άρεσε πολύ. Προσπαθούσε να δημιουργεί γύρω από τον εαυτό του ένα μύθο, που τον έκανε πιο μυστηριώδη απ' ό,τι ήταν. Προτιμούσε να γνωρίζει εκείνος για τις γυναίκες, όχι οι γυναίκες για εκείνον. Ήταν οχυρωμένος πίσω από τις άμυνές του και ήθελε να έχει το πάνω χέρι στη σχέση «όπως αρμόζει σε έναν Άντρα με Άλφα κεφαλαίο», όπως έλεγε.

Για τη γαλανομάτα δεν με ξαναρώτησε. Την είχε όμως στο μυαλό του. Το καταλάβαινα από τον τρόπο που κοιτούσε όταν περνούσε από μπροστά μας κάποια άγνωστη. Συνήθως καστανή με μακριά μαλλιά. Την έψαχνε ακόμα. Αλλά και να την έβλεπε δεν θα τη θυμόταν. Είχαν περάσει κοντά δεκαπέντε μήνες.

Τον επόμενο χρόνο, τα κατάφερε ακόμα καλύτερα. Είχε εδραιωθεί. Τις γραβάτες δεν τις πολυφορούσε πια. Ούτε τα κουστούμια. Δεν ήταν απαραίτητα στο γραφείο. Τα είχε μόνο για τους πελάτες. Προτιμούσε τα λευκά καλοσιδερωμένα πουκάμισα αλλά και τα μπλε, ίδια με τα μάτια του. Οι όποιες αντιζηλίες με υφισταμένους και προϊσταμένους είχαν ξεπεραστεί. Εργαζόταν σκληρά. Μελετούσε, μάθαινε και διεκδικούσε. Κάποιοι τον θαύμαζαν και τον εκτιμούσαν ιδιαίτερα. Πάντα προασπίζονταν τα συμφέροντα και τα δικαιώματά του με ιδιαίτερο ζήλο και το ίδιο έκανε και για όσους πίστευε πως αδικούνταν. Στο χωριό ακούγονταν τα καλύτερα. Η κυρα-Ντίνα και ο κυρ-Σταύρος είχαν κάθε λόγο να καμαρώνουν.

Η γνωστή άγνωστη

Το 2003, μετά τους δύο πρώτους μήνες, στα μέσα σχεδόν του Μάρτη, η εταιρεία του Στάθη έβαλε νέα αγγελία στην εφημερίδα. Ζητούσε άτομα για θέσεις γραφείου. Ήθελε να επανδρώσει νέα τμήματα και να ενισχύσει τα ήδη υπάρχοντα. Ήθελαν να αντικαταστήσουν και την Καίτη, που είχε φύγει πρόσφατα από το τμήμα του Στάθη λόγω μετάθεσης. Ο υπεύθυνος του τμήματος ζήτησε από τον Στάθη να συμμετάσχει για πρώτη φορά στις συνεντεύξεις των επιλαχόντων.

«Έχεις καλό ένστικτο και το μάτι σου κόβει. Θα 'θελα να σε δοκιμάσω», του είπε. Ο Στάθης δεν αρνήθηκε. Δεν είχε λόγο. Ίσα ίσα. Ευκαιρίες έψαχνε! Οι υποψήφιοι θα περνούσαν από δύο συνεντεύξεις. Στην πρώτη θα γινόταν το ξεσκαρτάρισμα και στη δεύτερη, όσοι απέμεναν, θα συμπλήρωναν κάποια έντυπα, για να τους αξιολογήσουν και να τους τοποθετήσουν στις ανάλογες θέσεις. Αυτούς, θα τους αναλάμβανε ο υπεύθυνός του, ο κύριος Νικολάου, με τη βοήθεια του Στάθη.

Εκείνη την ημέρα των συνεντεύξεων, ήταν προγραμματισμένο να δεχτούν δεκαεπτά άτομα. Για τον Στάθη ήταν η πιο κουραστική Παρασκευή των τελευταίων μηνών. Ξεκίνησαν στις οχτώ το πρωί και η ώρα πλησίαζε πέντε. Είχαν ακόμα άλλους δύο υποψηφίους. Έναν άντρα και μία γυναίκα.

«Μμ! Ο νεαρός έχει ξαναδουλέψει σε παρόμοια θέση. Να τον καλέσουμε πρώτο;» ρώτησε τον Στάθη.

«Λέτε να τελειώσουμε γρηγορότερα;» Εκείνος έκανε μια κίνηση με το χέρι του που δεν έδειχνε μεγάλη σιγουριά. Όμως τελικά είχε δίκιο. Ο νεαρός εκτός από υποψήφιος ήταν και υποψιασμένος και έτσι δεν χρειάστηκε να του εξηγήσουν αναλυτικά. Είχαν σχεδόν τελειώσει. Έμενε μόνο η κοπέλα. Ο Στάθης άνοιξε την πόρτα.

«Η κυρία Άντα Μάρκου;» Η κοπέλα κούνησε ελαφρά το κεφάλι της.

«Παρακαλώ περάστε», της είπε. Εκείνη σηκώθηκε από τη θέση της και προχώρησε γρήγορα προς το μέρος του.

«Ο κύριος Νικολάου είναι ο υπεύθυνος του τμήματος».

«Χαίρω πολύ», είπε τείνοντας ευγενικά το χέρι της και κάθισε στη θέση που της υπέδειξαν. Ο Στάθης κάθισε απέναντί της, δίπλα στον Νικολάου ο οποίος ξεκίνησε να της κάνει ερωτήσεις. Εν τω μεταξύ, κοίταζε και ξανακοίταζε τα χαρτιά του σαν κάτι να του είχε διαφύγει. Ένιωθε ανήσυχος. Υπέθεσε ότι είχε κουραστεί. Όμως κάθε φορά που κοιτούσε την κοπέλα αυτή η ανησυχία του μεγάλωνε. Μήπως την γνώριζε από κάπου;

«Ώστε μένατε στην Αγγλία. Πού ακριβώς αν επιτρέπετε;» είπε ο κύριος Νικολάου.

«Στο Σάρεϊ. Μία ώρα νότια από το Λονδίνο».

«Εκεί σπουδάσατε οικονομικά;»

«Μάλιστα».

«Και γιατί γυρίσατε στην Ελλάδα;»

«Έχω συγγενείς εδώ. Έρχομαι συχνά. Μου αρέσει περισσότερο να ζω εδώ».

«Πολύ συννεφιά στην Αγγλία ε;» είπε ο υπεύθυνος και κούνησε το κεφάλι του με κατανόηση. Ο Στάθης την κοιτούσε αμίλητος. Όσο περισσότερο την κοιτούσε τόσο περισσότερο αναρωτιόταν. Διάβασε ξανά το βιογραφικό της. Είκοσι επτά ετών. Άγαμη. Μένει στο Παγκράτι. Έλληνες γονείς. Τον τελευταίο χρόνο ήταν στην Αγγλία. Δεν είχε κάποιο στοιχείο που να τον βοηθάει. Πρόσεξε την ομιλία της. Απαντούσε στον Νικολάου χωρίς προφορά. Τα ελληνικά της ήταν εξαιρετικά. Το σίγουρο ήταν πως δεν την είχε συναντήσει το καλοκαίρι σε κάποιο γκρουπ με τουρίστες. Να την είχε επισκεφτεί ως πελάτισσα; Αποκλείεται. Τι ηλίθια σκέψη. Την κοίταξε ξανά. Μα πού την ήξερε; Αυτό το χαμόγελο έφερνε μια εικόνα στο μυαλό του. Μια εικόνα φευγαλέα, που όσο και αν προσπαθούσε δεν μπορούσε να την παγώσει. Τα μαλλιά της, καστανά με ξανθές ανταύγειες, έπεφταν μέχρι τον ώμο της.

«Στάθη, θα ήθελες να ρωτήσεις κάτι άλλο την κυρία Μάρκου ή να την αποδεσμεύσουμε;» είπε ο Νικολάου. Ο Στάθης ξερόβηξε. «Μα πού σας ξέρω;»

Θα 'θελε πολύ να την ρωτήσει, αλλά δεν τόλμησε να το ξεστομίσει. Σώπασε. Δεν είχε κάτι άλλο, είπε. Η κοπέλα σηκώθηκε.

«Σας ευχαριστώ πολύ», τους είπε. Έδωσε το χέρι της στον Στάθη και χαμογέλασε. Ήταν πιο ήρεμη τώρα. Είχε περάσει τη συνέντευξη με επιτυχία. Αυτή η ήρεμη έκφραση στο πρόσωπό της, τα μάτια της... Αυτά τα γαλανά μάτια. Τα είχε ξαναδεί. Δεν μπορεί να έκανε λάθος. Προσπάθησε να σιγουρευτεί τα λίγα δευτερόλεπτα που της κρατούσε το χέρι.

«Σας περιμένουμε τη Δευτέρα λοιπόν». Ήταν η τελευταία φράση του υπευθύνου, πριν η Άντα βγει από την αίθουσα αφήνοντας την πόρτα να κλείσει αργά πίσω της.

«Στάθη, πώς σου φάνηκε; Δεν τη ρώτησες πολλά!» Ο Στάθης προσπάθησε να συγκεντρωθεί και να δικαιολογήσει την αμηχανία του.

«Ε, κοιτούσα το βιογραφικό της. Μου φάνηκε ενδιαφέρον. Μοιάζει συγκροτημένο άτομο. Τι θα λέγατε να την τοποθετήσουμε στη θέση της Καίτης;»

«Χμ! Δεν είναι κακή ιδέα!» Η απάντησή του έκανε τον Στάθη να πάρει βαθιά ανάσα. Είχε μια ανεξήγητη χαρά.

Τα πρώτα σημάδια της Άνοιξης

Ξέρω τι σκέφτεσαι. Και πού τα ξέρω εγώ όλα αυτά; Τα περισσότερα απ' όσα θα σου διηγηθώ, σ' το λέω από τώρα, μου τα έχει πει ο Στάθης. Και όταν ο Στάθης θέλει να σου πει κάτι, ανάβει τσιγάρο, παίρνει το χρόνο του, σαν να πρόκειται να αναλύσει ένα μέγα θέμα, βλέπε Κυπριακό, και σ' τα λέει όλα με το νι και με το σίγμα. Εμένα δεν μου τα είχε πει αυτά από την αρχή. Αλλά, αφού τα 'μαθα, θα σου τα πω όλα. Όχι από κακία, ούτε από εκδίκηση για όσα έλεγε, ο Στάθης θα 'ναι πάντα για μένα καλύτερος κι απ' αδερφό, αλλά έτσι για να δεις πώς μπορούν να συμβούν όλα. Για να πω μόνο, ότι άμα η ζωή θέλει να παίξει μαζί σου δεν θα τη γλιτώσεις. Και αν κοκορευτείς για την εξυπνάδα και την μαεστρία σου; Ε, τότε είναι που θα σ' ακούσουν από κει ψηλά και θα σου αλλάξουν τον αδόξαστο. Θεοί και δαίμονες! Γιατί, άμα κεραυνοβοληθείς, είτε άντρας είσαι είτε γυναίκα, τα μάτια δεν βλέπουν καθαρά, τα αυτιά κουφαίνονται και το μυαλό πλάθει εικόνες και νοήματα που ένας φυσιολογικός άνθρωπος ούτε που θα φανταζόταν. Αυτό είναι το θέμα! Παγκόσμιο και αιώνιο.

Αυτή η μικρή κυρία λοιπόν, η κυρία Μάρκου, εξελίχτηκε σε μέγα θέμα. Η συνάντησή της με τον Στάθη ήταν αποτέλεσμα μιας σειράς μοιραίων συγκυριών, μιας σειράς γεγονότων που θα ανακάλυπτε αργά αλλά σταθερά ο Στάθης στο άμεσο μέλλον. Την πρώτη του Απρίλη υπέγραψε το νέο της συμβόλαιο. Χωρίς να το ξέρει γινόταν συνεργός σε μια καλοστημένη φάρσα που είχε αποφασίσει το σύμπαν να κάνει στον Στάθη. Ένα πρωταπριλιάτικο αστείο που θα άλλαζε τη ζωή του.

Πήρε αμέσως τη θέση της Καίτης. Δίπλα στο γραφείο του. Είχε φροντίσει εκείνος γι’ αυτό. Την κράτησε στο δικό του τμήμα και φυσικά ήταν πρόθυμος να την εκπαιδεύσει ο ίδιος.

Αρχικά της έδειξε πώς γίνονταν οι καταχωρήσεις στον υπολογιστή. Προσπαθούσε να είναι όσο το δυνατόν πιο ευγενικός και γλυκομίλητος. Αλεπού με παντελόνια! Εκείνη σοβαρή, παρακολουθούσε με προσοχή.

«Μετά την καταγραφή των φαρμάκων στην καρτέλα, πατάμε το Save. Κατανοητό έως εδώ;»

«Ναι! Εύκολο. Πως μπορούμε να διορθώσουμε κάποιο λάθος, αν το έχουμε αποθηκεύσει;»

«Ανοίγεις ξανά την καρτέλα και απλώς γράφεις μέσα τη σωστή, ας πούμε ονομασία, αν έχεις κάνει λάθος όνομα και μετά πατάς Οκ. Έλα. Κάνε τις υπόλοιπες μόνη σου», της είπε. Εκείνη σηκώθηκε και άλλαξαν θέσεις.

«Τι μου είπες ότι έχεις σπουδάσει στην Αγγλία, Άντα;»

«Οικονομία και Διοίκηση»

«Ε! Αυτά για σένα θα είναι παιχνιδάκι!» Πήρε από το

πακέτο του ένα τσιγάρο και το κράτησε χωρίς να το ανάψει.

«Από πού βγαίνει το Άντα;» τη ρώτησε καθώς εκείνη πληκτρολογούσε.

«Από το Αντιγόνη», του είπε και έσφιξε τα χείλη της.

«Ωραίο όνομα! Να σε φωνάζω Αντιγόνη;» Γύρισε και τον κοίταξε.

«Καλύτερα όχι». Το βλέμμα της δεν σήκωνε διαπραγμάτευση. Ο Στάθης, την άφησε να κάνει τις καταχωρήσεις χωρίς να μιλάει. Άρχισε να παρατηρεί με το βλέμμα του τα μικρά, λεπτά της δάχτυλα που χτυπούσαν με ταχύτητα και ακρίβεια τα πλήκτρα, ενώ στριφογυρνούσε το τσιγάρο στο χέρι του. Με την άκρη του ματιού του κοιτούσε τα καστανόξανθα μαλλιά της που έμοιαζαν πολύ απαλά έτσι όπως έπεφταν στους ώμους της και όταν εκείνη έκανε κάποια ερώτηση, έσκυβε κοντά της, δήθεν για να κοιτάξει την οθόνη και μύριζε το άρωμά της. Ένα άρωμα που θύμιζε τριαντάφυλλο βουτηγμένο σε λευκό κρασί. Μεθυστικά ωραίο! Το πρόβλημα ήταν ότι η Άντα μάθαινε γρήγορα και σύντομα θα μπορούσε να δουλεύει μόνη της, στο δικό της γραφείο. Αλλά αυτό δεν ήταν κάτι που έπρεπε να τον απασχολεί προς το παρόν. Ήταν, άλλωστε, μόνο η πρώτη μέρα. Είχε πολλά να της δείξει ακόμα. Ακούμπησε στην πλάτη της καρέκλας του, άναψε το τσιγάρο του και την κοίταξε με μισόκλειστα μάτια αφήνοντας τον καπνό να βγαίνει αργά από τα χείλη του.

Η Ναταλία που καθόταν ακριβώς απέναντι κοιτούσε κάθε τόσο την Άντα και της χαμογελούσε. Της ήταν ιδιαίτερα συμπαθής. Στο μεσημεριανό διάλειμμα την πλησίασε. Η Αντα, ωστόσο, ήταν συγκρατημένη. Δεν ήταν ψηλομύτα ή ακατάδεκτη. Ήταν απόμακρη και συνεσταλμένη. Ίσως επειδή δεν γνώριζε ακόμα καλά τους νέους της συναδέλφους ή γιατί είχε την αγωνία της πρώτης μέρας... Ποιος ξέρει; Ο Στάθης προσπαθούσε πάντως να είναι φιλικός.

Τις επόμενες ημέρες η Ναταλία της μιλούσε ήδη σαν να την ήξερε χρόνια. Η Αντα ήταν ευδιάθετη και χαμογελαστή μαζί της. Με τον Γιάννη και τη Βασιλική είχαν αποκτήσει την οικειότητα των νέων συναδέλφων. Με τον Στάθη όμως κρατούσε τις αποστάσεις της. Σαν να ύψωνε ανάμεσά τους έναν αόρατο τοίχο. Αυτό κόντευε να τον τρελάνει.

Με τον ερχομό της φάνηκαν και τα πρώτα σημάδια της άνοιξης. Με ό,τι αυτό συνεπάγεται! Οι μέρες άρχισαν να μεγαλώνουν και ο ήλιος να ζεσταίνει όλο και περισσότερο. Ήταν ένα από εκείνα τα φωτεινά πρωινά που θες να βάλεις το τζιν σου και να πας για καφέ. Ο Στάθης είχε σηκωθεί από νωρίς και ετοιμαζόταν για το γραφείο. Είχε δυναμώσει την ένταση της τηλεόρασης και πηγαινοερχόταν από δωμάτιο σε δωμάτιο. Αλλού τα ρούχα, αλλού τα παπούτσια, αλλού τ' αρώματα. Κάθε τόσο, σχολίαζε μεγαλόφωνα, όπως συνήθιζε, όσα άκουγε από τους παρουσιαστές των εκπομπών. Πρώτο θέμα της μέρας το ευρώ και τα προβλήματα στην οικονομία. Τα ίδια και τα ίδια δηλαδή. Πήρε το τηλεκοντρόλ και την έκλεισε πριν αρχίσει να νευριάζει. Κοίταξε το ρολόι του. Ήταν ακόμα νωρίς. Στάθηκε μπροστά στον καθρέφτη του διαδρόμου, έβαλε λίγο ζελέ στο χέρι του και το άπλωσε προσεκτικά στα μαλλιά. Δεν έπρεπε να ξεφεύγει ούτε τρίχα. Τα γένια λίγων ημερών έκαναν ακόμα πιο αρρενωπό το πρόσωπό του και τόνιζαν το γαλάζιο βλέμμα του.

«Θα σκίσουμε σήμερα, μεγάλε!» είπε κοιτάζοντας τον καθρέφτη. Εκείνη; Τι θα φορούσε άραγε; Αλλά ό,τι και να έβαζε δεν είχε σημασία. Όμορφη θα ήταν. Όπως κάθε μέρα. Έπρεπε να σκεφτεί και κάτι καινούριο, μια δικαιολογία, για να πιάσει κουβέντα μαζί της. Ίσως κάτι σχετικό με τη δουλειά, αλλά όχι πάλι τα ίδια. Δεν ήθελε να γίνεται ενοχλητικός. Δεν ανησυχούσε όμως. Κάτι θα 'βρισκε. Έκανε ένα βήμα πίσω. Έριξε ένα λοξό, όλο ικανοποίηση, βλέμμα στον καθρέφτη και όρθωσε το ανάστημά του.

«Χμ! Έτσι! Γοητεία! Μη μας πάρει τον αέρα», μονολόγησε. Κοίταξε ξανά το ρολόι του. Ήταν ακόμα οχτώ. Μα πήγαινε σωστά; Το ακούμπησε στο αυτί του για να βεβαιωθεί ότι δουλεύει. Λειτουργούσε μια χαρά. Χτένισε με τα δάχτυλά τα μαλλιά του μια τελευταία φορά και έφυγε.

Όταν πήγε στο γραφείο η Άντα δεν είχε φτάσει ακόμα. Κάθισε στη θέση του, τακτοποίησε το χαρτοφύλακά του και πήρε ύφος σοβαρό. Το γραφείο μύριζε φρεσκοψημένο καφέ. Η Ναταλία ήταν στο μικρό δωμάτιο με την καφετιέρα. Τα φώτα ήταν σβηστά αλλά το φυσικό φως ήταν αρκετό. Ο Στάθης άνοιξε τον υπολογιστή του και ακούστηκε ο χαρακτηριστικός σύντομος ήχος του επεξεργαστή. Αλλά πού μυαλό για δουλειά. Σηκώθηκε.

«Καλημέρα!» του είπε η Ναταλία με νάζι, μόλις τον είδε να περνάει την πόρτα της κουζίνας.

«Καλημέρα, Ναταλία», της είπε αλλά εκείνη κατάλαβε ότι είχε αλλού το μυαλό του.

«Καλά είσαι;»

«Καλά. Μόλις πιω λίγο καφέ θα είμαι καλύτερα». Η

Ναταλία χαμογέλασε και πήγε να καθίσει στο γραφείο της. Ο Στάθης έβαλε ένα φλιτζάνι γαλλικό καφέ. Από το διάδρομο ακούστηκαν βήματα. Τέντωσε τα αυτιά του να ακούσει. Ήταν ο Γιάννης και η Βασιλική. Πρόσθεσε μια κουταλιά ζάχαρη και μια μεζούρα γάλα και ανακάτεψε γρήγορα με ένα πλαστικό κουταλάκι. Ήταν η ώρα για το πρώτο τσιγάρο.

«Ποια στρατηγική θα ήταν καλύτερη σε αυτή την περίπτωση;» σκεφτόταν μισοκρυμμένος πίσω από την οθόνη του υπολογιστή του.

«Οπωσδήποτε ευγενικός, αλλά και λίγο σκληρός δεν θα 'ταν κι άσχημα. Νομίζω, για την περίπτωσή της θα είναι ό,τι πρέπει». Εκείνη τη στιγμή η Άντα μπήκε στο γραφείο. Φορούσε ένα στενό τζιν παντελόνι που τόνιζε τις καμπύλες της και μια κόκκινη κοντομάνικη μπλούζα με βαθύ «βε» ντεκολτέ που αποκάλυπτε όσα χρειάζονταν για να εξάψουν τη φαντασία του Στάθη. Έμεινε στη θέση του ασάλευτος αλλά το βλέμμα του είχε σκανάρει τη σιλουέτα της από πάνω έως κάτω. Μίλησε για λίγο με τους συναδέλφους της και τον πλησίασε χαμογελαστή όπως πάντα.

«Καλημέρα, τι κάνεις;»

«Καλημέρα. Είσαι καλά;» είπε χωρίς να απαντήσει στην ερώτησή της. Την κοίταξε συνοφρυωμένος, με ένα βλέμμα μυωπικό ανάμεσα από τον καπνό του τσιγάρου. Η Αντα, χωρίς να το συνειδητοποιήσει, είχε σταματήσει και εκείνη να χαμογελάει. Τον κοίταξε δίχως να μπορεί να εξηγήσει αυτή του τη μουρτζουφλιά και σίγουρα θα σκεφτόταν πως ο συνάδελφός της είχε ξυπνήσει ανάποδα εκείνο το πρωινό. Ο Στάθης πρόσεξε πως το βλέμμα της στάθηκε στη μικρή λακκούβα που είχε στο πιγούνι του και που μάλλον δεν την είχε προσέξει έως τότε και χωρίς άλλη κουβέντα έκατσε στο γραφείο της. Μπορούσε πια να δουλέψει μόνη της. Την είχε ενημερώσει για τα περισσότερα θέματα και φυσικά θα ήταν στη διάθεσή της για οτιδήποτε χρειαζόταν. Σιγά μην έχανε την ευκαιρία! Το γραφείο του ήταν λίγα εκατοστά πιο πίσω. Θα την άκουγε ακόμα και αν του ψιθύριζε! Προς το παρόν, εκείνος ήταν που ήθελε να της ψιθυρίσει μερικές κρυφές του επιθυμίες.

Η Αντα δεν έδειχνε να ενοχλείται από τη στάση του Στάθη. Πολύ θα ήθελε βέβαια να ξέρει τι σκεφτόταν για εκείνον. Ωστόσο, έδειχνε παγερά αδιάφορη και ο «γητευτής» δεν τολμούσε να αποκαλύψει τι είχε βάλει στο μυαλό του. Ήταν απολύτως αφοσιωμένη σ' αυτά που έγραφε και δεν έδινε καμία σημασία στον Στάθη που έψαχνε να βρει ευκαιρία να της αποσπάσει την προσοχή. Άναψε ένα τσιγάρο. Μετά άλλο ένα και σε λίγο ένα ακόμα. Πάλευε να σκεφτεί κάτι σχετικό με τη δουλειά για να ανοίξει την κουβέντα χωρίς να εκτεθεί. Άρχισε να κουνάει νευρικά το πόδι του κάτω από το γραφείο ενώ κάθε τόσο έριχνε κλεφτές ματιές στους υπολοίπους από φόβο μήπως τον είχε πάρει είδηση κανείς. Άντε άλλο ένα τσιγάρο. Πέταξε μετά τον αναπτήρα πάνω στο γραφείο, με θόρυβο και ακούμπησε πίσω στην καρέκλα του.

«Δε μου λες, Άντα. Τι μου είπες πως έχεις τελειώσει στην Αγγλία;» είπε με ύφος ανακριτικό, εργοδότη. Τον κοίταξε με την άκρη του ματιού της.

«Οικονομικά», απάντησε κοφτά.

«Το πτυχίο είναι αναγνωρισμένο από το Βρετανικό

συμβούλιο;» Η Αντα σταμάτησε να πληκτρολογεί και τον κοίταξε.

«Ναι, το έχει, αλλά νομίζω πως το συζητήσαμε αυτό και μου είπες πως η εταιρεία δεν δίνει περισσότερα χρήματα. Γιατί ρωτάς; Σκέφτεσαι κάτι;» Είχε καταλάβει το παιχνίδι του Στάθη. Την είχε ρωτήσει εκατό φορές για τις σπουδές της. Αποκλείεται να μην το θυμόταν. Ο γεράκος, το κατάλαβε από το βλέμμα της και προσπάθησε να δικαιολογήσει τα αδικαιολόγητα.

«Ε, ναι. Αυτό είναι αλήθεια. Αλλά θα μπορούσα να το ξανακοιτάξω αν ήθελες. Άκουσα για αλλαγές στα τμήματα και ήθελα να είμαι σίγουρος πριν το αναφέρω της είπε σοβαρός. Ένιωθε τα αυτιά του να κοκκινίζουν από συστολή. Εκείνη στράφηκε ξανά προς τον υπολογιστή και χαμογέλασε. Τώρα ήταν περισσότερο αμήχανος από κάθε άλλη φορά. Γιατί χαμογέλασε; Ευχόταν, μόνο, να είχε βρει τον τρόπο του γοητευτικό και όχι σαχλό και ηλίθιο.

Η ώρα περνούσε αλλά ο Στάθης είχε βαλθεί να καταστρώνει σχέδια. Ήταν κιόλας δέκα μέρες στη δουλειά και δεν είχε καταφέρει να μάθει τίποτα περισσότερο για κείνη, εκτός απ' αυτά που έγραφε στο μονοσέλιδο βιογραφικό της. Ήταν λιγομίλητη, έξυπνη και πολύ διαφορετική από τις γυναίκες που είχε γνωρίσει έως τότε. Η αινιγματική Άντα κρατούσε κλειστά τα χαρτιά της και είχε καταφέρει να αντιστρέψει τους ρόλους και να κάνει τον Στάθη να προσπαθεί να ανακαλύψει εκείνος, αυτή τη φορά, τι κρυβόταν πίσω από αυτό το πρόσωπο με τα όμορφα γαλανά μάτια. Πώς θα μάθαινε λοιπόν; Δεν μπορούσε συνεχώς να ρωτάει. Αυτό, το είχε καταλάβει ήδη. Να της πρότεινε να βγούνε; Ούτε κουβέντα. Και αν δεν ήθελε; Αν του έλεγε ένα ωραιότατο όχι; Δεν θα της έκανε τη χάρη.

Τελικά, τόση ώρα σε εσωτερικό παραλήρημα, δεν άντεξε, η υπομονή του εξαντλήθηκε. Κοιτούσε τα χαρτιά του και συνεχώς μουρμούραγε σαν γεροπαράξενος. Με την παραμικρή αναποδιά έβριζε και ξεφυσούσε. Οι συνάδελφοί του τον κοιτούσαν όλο απορία αλλά κανένας δεν τολμούσε να ρωτήσει τι του συνέβαινε. Ήταν αντιδραστικός και ξεροκέφαλος, αυτό ήταν γνωστό. Αλλά η συμπεριφορά του εκείνη την ημέρα ήταν ανεξήγητα υπερβολική. Η Αντα καθόταν ανέκφραστη. Δεν έστρεψε ούτε μια στιγμή το κεφάλι της προς το μέρος του. Χτυπούσε όμως με περίσσια δύναμη τα πλήκτρα του υπολογιστή, προκαλώντας μεγαλύτερη φασαρία απ' ό,τι συνήθως. Κάποια στιγμή γύρισε το κεφάλι της προς τον Στάθη και τον είδε να κάθεται με σταυρωμένα χέρια και βλέμμα απλανές.

«Όλα καλά;» του είπε και προσπάθησε να χαμογελάσει. Το ύφος της όμως ήταν σαν να του έλεγε «τι θα γίνει, φίλε μου; Θα συνεχιστεί για πολύ αυτό το βιολί;»

«Ναι. Καλά. Σας κούρασα σήμερα με τις φωνές μου ε; Συγγνώμη», είπε ο Στάθης αλλά από μέσα του σκεφτόταν μήπως έπρεπε να συνεχίσει να γκρινιάζει περισσότερο αν ήταν έτσι να της τραβάει την προσοχή. Τελικά όμως δεν του φάνηκε πολύ καλή ιδέα.

«Κοίτα. Η αλήθεια είναι ότι μας έσπασες λίγο τα νεύρα, αλλά εντάξει. Δεν πειράζει για μια μέρα. Ελπίζω μέχρι το Πάσχα να ηρεμήσεις», του είπε με έναν τόνο ειρωνικό.

«Φίλε, ειλικρινά, μας τρέλανες σήμερα! Άγιες μέρες έρχονται, τι έπαθες;» Ο Γιάννης, βρήκε την ευκαιρία που έψαχνε να ξεσπάσει και αυτός με τον τρόπο του. Ο Στάθης ζήτησε ξανά συγγνώμη. Η διάθεσή του είχε αλλάξει από τη στιγμή που του μίλησε η Άντα. Πού να φανταζόταν και εκείνη πως έπρεπε να το έχει κάνει αυτό νωρίτερα; Οι κανονικοί άνθρωποι δεν δείχνουν το ενδιαφέρον τους βρίζοντας τους πάντες και τα πάντα. Αυτά, μόνο ο Στάθης τα έκανε! Αλλά ανάθεμα και καταλάβαινε κι εκείνος γιατί αντιδρούσε έτσι. Τα είχε τελείως χαμένα. Δεν μπορούσε να ελέγξει ούτε το μυαλό του ούτε τα νεύρα του. Το βλέμμα του δεν ξεκολλούσε από πάνω της. Για να συγκεντρωθεί και να δουλέψει; Ούτε λόγος! Και έπρεπε. Πολύ περισσότερο τώρα που ο διευθυντής ήθελε να τον κάνει υπεύθυνο στο τμήμα του. Του το είχε εκμυστηρευτεί τις ημέρες των συνεντεύξεων. Δεν έπρεπε ούτε γι' αστείο να τον απογοητεύσει.

Ένα μεγάλο κακό

Τι είχε όμως πάνω της που τον τραβούσε σαν μαγνήτης; Προσπαθούσε να σκεφτεί λογικά. Ε, δεν ήταν πια και η Μόνικα Μπελούτσι, που φαντασιωνόταν αμούστακος ακόμα. Γιατί, ας μη γελιόμαστε, έναν τέτοιο μαγνήτη θα μπορούσες να τον συγχωρούσες τέλος πάντων! Δεν βαφόταν έντονα και η συμπεριφορά της μόνο προκλητική δεν ήταν. Ήταν συγκρατημένη και διακριτική. Μήπως έφταιγε το άρωμά της; Ήταν αλήθεια ένα πολύ μεθυστικό άρωμα, αλλά δεν το φορούσε όταν την πρωτοείδε στη αίθουσα συσκέψεων. Αυτό που δεν είχε αλλάξει από κείνη τη μέρα ήταν τα γαλαζοπράσινα μάτια της, που τα τόνιζε ακόμα περισσότερο βάφοντας τις γυριστές βλεφαρίδες της. Αυτό το αθώο βλέμμα της Άντας έπεσε σαν κεραυνός στο κεφάλι του Στάθη, καίγοντας όλα τα κύτταρα του εγκεφάλου του που ήδη τρεμόπαιζαν κάτω από εκείνη τη μεταφυσικά έντονη αίσθηση πως την είχε ξαναδεί, πως την γνώριζε σχεδόν από πάντα. Η στρατηγική που ακολουθούσε ο Στάθης είχε συγκεκριμένα βήματα και όλες κατάφερνε να τις ρίξει τελικά στο κρεβάτι. Αυτή όμως; Ήθελε να την ρίξει στο κρεβάτι; Ήταν πρωτόγνωρο και αλλόκοτο για τον γεράκο αλλά δεν ήταν αυτή η πρώτη του σκέψη. Ίσως να έφταιγε το ξάφνιασμα της αρχής αλλά πού θα πήγαινε; θα την έβρισκε την άκρη. Αρκεί οι χτύποι της καρδιάς του να μην ήταν τόσο δυνατοί όσο τώρα και να τον άφηναν τουλάχιστον ν΄ ακούσει τις σκέψεις του.

Ήταν ένα πρωινό Τετάρτης, όταν χτύπησε το τηλέφωνό μου. Νούμερο άγνωστο. Ήταν εκείνος. Είχε νέο κινητό. Νέα παροχή της εταιρείας, είπε. Είχα ανέβει Αθήνα με την ομάδα γιατί συμμετείχαμε σε ένα τουρνουά με άλλες ομάδες Γ΄ κατηγορίας. Ο Στάθης έπαιζε μαζί μας όποτε μπορούσε. Δεν ήταν ότι δεν ήθελε αλλά δεν είχε πάντα το κουράγιο. Στην αρχή νόμιζα ότι με ήθελε για τον αγώνα.

«Πότε παίζουμε ξανά;»

«Την Κυριακή. Στην Ηλιούπολη. Θα κάνουμε κερκίδα αυτή τη φορά; Τι λες;» τον ρώτησα.

«Κάτι θα κάνουμε. Σκέφτομαι να πω στους συναδέλφους μου να ΄ρθουν. Όχι σε όλους, ξέρεις. Σε έναν δυο, πιο κολλητούς. Τι ώρα παίζουμε;» είπε.

«Στις πέντε το απόγευμα. Καμιά μαζορέτα θα ΄χουμε;» είπα χαζογελώντας.

«Θα σου φέρω και μαζορέτες! Τι να σε κάνω;»

«Αλήθεια;» τον ρώτησα παραξενεμένος. Προς στιγμήν το πίστεψα.

«Έλεγα να καλέσω δύο κοπέλες από το γραφείο. Για τη Ναταλία σου έχω μιλήσει. Είναι φίλη. Η άλλη όμως», είπε και μετά δεν άκουγα τίποτα στην άλλη άκρη της γραμμής.

«Έλα. Μ' ακούς;» φώναξα.

«Ναι. Σ' ακούω».

«Τι; Τι είναι η άλλη; Είναι καλή;» είπα. Ήθελα να δω αν ήταν όμορφη.

«Η άλλη, δεν σ' το έχω πει αλλά», δίστασε για κάποια δευτερόλεπτα, «αλλά μ' αρέσει πολύ», είπε τελικά. Δεν το κρύβω, ξαφνιάστηκα. Δεν μου είχε πει τίποτα έως τότε.

«Όταν λες σ' αρέσει πολύ;»

«Ε, μ' αρέσει».

« Δεν την ξέρεις;»

«Όχι την ξέρω...»

«Είναι καινούρια;»

«Όχι πολύ καινούρια. Δουλεύει μαζί μας από τις αρχές του μήνα».

«Και τώρα αποφάσισες ότι σ' αρέσει ή εγώ το μαθαίνω τελευταίος;» τον ρώτησα. Είχα καταλάβει ότι κάτι ήθελε να μου πει αλλά κάθε τόσο κόμπιαζε και μάσαγε τα λόγια του.

«Δεν το ξέρει κανένας. Είσαι ο πρώτος που το μαθαίνει. Δεν έχω μιλήσει τόσο καιρό και κοντεύω να σκάσω», είπε ο Στάθης και ξεφύσησε με ανακούφιση.

«Και γιατί τόση μυστικότητα; Εγώ δεν μπορούσα να το μάθω; Τι φοβόσουν», είπα. Είχε αρχίσει να με ενοχλεί η έλλειψη της εμπιστοσύνης του.

«Τίποτα, αλλά δεν ήξερα τι να σου πω». Σταμάτησε πάλι για λίγο. Δεν τον διέκοψα. Περίμενα να δω πού το πάει.

«Όμως νομίζω, μάλλον δηλαδή, ότι...»

«Εε! Τι;» ρώτησα ανυπόμονα. Με είχε σκάσει.

«Είμαι ερωτευμένος μαζί της». Πέρασαν κάποια δευτερόλεπτα που δεν μίλαγε κανείς. Προσπαθούσα να σιγουρευτώ ότι αυτό που άκουσα βγήκε από το στόμα του Στάθη και δεν είχε μπει κάποιος άλλος στη γραμμή.

«Πλάκα μου κάνεις ε;» είπα. Ο Στάθης δεν απάντησε. Τότε κατάλαβα πως ήμουν ένας μικρός Νοστράδαμος. Είχε έρθει η ώρα να πανηγυρίσω για την πρόβλεψή μου που τώρα έβγαινε αληθινή. Αυτό φοβόταν κι εκείνος.

«Ω! Γέρο μου! Γεράκο μου! Την πάτησες!» φώναξα στο τηλέφωνο. Άρχισα να γελάω δυνατά από χαρά αλλά και ικανοποίηση ταυτόχρονα.

«Το ήξερα! Το ήξερα ότι θα την πάθαινες και εσύ μια μέρα!» φώναζα χωρίς να μπορώ να ελέγξω τον εαυτό μου.

«Τι θα γίνει ρε; Θα σταματήσεις;» είπε τελικά ο Στάθης. «Καλά να πάθω, εγώ φταίω που σ' το είπα». Ένιωθε ντροπή, σαν να είχε πάθει μεγάλο κακό.

«Εντάξει. Εντάξει. Συγνώμη», είπα και προσπάθησα να τον ηρεμήσω. Δεν έφταιγα και εγώ. Τι να κάνω, μου είχε έρθει απότομα. Δικαιολογήθηκα και δάγκωνα τα χείλη μου για να μην ξαναγελάσω.

«Της το έχεις πει;»

«Είσαι παλαβός; Ούτε στον εαυτό μου δεν τολμάω να το πω. Και σε σένα που το είπα, είδες τ' αποτελέσματα. Παλιό... Άντε, μην πω καμιά κουβέντα!» είπε και μου ξέφυγε άλλο ένα χαχανητό.

«Πώς είναι;» τον ρώτησα. Ήθελα να μάθω πώς ήταν αυτή η κοπέλα που είχε καταφέρει να του πάρει τα μυαλά. Για άλλη μια φορά η απάντησή του με ξάφνιασε.

«Τι να σου πω, είμαι σχεδόν σίγουρος ότι είναι η κοπέλα που είχα δει στο χωριό μετά το ατύχημα. Την πρώτη μέρα που ήρθα στο γήπεδο», είπε.

«Η γαλανομάτα;» Το στόμα μου και τα μάτια μου είχαν ανοίξει διάπλατα. Μετά από τόσο καιρό! Ήταν δυνατόν να ήταν εκείνη η γαλανομάτα;

«Εκείνη; Σε θυμήθηκε;»

«Όχι. Δεν νομίζω». Άκουσα την ανάσα του στο ακουστικό. Είχε ανάψει τσιγάρο. Έκατσα σε μια καρέκλα, κοντά στο τραπέζι, με το τηλέφωνο και τον άκουγα να βηματίζει πάνω κάτω στο παρκέ χωρίς να μιλάει.

«Τι σου λέει; Αυτή έχει δείξει ανάλογο ενδιαφέρον;» Κατάλαβα ότι ένιωθε περίεργα. Ότι το σκεφτόταν πριν μου μιλήσει. Θα έπρεπε να του τα βγάλω με το τσιγκέλι, όπως λέμε και στο χωριό!

«Δεν ξέρω. Είναι πολύ μετρημένη. Δεν της είμαι αντιπαθητικός αλλά», σταμάτησε πάλι.

«Είναι απόμακρη;»

«Ναι. Κάπως. Μαζί μου μόνο».

«Μήπως έχει καταλάβει ότι τη γουστάρεις».

«Δεν νομίζω. Ήμουν πολύ προσεχτικός. Γιατί το λες;»

«Μήπως τα 'χει μ' άλλον; Μήπως το κατάλαβε και γι' αυτό να σ' αποφεύγει». Αυτό δεν το είχε σκεφτεί. Έσκασε σαν κεραμίδα στο ερωτευμένο του κεφάλι.

«Μη μου λες τέτοια! Η αλήθεια είναι ότι δεν μου έχει δοθεί κι ευκαιρία να την ρωτήσω. Βλέπεις δεν κάνουμε παρέα εκτός δουλειάς», είπε, «και είναι πολύ δύσκολο να μάθω».

«Ε, άντε ντε! Τι περιμένεις; Προσπάθησε να την καταφέρεις να έρθει στο γήπεδο, να τη γνωρίσω κι εγώ. Μετά βλέπουμε, κάτι θα σκεφτούμε!» του είπα.

«Θα γίνει κι αυτό. Λίγη τύχη χρειάζομαι μόνο. Πού θα

πάει θα τα καταφέρω!» είπε, αλλά ήταν σαν να μιλούσε στον εαυτό του. Ήξερε ο διάολος να πετυχαίνει ό,τι έβαζε στο μυαλό του!

Μια απ' τις επόμενες ημέρες του ανακοινώθηκε και η προαγωγή. Προϊστάμενος του τμήματος. Καμάρωνε σαν να 'χε πάρει το χρυσό στους Ολυμπιακούς! Και είχε κάθε λόγο. Τις υποχρεώσεις δεν τις φοβόταν. Ήταν άξιος. Άσε που έτσι θα είχε ένα κίνητρο παραπάνω να απευθύνεται στην Άντα χωρίς να τον υποψιάζεται κανένας. Μέχρι τώρα η τύχη τού είχε χαμογελάσει. Ήθελε λίγη ακόμα.

Κυριακάτικος αγώνας με ανεμοβλογιά

Στην εκπνοή της εβδομάδας πέρασε από το γραφείο η ξαδέλφη του η Δάφνη, κόρη του αδελφού της μάνας του. Σπούδαζε δημοσιογραφία στην Αθήνα. Έμεναν πολύ κοντά τότε. Ο Στάθης σε έναν κάθετο της Φιλολάου και η Δάφνη στη Σπύρου Μερκούρη. Ωστόσο δεν είχαν καταφέρει να ανταμώσουν εδώ και αρκετό καιρό. Υποχρεώσεις. Η Δάφνη με τη σχολή, ο Στάθης με τη δουλειά και τα γκομενιλίκια... Πού να βρεθεί χρόνος; Μόλις την είδε να στέκεται στην πόρτα, ήταν σαν το μάνα εξ ουρανού. Τα μάτια του γυάλισαν και το μυαλό άρχισε να παίρνει στροφές ανάποδες. Η Δάφνη ήταν ένα ζωηρό παιδί. Ζωντανό και χαρούμενο. Είχε ακόμα αυθορμητισμό της νιότης και των δεκαεννέα χρόνων της. Τη σύστησε στα παιδιά του γραφείου και φυσικά στην Άντα. Η Ναταλία τη γνώριζε. Την είχε ξαναδεί. Πιάσανε λοιπόν την κουβέντα και, χωρίς να το καταλάβει, η Δάφνη είχε γίνει το τέλειο δόλωμα. Βρήκε την ευκαιρία που έψαχνε να τους πει για τον αγώνα της Κυριακής και να πετάξει την ιδέα του.

«Ελάτε, ρε κορίτσια! Να κάνουμε κι εμείς καμιά φορά κερκίδα. Για συμπαράσταση», είπε παρακλητικά παίρνοντας ύφος αθώου κουταβιού. Η Δάφνη άλλο που δεν ήθελε! Η χαρά της! Γνώριζε τους συμπαίχτες μας και απ' όσο ξέρω, της καλάρεσε και ο Μάκης ο τερματοφύλακας. Είμαστε και ομορφάντρες, βλέπεις! Η Ναταλία, -άλλη τρελοκαμπέρω και αυτή- συμφώνησε. Ο ενθουσιασμός συμπαρέσυρε και την Άντα. Η ιδέα αλλά και η παρέα ήταν καλή, και θα περνούσε ευχάριστα την Κυριακή της.

«Τι μου θυμίσατε τώρα! Έχω πολύ ωραίες αναμνήσεις από γήπεδα και αγώνες!» τους είπε.

«Γιατί; Έπαιζες ποδόσφαιρο;» τη ρώτησε η Δάφνη.

«Όχι ποδόσφαιρο», η Άντα χαμογέλασε «Μπάσκετ. Ήταν ένας αγαπημένος τρόπος να εκτονώνομαι!» της είπε.

«Ήσουν σε ομάδα;» είπε η Ναταλία δείχνοντας ξαφνιασμένη.

«Ναι! Ωραίες εποχές! Πολλή κούραση αλλά και ωραίες στιγμές. Νυχτερινές προπονήσεις, ατελείωτα πειράγματα, η χαρά της νίκης...» Έσφιξε τα χείλη της, σχηματίζοντας ένα πλατύ χαμόγελο και το βλέμμα της έφυγε μακριά σαν να περνούσαν εικόνες μπροστά από τα μάτια της.

«Εγώ χωρίς τακούνια δεν μπορώ να περπατήσω!» είπε η Ναταλία. Και φαινόταν να το εννοεί. Το πρόσωπό της ήταν σοβαρό αλλά η αφέλεια των λόγων της τους έκανε να γελάσουν δυνατά.

«Λοιπόν έκλεισε! Την Κυριακή θα πάμε γήπεδο!» είπε ο Στάθης. Η Αντα ανασήκωσε τους ώμους της. Δεν είχε τίποτα καλύτερο να κάνει. Η Δάφνη ενθουσιάστηκε και ο Στάθης, βέβαια, ακόμα περισσότερο. Ήθελε να πηδήξει από τη χαρά του, πάνω στο γραφείο και να χτυπήσει παλαμάκια, όπως, έχει δει να κάνουν οι μαϊμούδες στο τσίρκο, αλλά συγκρατήθηκε και προσπάθησε να κρατήσει τα προσχήματα. Αν και τα μέσα του χοροπηδούσαν κιόλας. Το τουμπερλέκι που σου 'λεγα!

Όλο το Σάββατο τη βγάλαμε στα τηλέφωνα. Απόρησα και εγώ ο ίδιος με την υπομονή μου! Κάθε τόσο με έπαιρνε να του λύσω και από μια απορία. Και αν δεν παίξει καλά; Και αν τραυματιστεί; Αν γίνει ρεζίλι; Αν δεν ξέρει τι να της πει; «Άσε μας, βρε γέρο μου!» ήθελα να του το πω αλλά κρατήθηκα. Κι εμείς ερωτευτήκαμε αλλά εσύ ξεκούτιανες τελείως. Τελικά ο έρωτας είναι σαν την ανεμοβλογιά κι όλες τις παιδικές αρρώστιες. Όσο μεγαλύτερος τις κολλάς τόσο και πιο δύσκολα περνάς. Το βράδυ αμφιβάλλω αν κοιμήθηκε. Την Κυριακή πρωί πρωί χτυπούσαν πάλι τα τηλέφωνα. Δεύτερος γύρος, σκέφτηκα. Το απόγευμα ήρθε και με πήρε άρον άρον, μια ώρα νωρίτερα. Την Άντα, τη Ναταλία και τη Δάφνη τις βρήκαμε έξω από το κτίριο της εταιρείας. Εκεί ήταν το ραντεβού. Λουκιανού και Υψηλάντου. Κοντά στο Πολεμικό Μουσείο. Το σπίτι του Στάθη δεν είχα συνειδητοποιήσει πόσο κοντά ήταν, μέχρι εκείνη την Κυριακή που οι δρόμοι ήταν άδειοι.

«Ωραίο αυτοκίνητο!» είπε η Ναταλία που είχε βολευτεί ήδη στο κάθισμά της.

«Καλά κρατιέται. Αν και έχει τραβήξει πολλά!» είπε ο Στάθης.

«Έξι μήνες ήταν στο συνεργείο!», συμπλήρωσα εγώ.

«Ατύχημα;» ρώτησε η Άντα.

«Ναι ! Δυστυχώς. Αλλά δεν ήθελα να το αλλάξω», είπε κοιτάζοντάς την από τον καθρέφτη.

«Για τρίθυρο έχει άνετους χώρους! Μοιάζει σαν διαστημική κάψουλα», είπε η Ναταλία χαζογελώντας.

«Να το λέμε σπέις*!», είπε η Δάφνη.

«Να το χαίρεσαι το νεοφώτιστο!» είπα κοιτάζοντας τον Στάθη που χαμογελούσε με τις σκέψεις των κοριτσιών. Μέχρι να φτάσουμε στο γήπεδο γύριζα κάθε τόσο το κεφάλι μου και κοίταζα την Άντα ερευνητικά. Προσπαθούσα να συγκρατηθώ αλλά η περιέργειά μου δεν με άφηνε ήσυχο. Εκείνη πρέπει να το κατάλαβε. Μου χαμογέλασε μία δύο φορές λίγο αμήχανα και μετά έστρεψε το βλέμμα της στο παράθυρο. Σε αντίθεση με τις άλλες δυο πολυλογούδες, που δεν έβαζαν γλώσσα μέσα, εκείνη μιλούσε ελάχιστα. Παρατήρησα πως δεν άρχιζε τη συζήτηση απλώς συμμετείχε ή έκανε κάποια σχόλια, και αυτό για να μη μένει εντελώς σιωπηλή.

Στο γήπεδο ο προπονητής τις καλοδέχτηκε! Τις κάλεσε να καθίσουν στον πάγκο της ομάδας. Η Δάφνη δεν πήρε λεπτό τα μάτια της από τον Μάκη και η Ναταλία δεν έχασε την ευκαιρία να ασχοληθεί με όλο τον αντρικό πληθυσμό του γηπέδου, συμπαίχτες και αντίπαλους.

«Κοίτα αυτόν εκεί στο βάθος. Απ' την άλλη ομάδα, αυτόν με το νούμερο έξι. Κούκλος δεν είναι;» είπε σχεδόν ψιθυριστά, σκύβοντας όσο το δυνατόν πιο κοντά στην Άντα και τη Δήμητρα. Τα μακριά σοκολατόχρωμα μαλλιά της έκρυψαν σχεδόν ολόκληρο το μικροκαμωμένο της πρόσωπο και γαργάλισαν το αυτί μου. Καθόμουν οκλαδόν μπροστά από τη Δήμητρα.

«Τι παιδί! αναφώνησε εκείνη, ενώ κατέβαζε τα γυαλιά ηλίου για να δει καλύτερα. Ξερόβηξα και τις κοίταξα λοξά. Η Αντα έβαλε τα γέλια.

«Δείτε! Πάει σφαίρα για το τέρμα. Λέτε να μας κάνει καμιά ζημιά ο κούκλος;» είπε στη συνέχεια, ενώ την ίδια στιγμή ο Στάθης, λίγο έξω από την μικρή περιοχή, έπεφτε θεαματικά για να ανακόψει την πορεία του αντιπάλου. Η μπάλα βγήκε πλάγιο άουτ. Ο Στάθης εξακολουθούσε να μένει ξαπλωμένος στο χορτάρι δείχνοντας να πονάει. Τα κορίτσια ανησύχησαν.

«Σήκω, βρε απατεώνα ! Σήκω μας πήρανε χαμπάρι! Ψεύτη!» φώναξα από τον πάγκο σχεδόν ταυτόχρονα με τον Νίκο, τον προπονητή μας, και αρχίσαμε όλοι να γελάμε με την γνωστή μπλόφα του Στάθη. Εκείνος σηκώθηκε χωρίς να παραδεχτεί την ψεύτικη πτώση αλλά, καθώς περνούσε αργά μπροστά από τον πάγκο, έκλεισε με νόημα το μάτι στην Άντα και της χαμογέλασε πονηρά. Στο δεύτερο ημίχρονο μπήκα κι εγώ στον αγώνα. Αντικατάσταση του Βασίλη, δεξιού μπακ και νέου αποκτήματος της ομάδας μας. Πάντα όμως έπαιζα καλύτερα δίπλα στον Στάθη. Ξέραμε ο ένας τα χούγια του αλλουνού και συνεννοούμαστε πια με τα μάτια. Το παιχνίδι έληξε με νίκη της ομάδας μας. Μου φάνηκε πως όλοι είχαμε περάσει αναπάντεχα καλά. Ο Στάθης ήταν πολύ ευχαριστημένος που είχε καταφέρει να σπάσει τον πάγο με την Άντα. Η αυστηρά επαγγελματική τους σχέση είχε κάνει ένα βήμα πιο κοντά στη φιλία. Η αρχή είχε γίνει. Μετά τον αγώνα, πήγαμε τα κορίτσια στα σπίτια τους. Τελευταία στάση, το σπίτι της Άντας.

«Λυσίππου λοιπόν! Είμαστε πολύ κοντά! Εγώ μένω

Ολυμπιάδος», είπε ο Στάθης.

«Ναι! Πράγματι!» Βγήκα και σήκωσα το κάθισμά μου για να μπορέσει να βγει και κείνη.

«Λοιπόν...» χαμογέλασε λίγο αμήχανα, «τα λέμε αύριο!» είπε στον Στάθη.

«Χάρηκα πολύ!» της είπα. Ανταποκρίθηκε εγκάρδια σφίγγοντάς μου το χέρι. Συνεχίσαμε οι δυο μας για το σπίτι του Στάθη. Αυτά τα λίγα λεπτά ήταν τα μόνα που δεν μιλήσαμε. Έμοιαζε χαμένος στις σκέψεις του. Για μια στιγμή μου φάνηκε πως χαμογελούσε.

Ο ήχος των κλειδιών στην πόρτα του διαμερίσματος ήταν μελωδία στ᾽ αυτιά και των δυο μας που δεν μπορούσαμε να πάρουμε τα πόδια μας από την κούραση. Μόλις μπήκαμε μέσα, ξάπλωσα στον καναπέ χωρίς δεύτερη σκέψη. Ο Στάθης πέταξε τα κλειδιά στην ξύλινη τραπεζαρία του σαλονιού και πήγε να ανάψει το θερμοσίφωνα.

«Να φτιάξω καφέ;» με ρώτησε ενώ έβγαζε κιόλας τη μουσκεμένη του φανέλα.

«Αν αντέχεις! Γιατί εγώ είμαι κομμάτια!» είπα και χώθηκα ακόμα πιο βαθιά στον καναπέ. Εκείνος πήγε στην κουζίνα.

«Πώς σου φάνηκε η Άντα;» φώναξε με το κεφάλι του χωμένο στο ντουλάπι.

«Πολύ καλή! Μόνο που...» σταμάτησα για να σκεφτώ πώς να του πω αυτό που ήθελα.

«Μόνο που τι;» είπε καθώς ανακάτευε τον καφέ με τη ζάχαρη.

«Έχεις δίκιο. Είναι λίγο απόμακρη. Μερικές φορές όμως, όχι πάντα. Δεν ξέρω αν παρατήρησες; Όταν ξεχνιόταν, τότε της έβγαινε ένας αυθορμητισμός. Μετά πάλι κλεινόταν στον εαυτό της σαν να την κρατούσε κάτι. Έτσι μου φάνηκε τουλάχιστον. Δεν μπορούσα να την κοιτάω και συνέχεια». Άκουσα το νερό του βραστήρα να κοχλάζει και περίμενα. Ο Στάθης μπήκε στο σαλόνι κρατώντας τις κούπες με τους καφέδες.

«Τι δεν κοίταγες, ρε φίλε; Την είχες καρφώσει την κοπέλα με τα μάτια σου! Αφού πρέπει να το κατάλαβε κι εκείνη κάποια στιγμή. Εδώ σ' έβλεπα εγώ που έπαιζα!» Μου έδωσε τη μία κούπα και την άλλη την ακούμπησε στο τραπέζι.

«Ε! Καλά τώρα! Υπερβάλλεις», είπα και φύσηξα τον καφέ που άχνιζε ακόμα.

«Τι υπερβάλλω, ρε! Μόνο όταν μπήκες στο γήπεδο σταμάτησες να την κοιτάς. Παραλίγο να γίνουμε ρεζίλι», μου είπε και τράβηξε μια καρέκλα για να κάτσει.

«Εντάξει! Το παραδέχομαι. Ήθελα να δω τι είναι αυτό το διαφορετικό που έχει επάνω της και σε έχει γονατίσει σαν προσκυνητή».

«Και λοιπόν; Το είδες;» Ήπια αργά μια γουλιά από τον καφέ μου. Ήθελα να παρατείνω για λίγο την αγωνία του. Πήρε από το τραπέζι το πακέτο με τα τσιγάρα και το στριφογύρισε γρήγορα στα δάχτυλά του.

«Το είδα, γεράκο! Έχει υπέροχα μάτια!» του είπα και έσφιξα τα χείλη μου με έναν τρόπο που φανέρωνε τον θαυμασμό μου. Αφού κι εγώ για μια στιγμή είχα κολλήσει. Είχε ωραία αύρα αυτή η «τσούπρα», που θα 'λεγε και η κυρα-Ντίνα. Άξιζε να κυνηγήσει την τύχη του μαζί της. Έτσι νιώσαμε τότε και οι δύο και ας μην ξέραμε. Αλλά και τώρα κοιτώντας πίσω, πάλι την ίδια σκέψη θα 'κανα. Και ας μην ήταν εύκολος ο δρόμος για τον Στάθη.

Τα μάτια του άστραψαν από χαρά και ένα πλατύ, σατανικό χαμόγελο έφτασε μέχρι τα αυτιά του.

«Άσε λίγο τον καφέ», μου είπε και πέταξε ξανά το πακέτο με τα τσιγάρα πάνω στο τραπέζι. Έκανα το λάθος και τον άφησα. Ήρθε με φόρα και έσκασε πάνω στο χαλαρωμένο μου κορμί. Βόγκηξα από τη σύγκρουση και την τρομάρα μου. Εκείνος ζούληξε τα μάγουλά μου και άρχισε να με φιλάει στη φαλάκρα. «Τι έχω να τραβήξω ακόμα, Χριστέ μου!» σκεφτόμουν, μην μπορώντας να αρθρώσω λέξη.

Μία τέλεια πάσα

Την επομένη στο γραφείο υπήρχε άλλος αέρας. Λες και δεν δούλευαν πια εκεί τα ίδια άτομα. Ο Στάθης ήταν ευδιάθετος και καλοπροαίρετος. Βοήθησε τον Γιάννη να τελειώσει κάποιες εκκρεμείς καταχωρήσεις, πείραζε τη Ναταλία που πηγαινοερχόταν κάθε τόσο για να γεμίζει το φλιτζάνι της με καφέ και κάλυψε τη Βασιλική που χρειάστηκε να φύγει μισή ώρα νωρίτερα. Ούτε νεύρα ούτε βρισιές. Άλλος άνθρωπος ο γεράκος. Με την Άντα σχολίαζαν τον αγώνα της προηγούμενης ημέρας αφήνοντας στην άκρη τις τυπικότητες που επιβάλλει η ταμπέλα του προϊστάμενου. Επιτέλους ο Στάθης είχε καταφέρει να κερδίσει τη φιλική αντιμετώπιση της Άντας που τόσες ημέρες αποζητούσε απεγνωσμένα.

«Τι γράφεις εκεί;» τον ρώτησε. Είχε μπροστά του ανοιχτή μια αθλητική εφημερίδα.

«Παίζω ένα στοίχημα. Ποδόσφαιρο», απάντησε ο Στάθης χωρίς να πάρει τα μάτια του από τη φυλλάδα.

«Και την εφημερίδα τι την θέλεις;»

«Έχει τα προγνωστικά!» Κοίταξε την Άντα. «Θες να σου δείξω;» της είπε.

«Μπα! Δεν είμαι καλή σ' αυτά! Αυτό το στοίχημα δεν θα το μάθω ποτέ νομίζω».

«Δεν είναι και τίποτα δύσκολο!»

«Το φαντάζομαι! Τώρα όμως θέλω να τελειώσω μ' αυτά εδώ!» του είπε και του έδειξε ένα πάκο χαρτιά που είχε στο γραφείο της.

«Εντάξει τότε! Άλλη φορά. Ελπίζω να περάσατε καλά εχθές!» γύρισε τη συζήτηση στο θέμα που τον έκαιγε!

«Μια χαρά!» είπε.

«Εγώ τέλεια!» είπε η Ναταλία αναπηδώντας στην καρέκλα της.

«Δεν το περίμενα πάντως», είπε η Άντα.

«Ποιο;»

«Ότι θα παίζατε τόσο καλά».

«Γιατί μας είδατε και καθόλου; Όλο το νούμερο έξι κοιτούσατε!»

«Πάλι παράπονα; Γκρινιάρη!» του είπε και σούφρωσε τα χείλη περιπαιχτικά. Εκείνος χαμογέλασε και της έκλεισε το μάτι.

«Αυτός είναι δικός μου!» πετάχτηκε η Ναταλία.

«Άμα σ' ακούσει εσένα ο Φάνης θα σου πω εγώ!» της είπε ο Στάθης κουνώντας το χέρι του, λες και επρόκειτο να της ρίξει μια στον πισινό όπως κάνουν στα μωρά. Εκείνη γέλασε δυνατά.

«Δεν ήρθες και εσύ, ρε Γιάννη, να 'χουμε κι έναν άντρα», είπε ο Στάθης αναζητώντας συμπαράσταση.

«Την άλλη φορά, φίλε! Να το κανονίσουμε», απάντησε εκείνος.

«Την επόμενη φορά πάμε για καφέ;» είπε η Ναταλία.

«Αμέ!» είπε ο Στάθης. Άλλο που δεν ήθελε. Αυτή ήταν μία τέλεια πάσα. Θα έπρεπε όμως να αναβάλει για λίγο τα σχέδια του. Μεσολαβούσε βλέπεις το Πάσχα.

Από τη Μεγάλη Πέμπτη μέχρι τη Δευτέρα του Πάσχα ήταν σε άδεια. Είχε κατέβει στο χωριό να περάσουμε τις άγιες μέρες παρέα και να δει τους δικούς του. Πέντε μέρες ολόκληρες μου γάζωσε το μυαλό. Όπου και να πηγαίναμε ό,τι και αν κάναμε μου μιλούσε για εκείνη. Πόσο γλυκιά είναι, πόσο όμορφη, τα μάτια της, τα φρύδια της, τα μαλλιά της. Μου 'πρηξε το συκώτι. Μέχρι που κόντευα να βγάλω εγώ μαλλιά. Δεν του τη χάρισα όμως κι εγώ. Τον τρέλανα στην καζούρα. Όχι μπροστά σε άλλους, γιατί θα με έθαβε τρία μέτρα κάτω από το χώμα αλλά όταν ήμασταν οι δυο μας τότε έβγαζα το άχτι μου. Έτσι, για να μάθει να κοροϊδεύει! Αναστήσαμε μεγαλοπρεπώς, με κωδωνοκρουσίες και μαγειρίτσα. Ανήμερα το Άγιο Πάσχα, ο πατέρας μου και ο κυρ-Σταύρος είχαν ετοιμάσει πέντε κατσίκια και από τις έξι το πρωί είχαμε γύρισμα. Το μεσημέρι ήπιαμε του θανατά. Ο Στάθης με αγκάλιαζε κάθε τόσο και μου φιλούσε τη φαλάκρα και όταν έπαιζε κάνα τραγούδι που έλεγε για έρωτες σηκωνόταν, με το ποτήρι το κρασί στο χέρι, και χόρευε. Τη δεύτερη μέρα που ήταν νηφάλιος μουρμούραγε πάλι ολημερίς. Αναρωτιόταν αν έπρεπε να τηλεφωνήσει για τα χρόνια πολλά. Να κανόνιζε και για τον καφέ που έλεγαν τις προάλλες. Πήγαινε μέχρι το τηλέφωνο και ξαναγύριζε. Άνοιγε την ατζέντα στο κινητού του και την ξανάκλεισε. Μα θα τους έβλεπε όλους την επόμενη μέρα. Τον έπεισα τελικά να συγκρατηθεί. «Και από αύριο κάθε κατεργάρης στον πάγκο του», του είπα, καθώς τον χτυπούσα ενθαρρυντικά στον ώμο. Άντε, μπας και ησυχάσει και εμένα το κεφάλι μου, σκέφτηκα και ξεφύσησα με ανακούφιση.

Σαν πρώτο ραντεβού

Ο καφές κανονίστηκε τελικά για την Παρασκευή, πριν από την Κυριακή του Θωμά, έξω από το άλσος του Παγκρατίου. Ήταν ωραία εκεί! Άκουγες και κάνα τζιτζίκι εκτός από τη βουή της πόλης. Λίγο όμως πριν από το ραντεβού, σαν να συνωμότησαν όλοι υπέρ του, άρχισαν να του τηλεφωνούν για να ακυρώσουν τη συνάντηση. Ο καθένας για δικούς του λόγους. Ο Στάθης μιλούσε ακόμα στο τηλέφωνο όταν η Άντα πλησίαζε στην είσοδο του άλσους.

«Ναι, θα της το πω», είπε και έκλεισε βιαστικά κοιτάζοντας την Άντα που στεκόταν ήδη απέναντί του.

«Δεν θα το πιστέψεις αυτό που έγινε!» της είπε.

«Τι έγινε;» τον ρώτησε.

«Τώρα μιλούσα με τη Ναταλία. Δεν μπορεί κανείς να έρθει τελικά. Μείναμε οι δυο μας». Η Αντα έδεσε τα χέρια μπροστά στο στήθος της και τον κοίταξε προβληματισμένη.

«Μήπως θέλεις να το ακυρώσουμε;» τη ρώτησε, αλλά έτρεμε το φυλλοκάρδι του στο ενδεχόμενο να συμφωνήσει. Δάγκωσε το κάτω χείλος της και συνέχισε να τον κοιτάει σαν να προσπαθούσε να ανακαλύψει κάποια παγίδα. Αυτά τα δευτερόλεπτα έμοιαζαν ατελείωτα.

«Όχι! Δεν πειράζει», του είπε τελικά. Ο Στάθης χαμογέλασε.

«Είσαι σίγουρη;» Άνοιξε τα χέρια της και ανασήκωσε τους ώμους της σαν να μην είχε και πολλή σημασία.

«Ε, Ναι! Μια και ήρθαμε έως εδώ πάμε να πιούμε ένα καφέ», είπε. Δεν ήταν άλλωστε και τόσο τραγικό. Αποφάσισαν να πάνε στο Παγκράτι. Μιας και είχαν έρθει έτσι τα πράγματα τους ήταν πιο βολικό. Θα μπορούσαν να διαλέξουν μία από τις καφετέριες στην Υμηττού αλλά η Άντα επέμενε να πάνε κάπου αλλού. Περπάτησαν με κατεύθυνση το Καλλιμάρμαρο. Για απόγευμα Παρασκευής οι δρόμοι ήταν σχετικά ήσυχοι. Τουλάχιστον, δεν είχε μποτιλιάρισμα. Οι άνθρωποι που περπατούσαν προς την ίδια κατεύθυνση με εκείνους ήταν λιγοστοί. Ο περισσότερος κόσμος μαζεύονταν στις «πάνω καφετέριες», όπως έλεγαν τα μαγαζιά της πλατείας. Η Αντα περπατούσε γρήγορα. Έμοιαζε λίγο ανήσυχη και δημιούργησε στον Στάθη την εντύπωση πως δεν ήθελε να τους δουν μαζί. Ωστόσο δεν έδωσε σημασία. Του αρκούσε που περπατούσαν ο ένας δίπλα στον άλλον. Συνέχισε να της μιλάει σαν να μη συνέβαινε τίποτα.

«Κρίμα όμως! Να μην μπορέσει να έρθει κανείς;» είπε η Άντα.

«Υπαινίσσεσαι κάτι;» είπε ο Στάθης μεταξύ αστείου και σοβαρού.

«Θα 'πρεπε;»

«Μπορεί, ας πούμε, να είναι απλά η τύχη με το μέρος μου!» της είπε. Εκείνη γύρισε και τον κοίταξε. Προς στιγμή ο βηματισμός της έγινε λίγο πιο αργός.

«Κακό είναι; Ήθελα κι εγώ να σου προτείνω να βγούμε, για να γνωριστούμε καλύτερα, αλλά δεν ήξερα πώς θα το πάρεις. Εντάξει! Δουλεύουμε μαζί αλλά ουσιαστικά δεν γνωριζόμαστε». Η Αντα χαμογέλασε χωρίς να πει τίποτα και κοίταξε ξανά το δρόμο μπροστά της.

«Να! Για παράδειγμα δεν ξέρω ποια είναι τα ενδιαφέροντά σου εκτός γραφείου!» συνέχισε ο Στάθης.

«Εγώ ξέρω ότι παίζεις ποδόσφαιρο και ότι επίσης είσαι πολύ κακός ηθοποιός!» Ο Στάθης κατάλαβε τι εννοούσε. Γέλασε πονηρά.

«Ε! Καλά τώρα! Φήμες!» είπε. Εκείνη τον κοίταξε με την άκρη του ματιού της και χαμογέλασε. Ο θόρυβος από την εξάτμιση μιας μηχανή διέκοψε για λίγο την κουβέντα τους. Είχε αρχίσει να ανοίγει ξανά το βήμα της, όμως ο Στάθης, βρήκε ευκαιρία να τη σταματήσει.

«Να! Για δες! Πάμε να παίξουμε ένα στοίχημα; Ευκαιρία είναι!» της είπε δείχνοντας με το δάχτυλό ένα πρακτορείο. Έκανε σαν μικρός που είχε δει Λούνα Παρκ. Δεν του είπε όχι. Η τζαμένια πόρτα ήταν ανοιχτή και μέσα ήταν μόνο ένας πελάτης. Καθόταν σε ένα τραπέζι στο βάθος και παρακολουθούσε ποδόσφαιρο σε μια τηλεόραση κρεμασμένη στον τοίχο. Κάθισαν σε έναν πάγκο με δελτία και εφημερίδες. Ο Στάθης άρχισε να της δείχνει, με τον παλιό, δοκιμασμένο, τρόπο, τι έπρεπε να υπολογίσουν, τι θα συμπλήρωναν, ποιες ομάδες ήταν καλύτερες. Ήταν κοντά της σε απόσταση αναπνοής. Την κοιτούσε προσπαθώντας να μην μπερδέψει τα λόγια του. Το μαύρο αμάνικο μπλουζάκι της σκούραινε το βλέμμα της και έδινε στα μάτια της ένα βαθύ γκριζογάλανο χρώμα. Σε μια στιγμή, θέλοντας να πάρει το στυλό που κρατούσε εκείνη ακούμπησε τον ώμο του στον δικό της μηδενίζοντας την ελάχιστη απόσταση ανάμεσά τους. Η Αντα σταμάτησε να μιλάει. Τραβήχτηκε και τον κοίταξε με απορία. Ο Στάθης ένιωσε τις παλάμες του να ιδρώνουν. Ήταν έτοιμος να ζητήσει συγνώμη.

«Ωραίο άρωμα φοράς! Τι είναι;» του είπε, πριν προλάβει να αρθρώσει λέξη. Αυτό ήταν λοιπόν; Πήγε η καρδιά του στη θέση της. Τζάμπα είχε χάσει δέκα χρόνια από τη ζωή του.

«Ε, Σπάισι. Σ' αρέσει;» είπε χαμηλόφωνα. Κούνησε το κεφάλι της.

«Δυνατό!» του απάντησε. Υπέθεσε πως εννοούσε κάτι καλό. Συμπλήρωσε μία ακόμα γραμμή στο δελτίο και σηκώθηκαν. Το πλήρωσε, συμπεριφερόμενος ιπποτικά και το έδωσε στην Άντα να το κρατήσει. Αν το είχε συμπληρώσει με άλλον, ήταν ικανός να βγάλει το δελτίο φωτοτυπία, αλλά τώρα ούτε που τον ένοιαζε! Είχε βρει ήδη τον τυχερό λαχνό του. Εκείνη συμφώνησε, με τον όρο να πληρώσει το μερίδιο που της αναλογούσε. Το έβαλε στην τσάντα της και συνέχισαν το δρόμο τους. Δύο στενά πιο κάτω ήταν η πλατεία Πλαστήρα. Η Αντα του έδειξε τα σκαλιά μιας υπερυψωμένης καφετέριας. Η ταμπέλα έγραφε «Καφέ Ελληνικό».

«Εδώ έλεγα να κάτσουμε», του είπε.

«Και δεν καθόμαστε!» Την άφησε να προχωρήσει μπροστά. Κόντευε σχεδόν επτά αλλά η μέρα φώτιζε ακόμα. Διάλεξε ένα ακριανό τραπέζι. Από εκεί μπορούσαν να βλέπουν τα πάντα, αλλά ελάχιστοι μπορούσαν να τους δουν. Ο Στάθης, πριν κάτσει, έκανε μια κίνηση να βγάλει από την τσέπη τα τσιγάρα του, όταν συνειδητοποίησε πως του έλειπε το κινητό. Πανικοβλήθηκε.

«Όχι, ρε γαμώτο! Πρέπει να το ξέχασα στον πάγκο όταν πήγα να πληρώσω το στοίχημα!» είπε στην Άντα. Από μέσα του βέβαια βλαστημούσε ανελέητα. Τι ζώον! Πόσο μαλάκας! σκεφτότανε και φασκέλωνε νοερά τον εαυτό του. Τι να έκανε; Να άφηνε μόνη της την κοπέλα ή να έχανε το κινητό μαζί με όλα τα τηλέφωνα της δουλειάς; Η Αντα κατάλαβε πως ήταν σε δύσκολη θέση.

«Άντε! Πήγαινε να το πάρεις. Τι περιμένεις; Μέχρι να σου παραγγείλω θα έχεις γυρίσει».

«Συγγνώμη. Δεν σε πειράζει ε; Πω πω! Τι βλάκας που είμαι!»

«Άσε τα λόγια και πήγαινε! Φραπέ γλυκό με γάλα ε;» του είπε και χαμογέλασε. Ο Στάθης κούνησε το κεφάλι του καταφατικά και έφυγε σχεδόν τρέχοντας.

Σ' όλο το δρόμο δεν σταμάτησε να βλαστημάει. Πώς είχε πάθει τέτοιο πράγμα;

«Σαν δεκαπεντάχρονο φέρομαι! Ούτε τότε δεν έκανα έτσι!» μουρμούραγε και συνέχιζε να στολίζει τον εαυτό του με βρισιές. Αν τον έβλεπε κανείς, θα τον περνούσε για τρελό. Μην κοιτάς τώρα που παραμιλάμε όλοι στο δρόμο και δεν εκπλήσσεται κανένας! Τότε ακόμα δεν χρωστούσε όλος ο κόσμος στην εφορία ούτε ήξεραν τι θα πει κρίση.

Μέχρι να γυρίσει, η Άντα χάζευε το μαγαζί. Πρώτη φορά πήγαινε σ' αυτή την καφετέρια. Της έκανε εντύπωση η πέργολα με την κληματαριά που έριχνε τη σκιά της στα στρογγυλά σιδερένια τραπεζάκια. Μέχρι να έρθουν οι καφέδες ήρθε και ο Στάθης. Μπήκε χαμογελαστός. Ενώ πλησίαζε στο τραπέζι τους, σήκωσε το χέρι του και έδειξε στην Άντα το κινητό.

«Αχ, μπράβο! Το βρήκες!»

«Ναι ευτυχώς! Το είδε ο άνθρωπος και το φύλαξε», είπε με ανακούφιση και τράβηξε την καρέκλα απέναντί της.

«Όχι τίποτ' άλλο, ποιος άκουγε την γκρίνια σου μετά!» Τον κοιτούσε κατάματα εννοώντας κυριολεκτικά αυτό που έλεγε.

«Έλα, ρε Άντα! Είμαι εγώ γκρινιάρης;» Μην αναρωτιέσαι. Ρητορική ήταν η ερώτηση. Και οι δύο ήξεραν πως ήταν! Η Αντα χαμογέλασε. Έβγαλε ένα χαρτομάντιλο από την τσάντα της και του το έδωσε. Ο ιδρώτας είχε αρχίσει να τρέχει στο μέτωπό του.

«Γρήγορα πήγες!»

«Ε, δεν ήθελα να περιμένεις πολύ. Έγινα χάλια;» τη ρώτησε, ενώ σκούπιζε το μέτωπο του. Έπιασε το πουκάμισο του, φύσηξε στον κόρφο του και τίναξε απότομα το ύφασμα δύο φορές προσπαθώντας να δημιουργήσει αέρα.

«Όχι! Μια χαρά είσαι», του είπε εκείνη.

«Πρώτη φορά το βάζω αυτό το πουκάμισο. Σ' αρέσει;» Ήταν μπλε σκούρο. Ίδιο με τα μάτια του.

«Ψάχνεις για κομπλιμέντα μου φαίνεται!» του είπε μορφάζοντας συμπαθητικά.

«Ορίστε και τα καφεδάκια σας!» Η σερβιτόρα ακούμπησε τους παγωμένους φραπέδες στο τραπέζι. Μια δροσερή γουλιά ήταν ό,τι χρειαζόταν. Ο Στάθης κοιτούσε την Άντα και απορούσε που δεν είχε θυμώσει. Άλλα γιατί να θυμώσει; Αν είναι ο άνθρωπος χαζός του καταλογίζεις σφάλμα; Έτσι του είπα όταν μου τα 'λεγε και μόνο που δεν με πήρε στο κυνήγι. Αλλά βλέπεις, δεν είχε ώρα για τέτοια. Εκείνος ήθελε να μου πει τα δικά του. Να μου πει για τα αθώα γαλανά της μάτια, που, καθώς τα κοιτούσε, είχε αρχίσει να ιδρώνει ξανά, αλλά μία ακόμα ρουφηξιά καφέ έσωσε την κατάσταση. Ήταν μία από εκείνες τις αμήχανες στιγμές σιωπής που ψάχνεις να πιαστείς από κάπου για να προχωρήσεις την κουβέντα.

«Ελπίζω να μην έχεις παράπονο;» είπε τελικά η Άντα.

«Για ποιο πράγμα;»

«Σ' έφερα σε ωραία καφετέρια!»

«Πράγματι! Δεν περίμενα να δω κληματαριά στο κέντρο σχεδόν της πόλης. Μένεις καιρό στην Αθήνα;» της είπε, αλλά δεν ήταν αυτό που ήθελε να τη ρωτήσει.

«Έχω ένα χρόνο. Εσύ;»

«Εγώ δύο και πάω για τρίτο. Έμενα στο χωριό με τους δικούς μου αλλά βρήκα δουλειά εδώ και, να με!»

«Από πού είσαι αν επιτρέπεται;»

«Από ένα χωριό έξω από την Τρίπολη. Τη Λίμνη. Το 'χεις ακούσει;»

«Και τι σου είπε;» τον είχα ρωτήσει ανυπόμονα. «Ήταν αυτή τελικά; Η ίδια; Η γαλανομάτα της Λίμνης;»

«Αλήθεια! Έχω πάει εκεί!» του είπε αφήνοντας τον ενθουσιασμό της να φανεί στα ορθάνοιχτα μάτια της.

«Είναι τόσο μικρό χωριουδάκι! Ούτε που θα το φανταζόμουνα ότι θα συναντούσα κάποιον από κει».

«Είναι όμορφο όμως. Δεν είναι;» Ο Στάθης ήταν πλέον σίγουρος ότι μιλούσε με την κοπέλα που είχε συναντήσει τυχαία εκεί, πριν από δυόμισι περίπου χρόνια. Οι ημερομηνίες που του είπε η Άντα ταίριαζαν με το περιστατικό.

«Είχα ένα ατύχημα τότε. Αυτό, που σας έλεγα τις προάλλες. Με το αυτοκίνητο», της είπε.

«Ήταν σοβαρό;»

«Αρκετά. Πέθανε ένας άνθρωπος», είπε και χαμήλωσε το βλέμμα του.

«Λυπάμαι». Ο Στάθης πήρε ένα τσιγάρο και το έβαλε στα χείλη του».

«Σε πειράζει;» την ρώτησε λίγο πριν πλησιάσει τον αναπτήρα στην άκρη του.

«Όχι βέβαια, ελεύθερα!» Προστάτεψε τη φλόγα με τα χέρια του και αφού το άναψε φύσηξε τον καπνό ψηλά. Δεν την ρώτησε αν τον θυμόταν. Το θεωρούσε απίθανο. Άσε που θα αποκάλυπτε πως εκείνος τη θυμόταν. Και ας είχε περάσει τόσος καιρός.

«Εσύ; Γιατί γύρισες από την Αγγλία;»

«Ε, για δουλειά». Κοίταξε το ποτήρι της και έφερε το καλαμάκι κοντά στα χείλη. Ρούφηξε λίγο καφέ και συνέχισε.

«Για να βρω δουλειά. Απίστευτο ε; Οι γονείς μου έφυγαν από την Ελλάδα εξαιτίας της δουλειάς του πατέρα μου και εγώ γύρισα πίσω για να βρω δουλειά», είπε. Το βλέμμα της όμως είχε σκοτεινιάσει.

«Σε καταλαβαίνω! Και εγώ έφυγα από το χωριό με τη σκέψη να μην ξαναγυρίσω, αλλά εκεί νιώθω καλά. Εκεί ηρεμώ πραγματικά», είπε και τράβηξε άλλη μια τζούρα από το τσιγάρο του. Πιο γερή αυτή τη φορά. Είχε καπνίσει κιόλας το μισό.

«Εγώ θα επέστρεφα έτσι και αλλιώς. Πριν τη δουλειά στην "Your Health" ήταν να κάνω κάτι σεμινάρια δημιουργίας σελίδων στο ιντερνέτ. Είχα κάνει την αίτηση και με διάλεξαν ανάμεσα σε πολλούς, αλλά τρεις ημέρες πριν ξεκινήσω, μου τηλεφώνησαν από την εταιρεία. Έτσι προτίμησα τη δουλειά».

«Φυσικά. Κοστίζει πολύ να μένεις μόνος σου», είπε ο Στάθης. Ήπιαν λίγο καφέ ακόμα.

«Και εκτός δουλειάς; Τι σ' αρέσει να κάνεις;» είπε και έσβησε το τσιγάρο του στο γυάλινο τασάκι που είχε κοντά του.

«Κάνω μαθήματα φωτογραφίας», είπε και τα μάγουλά της κοκκίνισαν.

«Άντε! Πώς το αποφάσισες;»

«Ε! Πάντα μου άρεσε. Απλά τώρα έτυχε. Είδα μία αφίσα στο δρόμο και πήγα. Το εργαστήριο είναι κοντά στο σπίτι μου», είπε και χαμήλωσε το βλέμμα στο τραπέζι. Παραμέρισε με τα ακροδάχτυλα τα μαλλιά από το πρόσωπό της και τα πέρασε πίσω απ' το αυτί.

«Όταν θα τυπώσεις τις πρώτες σου φωτογραφίες θα μου φέρεις να τις δω;» είπε ο Στάθης με έναν ενθουσιασμό που της έδωσε θάρρος.

«Ναι αμέ! Αν θέλεις».

Συνέχισαν να μιλούν. Η ώρα πέρασε γρήγορα. Το μαγαζί είχε γεμίσει με ζευγαράκια. Νόμιμα ή παράνομα; Ποιος να 'ξερε άραγε! Κάθονταν αγκαλιασμένα, κρατώντας ο ένας το χέρι του άλλου, σιγοψιθυρίζοντας ανάμεσα στο θρόισμα των φύλλων και το τερέτισμα των τζιτζικιών. Ο ήλιος είχε αρχίσει να δύει και ο Στάθης αναρωτιόταν αν αυτή η καφετέρια ήταν τελικά μια τυχαία επιλογή. Ένα ένα τα φώτα άρχισαν να ανάβουν στην πόλη. Η σερβιτόρα τοποθέτησε στο κέντρο του τραπεζιού ένα διάφανο δοχείο με ένα αναμμένο κερί. Ήταν καιρός να φύγουν.

Η ατμόσφαιρα είχε γίνει ιδιαίτερα ρομαντική για πρώτο ραντεβού. Ο Στάθης προθυμοποιήθηκε να κεράσει. Η Άντα δεν ήθελε να μαλώσουν αλλά δεν το θεωρούσε σωστό. Θα έπρεπε να μοιραστούν το ποσό. Σαν φίλοι.

«Σου χρωστάω έναν καφέ! Την επόμενη φορά δικά μου», του είπε. Ο Στάθης κρυφογέλασε ευτυχισμένος. Αυτό σήμαινε ότι θα έπρεπε να ξαναβγούν. Ήταν και εκείνη το ίδιο πεισματάρα. Αν έλεγε κάτι έπρεπε να γίνει. Τη συνόδεψε μέχρι το σπίτι της. Ήταν πολύ κοντά, κάνα δυο στενά παρακάτω.

«Φτάσαμε λοιπόν! Σ' ευχαριστώ πολύ», του είπε και έσφιξε την τσάντα στον ώμο της.

«Σε ποιον όροφο μένεις;» είπε ο Στάθης και κοίταξε ψηλά.

«Στο δεύτερο, σ' εκείνο εκεί το μπαλκόνι», του είπε δείχνοντάς το γωνιακό διαμέρισμα.

«Πάντως, κάνεις καλή παρέα! Να ξαναβγούμε», της είπε ο Στάθης. Η Αντα χαμογέλασε.

«Μπορεί να σου φανεί αστείο αλλά νιώθω σαν να σε ξέρω χρόνια», της είπε πιο σοβαρός αυτή τη φορά.

«Παράξενο ε; Κι εγώ νιώθω άνετα μαζί σου. Αν και με τρόμαζε αυτό στην αρχή», του είπε. «Ξέρεις βέβαια ότι γενικά δύσκολα μιλάω αλλά...» ο Στάθης κούνησε με νόημα το κεφάλι του κάνοντάς την να γελάσει δυνατά αφήνοντας τη φράση της μισή.

«Για γυναίκα; Ό άντρας που θα σε πάρει θα 'ναι πολύ τυχερός», είπε ο Στάθης.

«Έλα τώρα, σταμάτα!» του είπε, σπρώχνοντας με το χέρι της το σώμα του.

«Τα παιδιά στο γραφείο λένε πως μοιάζουμε. Μήπως

είμαστε αδέλφια;» είπε η Άντα χαμογελώντας ακόμα.

«Να το ψάξουμε, τι λες;» απάντησε ο Στάθης και της έκλεισε το μάτι. Υποσχέθηκε να της τηλεφωνήσει. Ήθελε να κρατήσουν αυτή την επαφή εκτός δουλειάς. Τον καληνύχτισε και πέρασε τη φωτισμένη είσοδο της πολυκατοικίας. Εκείνος στάθηκε για λίγο στο απέναντι πεζοδρόμιο, έβαλε τα χέρια του στις τσέπες και συνέχισε να κοιτά το μπαλκόνι της για μερικά λεπτά ακόμα. Όταν το φως στο διαμέρισμά της άναψε, πισωπάτησε δυο βήματα έκανε μια γρήγορη περιστροφή στα τακούνια του και έφυγε. Ένιωθε πολύ ευτυχισμένος. Κάθε φορά που βρισκόταν κοντά της ένιωθε πραγματικά καλά. Καλά πρώτα με τον εαυτό του. Και ήρεμος. Σαν να γαλήνευε η ψυχή του. Σαν να υπήρχε ένας άλλος άνθρωπος κρυμμένος μέσα του που εμφανιζόταν δειλά δειλά κάθε φορά που τη συναντούσε. Ένας άνθρωπος που δεν γνώριζε καθόλου αλλά που του άρεσε πραγματικά πολύ.

Γυναικείο μυαλό

Το πρωί του Σαββάτου κατεβήκαμε με τον Στάθη στο χωριό. Ο τελευταίος αγώνας της ομάδας μας ήταν και ο τελευταίος μας για τη φετινή διοργάνωση. Χάσαμε τρία ένα. Αντίο, πρόκριση. Δεν είχα λόγο να μένω άλλο στην Αθήνα. Εκείνος θα κατέβαινε για να δει τους δικούς του και να πάρει κάνα σπιτικό φαγητό. Η κυρα-Ντίνα σε κάθε αντάμωμα τον προμήθευε με πεντέξι ταπεράκια. Φτάσαμε κοντά μεσημέρι. Ήταν δεν ήταν δώδεκα. Ξεφορτώσαμε το αμάξι και πήγαμε για έναν καφέ στην πλατεία.

«Τώρα ξέρεις», μου είπε ο Στάθης. «Να 'ρχεσαι να με βλέπεις!». Δεν ήταν η πρώτη φορά που ανέβαινα στην πόλη, αλλά πάντα είχα μια ανασφάλεια. Άλλοι ρυθμοί. Αυτή τη φορά όμως μου καλάρεσε. Ο Στάθης είπε πως αν τ' αποφάσιζα, το σπίτι του ήταν ανοιχτό. Δεν ήταν ανάγκη να περιμένω απ' την ομάδα. Δεν ήξερα τίποτα σίγουρα, μου αρκούσε όμως ο λόγος του. Άλλωστε είχα και την Αρετή μου. Δεν ήθελα να την αφήνω συνέχεια μόνη.

Κάτσαμε στου Πουλόπουλου. Ήταν καινούρια καφετέρια και μάζευε πιο πολύ νεολαία. Είχε βγάλει τραπέζια έξω στο πλακόστρωτο και οι μπλε τετράγωνες ομπρέλες δημιουργούσαν ωραία σκιά. Σκιά για τεμπέληδες... Είχαμε χαλαρώσει και λέγαμε ανέκδοτα χαζογελώντας, όταν στη γωνία του μαγαζιού φάνηκε η Μαρία. Η πρώην του Στάθη. Το γέλιο μας κόπηκε απότομα. Ο Θεός να βάλει το χέρι του. Πάλι κλάματα θα 'χουμε, σκέφτηκα. Μας πλησίασε με ένα συγκρατημένο χαμόγελο.

«Γεια», είπε και μετά στράφηκε προς τον Στάθη. «Μπορώ να σου μιλήσω;»

«Κάθισε», είπε εκείνος και τράβηξε την καρέκλα δίπλα του. Κάθισε στην άκρη της καρέκλας κρατώντας σφιχτά την τσάντα της επάνω στα γόνατά της. Με κοίταξε.

«Μίλα ελεύθερα. Το Γιώργο τον ξέρεις», της είπε.

«Την περασμένη εβδομάδα ήρθαν στο σπίτι δύο άντρες και με ρωτούσαν για σένα», είπε. Ο Στάθης με κοίταξε. Είχαμε κάνει την ίδια σκέψη.

«Έμαθαν πως τότε, στο ατύχημα, ήμασταν μαζί. Ήθελαν να μάθουν αν ήσουν νηφάλιος. Μου πέταξαν και κάτι μπηχτές για τον τσακωμό. Κάποιος τους το είχε σφυρίξει». Ο Στάθης ανακάθισε στην καρέκλα του. Προσπάθησε να μη φανερώσει την ανησυχία του, αλλά εγώ που τον ήξερα έβλεπα πως καθόταν στα καρφιά. Πήρε από το πακέτο ένα τσιγάρο και χτύπησε ελαφρά το φίλτρο του στο τραπέζι.

«Και λοιπόν;» τη ρώτησε κάπως αδιάφορα.

«Γι' αυτό ήρθα. Ήθελα να ξέρεις ότι δεν κινδυνεύεις από μένα», είπε. Ο Στάθης την κοίταξε. Τον κοιτούσε ίσια στα μάτια. Ήταν ήρεμη και απόλυτα ειλικρινής. Άπλωσε το χέρι του στο πρόσωπό της και της χάιδεψε το μάγουλο με τις άκρες των δαχτύλων του. Ύστερα πήρε το πακέτο του και έβαλε πάλι μέσα το τσιγάρο.

«Το ξέρω πως δεν είσαι κακός. Μπορεί να μην τα πήγαμε καλά η δυο μας αλλά το ατύχημα ήταν άλλο θέμα. Στην αρχή ήμουν θυμωμένη δεν σ' το κρύβω. Έλεγα πως σε τιμώρησε ο Θεός», του είπε και ακούμπησε στην πλάτη της καρέκλας της.

«Μετά όμως λυπήθηκα. Αλήθεια». Κατέβασε το βλέμμα της χαμηλά. Τα δάχτυλά της ασχολήθηκαν ανούσια με το λουράκι της τσάντας της. «Λυπήθηκα πολύ. Σου χρέωσαν πολλά και δεν ήταν δίκαιο», είπε στη συνέχεια και σταμάτησε.

«Σ' ευχαριστώ, Μαρία. Είσαι πολύ εντάξει τελικά», της είπε ο Στάθης. Εκείνη τον κοίταξε. Σηκώθηκε και πέρασε την τσάντα της ξανά στον ώμο. Του χαμογέλασε φιλικά. Ο Στάθης την κοιτούσε με ένα σφιγμένο χαμόγελο αλλά τα μάτια του παραδέχονταν πως την είχε αδικήσει. Δεν ήταν τόσο ελαφρόμυαλη όσο ήθελε να πιστεύει.

«Μόνο αυτό ήθελα να σου πω, Στάθη. Μπορείς να υπολογίζεις σε μένα», είπε. Με χαιρέτησε με ένα νεύμα και έφυγε.

«Αυτό πραγματικά δεν το περίμενα», μου είπε με μάτια ορθάνοιχτα μόλις μείναμε οι δυο μας.

«Σώπα! Μην το πεις ούτε του παπά!» του είπα το ίδιο ξαφνιασμένος. Δεν ξέρω τι τύποι ήταν αυτοί που είχαν επισκεφτεί τη Μαρία αλλά προφανώς δεν της είχαν κάνει καλή εντύπωση. Τον Στάθη τον ήξερε. Δεν θα πείραζε ούτε μυρμήγκι αρκεί και εκείνο να μη σκαρφάλωνε στα πόδια του. Και εκείνοι ήθελαν να σκαρφαλώσουν στο σβέρκο του. Η Μαρία το κατάλαβε. Κάτι δεν πήγαινε καλά με εκείνους τους τύπους αλλά ευτυχώς δεν τους έκανε τη χάρη να εκμεταλλευτούν την ερωτική της απογοήτευση. Τον αγαπούσε τον Στάθη. Ίσως όχι όπως πριν, αλλά τον αγαπούσε. Δεν θα του έκανε ποτέ κακό ηθελημένα.

Πήρε τηλέφωνο τον δικηγόρο του και του τα είπε. Αν ήταν έτσι τα πράγματα, η Μαρία θα μπορούσε να τους φανεί χρήσιμη. Ήταν ο κύριος μάρτυρας της υπόθεσης. Το μόνο που έπρεπε να δικαιολογήσουν ήταν για ποιο λόγο κατέβηκε νωρίτερα από το αυτοκίνητο.

Την Κυριακή το βράδυ, μόλις γύρισε στην Αθήνα, τηλεφώνησε στην Άντα και της είπε τα νέα. Είχαν μιλήσει για το ατύχημα και για το δικαστήριο αλλά είχε παραλείψει εσκεμμένα να της αναφέρει τη Μαρία.

«Δεν περίμενα να αντιδράσει έτσι. Πρώτη φορά με κάνουν να μετανιώσω για τον τρόπο μου», της είπε.

«Για όλα υπάρχει η πρώτη φορά!» είπε η Άντα κοφτά στην άλλη άκρη της γραμμής.

«Εσύ τι θα 'κανες;»

«Εγώ τι;»

«Αν ήσουν στη θέση της».

«Δεν θα υπήρχε αυτή η περίπτωση»

«Τι εννοείς δεν θα υπήρχε αυτή η περίπτωση».

«Τι δεν καταλαβαίνεις; Δεν θα υπήρχε περίπτωση να ήμουν στη θέση της. Θα είχα φύγει από κοντά σου νωρίτερα».

«Τόσο κακός είμαι δηλαδή;» Η Αντα σώπασε για λίγο. Ο Στάθης άκουγε την ανάσα της στο ακουστικό αλλά δεν έπαιρνε απάντηση.

«Μ' ακούς;» τη ρώτησε ανυπόμονα.

«Ναι».

«Νομίζεις ότι είμαι ακόμα τόσο κακός;» Η φωνή του είχε μαλακώσει.

«Μάλλον όχι. Δεν μοιάζεις να είσαι τόσο κακός!» είπε η Άντα.

«Εσύ φταις γι' αυτό», της είπε.

«Εγώ; Εγώ δεν έκανα τίποτα».

«Κι όμως! Μπορεί να μην το ξέρεις αλλά έχεις κάνει πολλά». Η Αντα δεν απάντησε. Το προσπέρασε αλλάζοντας συζήτηση.

Όσο οι μέρες περνούσαν, γίνονταν και οι δύο πιο διαχυτικοί. Ο Στάθης της εκμυστηρεύονταν τις σκέψεις του και τους προβληματισμούς του και εκείνη τον άκουγε με κατανόηση. Κάποιες φορές διαφωνούσε με τις απόψεις του και δεν δίσταζε να υπερασπιστεί τις σκέψεις της. Το πείσμα και των δύο τους οδηγούσε συχνά σε καβγάδες, αλλά πάντα φρόντιζαν να έχουν λύσει τις διαφορές τους πριν γυρίσει ο καθένας στο σπίτι του. Εκτός των άλλων ήταν και πολύ καλοί συνεργάτες κι αυτό δεν ήθελε κανείς τους να αλλάξει. Μέρα με τη μέρα, η σχέση τους γινόταν όλο και πιο φιλική. Ο Στάθης είχε καταλάβει, από τα μισόλογα της Άντας, πως δεν έβλεπε κάποιον εκείνη την περίοδο, αλλά δεν έκανε καμιά κίνηση παραπάνω από φόβο να μην τη χάσει. Το ότι μπορούσε να είναι και «γλυκούλης», ε αυτό δεν το φανταζόταν. Όσο για τη γοητεία του και τις τακτικές του; Είχαν πάει περίπατο. Το μόνο που ήθελε ήταν να είναι μαζί της χωρίς όρους και χωρίς εγωισμούς. Φαίνεται πως είχε αρχίσει να αλλάζει ο γεράκος. Να υπολογίζει το γυναικείο μυαλό περισσότερο αλλά και την καρδιά. Γιατί τώρα μάθαινε, πώς ήταν να χτυπάει για κάποια ανεξέλεγκτα και πώς τραντάζεται τα βράδια το κρεβάτι, απ’ αυτούς τους δυνατούς και άτακτους χτύπους. Και είχε να μάθει πολλά ακόμα.

Ξεπερνώντας τη μόδα του κροκό

Η επόμενη συνάντηση κανονίστηκε σύντομα, χωρίς προφάσεις και περιστροφές, στο γνωστό σημείο, έξω από το άλσος.

«Γεια σου και πάλι», της είπε ο Στάθης ενώ την πλησίαζε χαμογελώντας.

«Γεια σου και σένα!» του είπε η Άντα με παιχνιδιάρικο ύφος.

«Πού θα πάμε;»

«Έτσι όπως κυκλοφορείς; Πουθενά!» του είπε και τον κοίταξε από πάνω έως κάτω λες και επρόκειτο να του πάρει μέτρα για κουστούμι. Ο Στάθης ξαφνιάστηκε. Γιατί; Τι είχε; Φορούσε ένα λευκό πουκάμισο και ένα τζιν παντελόνι.

«Και αυτά τι είναι;» είπε η Άντα κοιτάζοντας τα παπούτσια του. Αλλά και η ζώνη του, δεν πήγαινε πίσω. Είχε τα ίδια χάλια! Ο Στάθης συγκρατούσε το παντελόνι του με μία κροκό ζώνη, σε μπεζ και καφέ αποχρώσεις, ακριβώς το ίδιο σχέδιο που είχαν και οι μπότες που φορούσε. Η λεπτομέρεια δε στην μπότα ήταν τόσο έντονη που νόμιζες πως ο καημένος ο κροκόδειλος ήταν ακόμα ζωντανός. Το μόνο που έμενε ήταν να ανοίξει το στόμα του και να σε κάνει μια χαψιά!

«Συγγνώμη που σ' το λέω, αλλά δεν νομίζω ότι με αυτά αναδεικνύεται η προσωπικότητα σου», είπε η Άντα. Τα μάτια της γυάλιζαν πονηρά και οι συσπάσεις στο πρόσωπό της έδειχναν ότι πάλευε να συγκρατήσει ένα κοροϊδευτικό χαμόγελο. Ο Στάθης κοίταξε μία φορά τις μπότες του, μία τη ζώνη του και μία την Άντα.

«Γιατί τι έχω; Τόσο χάλια είναι;» Η Αντα κούνησε το κεφάλι της καταφατικά. Το χαμόγελό της γινόταν ολοένα και πιο πλατύ.

«Αυτές οι μπότες έχουν ξετρελάνει ολόκληρο τον γυναικείο πληθυσμό και εσύ μου λες ότι δεν είναι ωραίες; Παραδέξου το. Είναι πολύ σέξι». Ε, αυτό ήταν! Η Αντα ξέσπασε σε γέλια.

«Μα, μοιάζεις με τον Κροκοδειλάκια!» είπε και συνέχισε να γελάει. Είχε ένα δροσερό, χαρούμενο γέλιο.

«Ιούνιος, ρε Στάθη μου! Έλεος!» του είπε και προσπάθησε να πνίξει τα τελευταία χαχανητά. Το επόμενο στάδιο θα ήταν να την πιάσει νευρικό γέλιο και δεν το θεωρούσε καθόλου ευγενικό. Ήδη ένιωθε άσχημα για την παρατήρησή της. Και ο γεράκος, όμως, ήταν καιρός να τ' ακούσει. Μου είχε σπάσει τα νεύρα με αυτές τις μπότες. Άσε που όταν τις έβλεπα άξαφνα κάτω από το τραπέζι τρόμαζα. Ξεχνούσα ότι υπήρχαν πόδια εκεί μέσα.

Το ύφος του είχε γίνει τώρα πιο παραπονιάρικο. Η Άντα τον χάιδεψε στα μαλλιά, λες και χάιδευε κουτάβι που μυξόκλαιγε. Τα μάτια της είχαν δακρύσει από τα γέλια. Οι μορφασμοί που έκανε ο Στάθης ήταν τόσο κωμικοί που δεν μπορούσε να πάρει στα σοβαρά τα επιχειρήματα που της απαριθμούσε, προσπαθώντας να την πείσει για την αξεπέραστη μόδα του κροκό. Ξανακοιτάχτηκε γρήγορα και προέτρεψε με πείσμα την Άντα να σταματήσει, αλλά τελικά έβαλε κι εκείνος τα γέλια. Πήραν τον δρόμο της επιστροφής. Δεν θα το απέφευγε. Έπρεπε να πάει στο σπίτι του να αλλάξει. Η αλήθεια ήταν, όπως παραδέχτηκε και στην Άντα, πως το ντύσιμο του σε σύγκριση με το δικό της ήταν εντελώς παράταιρο. Εκείνη με το τζιν και τα αθλητικά της και εκείνος με τις μπότες, λες και ετοιμαζόταν για μπαρότσαρκα σε παρακμιακό μπαρ, σαν εκείνα που συνήθιζε να γυρίζει πριν το ατύχημα.

«Πάντως, μη νομίζεις πως είναι το μοναδικό ζευγάρι που έχω. Στο χωριό να δεις τι γίνεται ! Η ντουλάπα είναι γεμάτη. Ούτε η μάνα μου τις συμπαθεί, τώρα που το σκέφτομαι», κι έκανε μία παύση και συνέχισε.

«Σκέψου να σμίγατε. Ωχ! Τι είχα να πάθω!» είπε.

«Μην ανησυχείς. Αυτό δεν πρόκειται να συμβεί», απάντησε εκείνη κόβοντάς του λίγο τη φόρα. Το διαμέρισμα του ήταν στον πέμπτο όροφο. Μόλις μπήκε μέσα πήγε κατευθείαν στο υπνοδωμάτιο. Κάθισε στην άκρη του κρεβατιού και τράβηξε από κάτω ένα ζευγάρι λευκά αντίντας. Τα φορούσε συνήθως όταν πήγαινε στο γήπεδο για να δει τον ΠΑΟΚ, την αγαπημένη του ομάδα. Τα καθάρισε λίγο με μια πετσέτα και τα φόρεσε. Μετά άνοιξε την ντουλάπα και τράβηξε μια λευκή δερμάτινη ζώνη που κρεμόταν σε μια άκρη. Την πέρασε στα γρήγορα στις θηλιές του παντελονιού και κοιτάχτηκε στον καθρέφτη. Ήταν έτοιμος. Πριν κλείσει την πόρτα πίσω του βεβαιώθηκε πως τα πήρε όλα. Τσιγάρα, κλειδιά, κινητό, πορτοφόλι.

«Μη γίνουμε πάλι ρεζίλι», μονολόγησε. Τουλάχιστον το παραδεχόταν. Όταν ήταν κοντά της αποσυντονιζόταν εντελώς!

Εκείνο το απόγευμα ένα πολύχρωμο μπουλούκι ανθρώπων γέμιζε τους δρόμους. Περπάτησαν ο ένας δίπλα στον άλλον χαζεύοντας τις βιτρίνες και κάθισαν στο ίδιο καφέ που είχαν πάει και την πρώτη φορά. Ήταν η σειρά της να κεράσει. Παράγγειλαν μπίρες. Θυμήθηκαν το κυριακάτικο απόγευμα στο γήπεδο και γέλασαν, πειράζοντας ο ένας τον άλλον. Επέστρεψαν περπατώντας αντάμα έως το σπίτι της Άντας με την καρδιά τους ανάλαφρη όπως το καλοκαιρινό αεράκι. Για άλλο ένα απόγευμα είχαν περάσει όμορφα μαζί. Κόντευε να γίνει συνήθεια. Θα χώριζαν ξανά σαν δυο καλοί φίλοι αλλά λίγα λεπτά πριν την καληνύχτα, τα μάτια του Στάθη κοίταξαν τα γαλαζοπράσινα μάτια της Άντας σαν να ήθελαν να κλέψουν κάθε της σκέψη. Το έντονο βλέμμα του έκανε την Άντα να τραβηχτεί από κοντά του και να χαμηλώσει ντροπιασμένη τα μάτια της. Σαν να φοβήθηκε μην ανακαλύψει κάποιο μεγάλο μυστικό. Η καρδιά του Στάθη χτύπησε δυνατά. Ήθελε πολύ να την φιλήσει αλλά φοβόταν. Πώς να την άγγιζε; Ήταν κάτι τόσο τρυφερό για εκείνον.

«Καληνύχτα», του είπε. Και εκείνος αρκέστηκε σ' αυτό.

«Καληνύχτα», είπε αλλά ήξερε πως, για μία ακόμα νύχτα, θα αργούσε πολύ να τον πάρει ο ύπνος.

Η εξομολόγηση

Από το παράθυρο του δευτέρου ορόφου, όπου βρισκόταν το γραφείο του Στάθη, έβλεπες τον ο πολυσύχναστος δρόμος. Ο ήλιος αντανακλούσε στην απέναντι πολυκατοικία και μια φαρδιά δέσμη φωτός έπεφτε πάνω στα χαρτιά που είχε μπροστά του. Γύρισε τα στόρια. Είχε ένα αεράκι χλιαρό. Ιούλιος πια, αλλά η δουλειά δεν έλεγε να χαλαρώσει ούτε αυτή την Παρασκευή. Οι άδειες είχαν καθυστερήσει να μοιραστούν. Κάποιες αλλαγές στο εσωτερικό της εταιρείας είχαν δημιουργήσει γενική αναστάτωση. Οι θέσεις των συνεργατών άλλαζαν, προϊστάμενοι μετατίθεντο και τιμήματα συγχωνεύονταν. Ο Στάθης μιλούσε στο τηλέφωνο ασταμάτητα. Άλλοτε μεγαλόφωνα και άλλοτε ψιθυριστά. Το πουκάμισό του είχε ιδρώσει και δεν ήταν μόνο από τη ζέστη. Το τασάκι του ήταν γεμάτο αποτσίγαρα. Η Αντα είχε τεντώσει το αυτί της, σαν δορυφορική κεραία, προκειμένου να ακούσει τι έλεγε. Από τα λεγόμενά του κάτι επρόκειτο να συμβεί και στο δικό τους τμήμα. Η Ναταλία την κοίταξε με σφιγμένα χείλη. «Τι συμβαίνει;», προσπάθησε να την ρωτήσει με ένα κούνημα του κεφαλιού της. Η Αντα την κοίταξε και ανασήκωσε τους ώμους της με απορία. Αν ρωτούσε τον Στάθη σίγουρα θα της έλεγε, αλλά εκείνη τη στιγμή ήταν αδύνατον. Η Ναταλία έκοψε στη μέση μία κόλλα αναφοράς. Έγραψε κάτι και της το έδωσε. Δεν ήθελε να την ακούσει κανείς. Η Αντα το διάβασε. «Λες να φύγει ο Στάθης;» έγραφε.

Ξαφνιάστηκε δυσάρεστα. Αυτό ήταν κάτι που δεν το είχε σκεφτεί. Ο Στάθης είχε την Άντα σαν προστατευόμενη. Της είχε μάθει τη δουλειά αλλά και όλα τα κουτσομπολιά της εταιρείας. Πράγματα που ίσως να μη μάθαινε ποτέ από άλλον. Δεν την συνέφερε να φύγει. Πρώτα απ' όλα σκεφτόταν τη θέση της. Την άψογη συνεργασία που είχε μαζί του. Έτσι είχε πει. Εγώ όμως ήξερα. Ήμουν σίγουρος ότι δεν ήταν μόνο αυτό. Ακούμπησε τους αγκώνες της στο γραφείο και στερέωσε το κεφάλι στις παλάμες της. Έπρεπε να μιλήσει με τον Στάθη όσο το δυνατόν συντομότερα.

Στο διάλειμμά της, πλησίασε το γραφείο του.

«Πώς είσαι;» τον ρώτησε σχεδόν ψιθυριστά. Την κοίταξε και ξεφύσησε φουσκώνοντας τα μάγουλά του.

«Σκατά!» είπε και κοίταξε τον υπολογιστή του σαν να μην ήξερε τι έπρεπε να κάνει. Η Αντα δεν μίλησε. Αλλά ούτε έφυγε. Έμεινε, να στέκεται εκεί ακούνητη, προκειμένου να μάθει τι είχε συμβεί.

«Το μεσημέρι θα με περιμένεις;», της είπε. Έδειχνε ιδιαίτερα ανήσυχος. Φυσικά και θα τον περίμενε. Ήλπιζε να της το ζητήσει. Την είχε βγάλει από τη δύσκολη θέση να του ζητήσει να μιλήσουν.

Μόλις βγήκαν από το κτήριο ο Στάθης άναψε τσιγάρο. Περπατούσαν με κατεύθυνση το άλσος. Εκεί θα μπορούσαν να μιλήσουν με ησυχία. Ο Στάθης ήταν ιδιαίτερα σιωπηλός. Είχε περάσει σχεδόν μισή ώρα και δεν είχε βγάλει λέξη. Μόνο κάπνιζε το ένα τσιγάρο μετά το άλλο. Η Αντα τον παρατηρούσε. Δεν τον είχε ξαναδεί έτσι. Την κοιτούσε ελάχιστα. Την περισσότερη ώρα περπατούσε σκυφτός θαρρείς και μετρούσε τα πλακάκια του πεζοδρομίου. Μόλις πέρασαν την κεντρική είσοδο δεν άντεξε άλλο. Ήταν ώρα να ξεκινήσει τις ερωτήσεις.

«Θα μου πεις επιτέλους τι έγινε σήμερα στη δουλειά; Τι σου είπαν στο τηλέφωνο και έχασες τη μιλιά σου;»

«Δεν άκουσες τίποτα; Δεν κατάλαβες;»

«Κατάλαβα ότι θα γίνουν αλλαγές, αλλά ακριβώς πού να ξέρω; Υποτίθεται ότι βγήκαμε για να μου πεις τι συμβαίνει», του είπε.

«Υπάρχει περίπτωση να αλλάξω τομέα. Ενενήντα εννιά τα εκατό δηλαδή. Θα με μεταφέρουν», της είπε και στάθηκε μπροστά από μια χαμηλή, πέτρινη μάντρα. Φύσηξε τον καπνό και πέταξε τη γόπα κάτω. Η Αντα έκανε μια κίνηση να την πατήσει. Τα σώματά τους πλησίασαν.

«Εσύ θέλεις;» τον ρώτησε. Ο Στάθης έκατσε στο πέτρινο τοιχίο και την έπιασε από τον καρπό. Σαν να ήθελε να την τραβήξει κοντά του, αλλά δεν το έκανε. Εκείνη δεν αντέδρασε. Μόνο τον κοιτούσε και περίμενε.

«Δεν έχω πρόβλημα με τη δουλειά», είπε, «Όπου και αν με πάνε θα τα καταφέρω. Αλλού είναι το πρόβλημα». Την κρατούσε ακόμα. Το χέρι του ήταν ζεστό.

«Τι εννοείς; » του είπε. Έμοιαζε να μην τον καταλαβαίνει.

«Πίστευα ότι θα έχω περισσότερο χρόνο». Σταμάτησε. Το πρόσωπό του ήταν ήρεμο και σοβαρό.

«Και εγώ στεναχωρήθηκα. Θα μου κακοφανεί αν φύγεις τώρα που σε γνώρισα», είπε και προσπάθησε να βγει από την αμηχανία που είχε αρχίσει να της προκαλεί ο Στάθης. Εκείνος το κατάλαβε από τα μάτια της και από τη μικρή φλέβα στο εσωτερικό του καρπού της που είχε αρχίσει να πάλλεται δυνατά.

«Δηλαδή, μόνο επειδή δεν θα δουλεύουμε μαζί στενοχωρήθηκες;», της είπε και την τράβηξε ελαφρά προς το μέρος του. Οι μηροί της βρέθηκαν ανάμεσα στα γόνατά του. Τα μάγουλά της κοκκίνισαν. Ο Στάθης χαμογέλασε και της χάιδεψε απαλά το πρόσωπο με τους κόμπους των δαχτύλων του.

«Σε παρακαλώ. Μην το κάνεις αυτό», του είπε κοιτάζοντάς τον στα μάτια. «Δεν είναι όλα τόσο απλά. Πίστεψέ με».

«Εγώ θέλω πολύ να μάθω για σένα. Για τη ζωή σου, την οικογένεια σου, αλλά ποτέ δεν μιλάς γι' αυτά. Εγώ... δεν στεναχωριέμαι επειδή θα φύγω από τη δουλειά». Έκανε μία παύση και προσπάθησε να βρει τα κατάλληλα λόγια για να της πει αυτό που ήθελε.

«Δεν είναι ανάγκη να πεις τίποτα», του είπε η Άντα. Ο Στάθης την έπιασε από τη μέση με τα δυο του χέρια και την τράβηξε ακόμα πιο κοντά στο σώμα του.

«Δεν είχα σκοπό να σ' το πω αλλά τώρα που δεν θα δουλεύουμε πια μαζί, όλα αλλάζουν», της είπε και κατέβασε το βλέμμα του χαμηλά.

«Νομίζω ότι είμαι ερωτευμένος μαζί σου». Κατάφερε να ψελλίσει χωρίς να την κοιτάξει. Η Αντα έπιασε με τα ακροδάχτυλά της το πιγούνι του Στάθη. Ανασήκωσε το κατεβασμένο του πρόσωπο και τον κοίταξε ευθεία στα μάτια.

«Μήπως θα έπρεπε να σιγουρευτείς πρώτα;» τον ρώτησε. Είχε ένα γλυκό χαμόγελο στο πρόσωπό της. Εκείνος δεν μίλησε.

«Τώρα κοκκίνισες εσύ», του είπε. Ο Στάθης πέρασε το χέρι του κάτω από τα μαλλιά της και τα χάιδεψε απαλά. Ακούμπησε ύστερα το μάγουλό του στο δικό της και της ψιθύρισε «Είμαι σίγουρος. Πιο σίγουρος δεν ήμουν ποτέ». Η ανάσα του χάιδευε το λοβό του αυτιού της και η καρδιά του χτυπούσε δυνατά. Τόσο, που μπέρδεψε τους χτύπους του με τους δικούς της. Εκείνη, με τα χέρια της περασμένα γύρω από τον λαιμό του, έμεινε ασάλευτη. Σαν να μην είχε δύναμη να αντιδράσει. Την κράτησε στην αγκαλιά του όσο περισσότερο μπορούσε. Ο χρόνος είχε σταματήσει γι’ αυτόν. Το πάρκο είχε αδειάσει και γύρω του και δεν υπήρχε τίποτε άλλο εκτός από εκείνη. Το μυαλό, θολό. Κενό. Ούτε παρελθόν ούτε μέλλον. Μόνο ένα απίστευτα τρυφερό και ταυτόχρονα αμήχανο παρόν. Η Αντα έκανε μια κίνηση να απομακρυνθεί. Το μέτωπό της ακούμπησε στο δικό του και προσπάθησε να της κλέψει ένα φιλί.

«Στάθη. Καλύτερα όχι», του είπε και απομακρύνθηκε από την αγκαλιά του. Τα χέρια της έτρεμαν. Τα μάτια του Στάθη είχαν ένα βαθύ μπλε χρώμα. Την κρατούσε ακόμα τρυφερά.

«Τι μου ’χεις κάνει;» σκέφτηκε, καθώς την κοιτούσε. Έκατσε δίπλα του, ενώ του κρατούσε ακόμα το χέρι. Οι παλάμες τους ήταν υγρές. Για μερικά δευτερόλεπτα κοιτούσαν και οι δύο το πλακόστρωτο χωρίς να μιλάει κανείς.

«Συγγνώμη», είπε τελικά ο Στάθης. «Συγγνώμη αν σ' έφερα σε δύσκολη θέση. Ήθελα όμως να ξέρεις. Έλεγα να φύγω και να θάψω μέσα μου όλα όσα ένιωθα, αλλά μόλις σε είδα δεν μπόρεσα», είπε και σταμάτησε. Ένιωσε το στομάχι του να σφίγγεται.

«Δεν χρειάζεται να ζητάς συγνώμη. Αλλά καλύτερα να μην κάνουμε κάτι που θα μετανιώσουμε μετά. Δεν είμαστε πια παιδιά», του είπε. Έσφιξε με το χέρι της το δικό του και μετά το απομάκρυνε μαλακά, έτσι ώστε να γλιστρήσει αργά μέσα από τη μισάνοιχτη παλάμη του σαν χάδι. Φαίνεται ότι είχε αρχίσει να ξαναβρίσκει τον εαυτό της.

«Μπορεί να ακουστεί αστείο αλλά δεν έχω ξανανιώσει ποτέ έτσι», είπε ο Στάθης μετανιώνοντας την ίδια στιγμή γι' αυτό που ξεστόμισε. Η Αντα αντέδρασε ακριβώς όπως περίμενε.

«Φαντάζομαι σε πόσες θα το έχεις πει αυτό!» του είπε μορφάζοντας.

«Έχεις δίκιο να το λες αυτό. Αλλά εγώ στον καθρέφτη βλέπω έναν άλλον Στάθη», της είπε σοβαρά. Τον κοίταξε χωρίς να πει τίποτα. Στο πρόσωπό της σχηματίστηκε ένα σφιγμένο χαμόγελο. Δεν την είχε πείσει. Συμφώνησαν ωστόσο να βρεθούν ξανά, ό,τι και αν γινόταν τελικά με τη δουλειά. Αν δεν πείραζε την Άντα, δεν υπήρχε λόγος να σταματήσουν να μιλάνε.

Εδώ που τα λέμε, του φέρθηκε ανέλπιστα καλά! Αν έλεγε σ' εμένα αυτές τις κουβέντες, «στον καθρέφτη μου βλέπω έναν άλλο Στάθη», θα τον συμβούλευα να αλλάξει καθρέφτη. Τι λες, παλιοξεμυαλισμένε; Αλλά τι να του έλεγα που είχε το ακαταλόγιστο. «Έρως ανίκατε μάχαν», που έγραψε και ο Σοφοκλής. Κάτι ξέρανε οι αρχαίοι παραπάνω από εμάς. Αλλά και η Άντα δεν έμοιαζε να τα έχει κι αυτή πολύ ξεκάθαρα στο μυαλό της. Και δεν το λέω από ζήλια, αλλά εγώ δεν είχα ποτέ μου τέτοια φίλη. Όλη μέρα μαζί στο γραφείο και τα απογεύματα καφέδες και βόλτες στα πάρκα. Ύποπτο, δεν νομίζεις; Αυτά σκεφτόμουν εγώ με το μικρό μου το μυαλό αλλά τα κρατούσα για τον εαυτό μου. Στην Αρετή δεν έλεγα κουβέντα. Φοβόμουν μην της ξεφύγει τίποτα στις φίλες της και γίνουμε βούκινο. Ώρα ήταν να το μάθει όλο το χωριό! Του Στάθη τα μυαλά δεν ήθελα να τα παραφουσκώνω. Αν του έλεγα τις σκέψεις μου για την Άντα μπορεί να ενεργούσε βιαστικά και να τα 'κανε θάλασσα.

Μίλαγα και εγώ στον Τρύφωνα, ένα μπασταρδεμένο κυνηγόσκυλο που είχαμε στο κτήμα. Καλή παρέα και με κατανόηση. Με κοιτούσε με τα έξυπνα καφετιά μάτια του και το δεξί του αυτί πάντα τεντωμένο, λες και είχε αγκύλωση. Τον είχαμε βρει με τον πατέρα μου, ένα πρωινό που πηγαίναμε να ανοίξουμε το μαγαζί. Ήταν πληγωμένος και καταματωμένος, με την ουρά κυριολεκτικά στα σκέλια, κρυμμένος πίσω από ένα πεταμένο βαρέλι στην άκρη του δρόμου. Το φροντίσαμε. Του δώσαμε φαΐ και νερό και συνήλθε απίστευτα γρήγορα. Με κοιτούσε με τα αγαθά του μάτια όλο ευγνωμοσύνη και όταν με ρώτησε ο πατέρας μου πώς θα το φωνάζουμε, Τρύφωνας, ήταν το πρώτο όνομα που μου ήρθε στο μυαλό.

«Κατάλαβες, αγόρι μου;» του έλεγα εγώ και εκείνος με κοιτούσε με τη γλώσσα έξω περιμένοντας το μπισκότο από το χέρι μου.

«Αυτοί οι δυο θα τα φτιάξουν στο τέλος. Θα το δεις! Δεν μου το βγάζεις από το μυαλό», έλεγα κι εκείνος γάβγιζε και κουνούσε όλο χαρά την ουρά του.

«Την παραδεχόμουν όμως αυτή την κοπέλα. Χωρίς ουσιαστικά να το έχει συνειδητοποιήσει, χωρίς να προσπαθήσει καν, είχε μεταφέρει στον Στάθη τα δικά της πρέπει. Τους δικούς της ηθικούς φραγμούς, όρος που μέχρι τότε δεν συμπεριλαμβανόταν στο λεξιλόγιο του Στάθη. Για εκείνον ήταν πλέον σημαντική. Η γνώμη της ήταν σημαντική, ο θυμός της, η χαρά της, η ντροπή που έκανε τα μαγουλά της να κοκκινίζουν. Όλα μετρούσαν στο μυαλό του. Ακόμα και η σιωπή της. Αν τα γνώριζε αυτά η Άντα δεν νομίζω ότι θα είχε αναστολές. Εκτός, αν κάτι άλλο βασάνιζε το μυαλό της. Ίσως να υπήρχε λόγος που είχε επιστρέψει από την Αγγλία.

Χωρίστηκαν μόλις πέρασαν την είσοδο του άλσους. Μερικές ματιές και λόγια μετρημένα. Ο δρόμος της επιστροφής ήταν για τον Στάθη γεμάτος εικόνες και σκέψεις. Από τη μια, η δουλειά. Η αλλαγή της θέσης του είχε αρχίσει ήδη να τον αγχώνει. Από την άλλη, η αναπάντεχα ευχάριστη εξέλιξη με την Άντα. Έτσι το έβλεπε εκείνος. Γιατί, αν και δεν τον άφησε ούτε να την φιλήσει, ωστόσο δεν τον απέρριψε. Η στάση της τον γέμισε ελπίδες. Χαρά. Έστριψε στο στενό του με ανοιχτό βήμα και κλότσησε ένα άδειο κουτί αναψυκτικού που βρέθηκε μπροστά του. Μόλις μπήκε στο σπίτι, κοιτάχτηκε στον καθρέφτη του διαδρόμου και έτριψε με ικανοποίηση τις παλάμες του.

«Ωραία, ωραία! Καλά πάμε, καλά πάμε!» μονολόγησε. Οι λέξεις έβγαιναν από το στόμα σχεδόν τραγουδιστά.

Το Σαββάτο νωρίς το πρωί χτύπησε το τηλέφωνό μου.

«Σήκω, γέρο μου! Ήρθα!» μου είπε. Είχε κατέβει στο χωριό. Έτριψα τα τσιμπλιάρικα μάτια μου και κοίταξα το ρολόι. Ήταν οχτώ και μισή. Χασμουρήθηκα δυνατά, ενώ έξυνα το κεφάλι μου. «Καλώς τα δέχτηκα!» μουρμούρισα και του έκλεισα το τηλέφωνο.

Λες και κάτι ήξερε!

Ανταμώσαμε τελικά το μεσημέρι στο σπίτι του Στάθη. Μόλις πέρασα το κατώφλι ήρθα πρόσωπο με πρόσωπο με τον κύριο Αρσένη, τον δικηγόρο. Είχε πάει να πει στον Στάθη πως τη Μαρία θα την άφηναν έξω από την υπόθεση. Τους αρκούσε που δεν τον είχε «κάψει». Στο χωριό τη γνώριζαν όλοι. Ήξεραν πού έμενε, τους φίλους και τους συγγενείς της. Δεν θα μπορούσαν να δικαιολογήσουν εύκολα την ξαφνική έξοδό της από το αυτοκίνητο του Στάθη. Αν γινόταν γνωστή η ανάμειξή της, το πιο πιθανό ήταν να μπλεχτούν σε νέες περιπέτειες. Υπήρχαν πολλοί καλοθελητές στο χωριό που με ένα τούβλο πενηντάρικα θα κατέθεταν ό,τι και αν τους δασκάλευαν εναντίον του. Καθίσαμε στο σαλόνι. Η κυρα-Ντίνα με πλησίασε σκουπίζοντας τα χέρια στην ποδιά της.

«Να σου φτιάξω καφεδάκι, παλικάρι μου;» μου είπε με τη λεπτή χαρακτηριστική της φωνή, κόβοντας τα μισά φωνήεντα, όπως συνήθιζαν οι πιο μεγάλοι στο χωριό. Αποκρίθηκα καταφατικά, φορώντας το ευγενικό χαμόγελο που είχα για τις επισκέψεις μου στους συγγενείς. Μόλις βγήκε η μάνα του από το δωμάτιο ο Στάθης με άρπαξε από το μανίκι.

«Άντε, ρε! Πού είσαι όλο το πρωί», μου είπε με ύφος συνωμοτικό. Η κυρα-Ντίνα είχε καταλάβει από τη συμπεριφορά του Στάθη ότι κάτι συνέβαινε στην Αθήνα και είχε βαλθεί να μάθει.

«Με τρέλανε στις ερωτήσεις η Γκεστάπο!»

«Γιατί; Τι έγινε;» τον ρώτησα σιγανά.

«Πήρε τηλέφωνο η Ελένη και της έκανα νόημα να μη με δώσει. Μετά πήρε η Γιώτα και της είπα να πει ότι λείπω», είπε και έριξε μια κλεφτή ματιά προς την κουζίνα.

«Ε, ωραία! Και τι μ' αυτό;»

«Μη βιάζεσαι. Έχει και συνέχεια», μου είπε και μου σκούντησε στο χέρι. «Την ρώτησα αν είναι ακόμα στην ντουλάπα οι μπότες μου. Ξέρεις! Οι μυτερές και οι άλλες...»

«Ναι, ξέρω. Εκείνες οι απαίσιες!»

«Ναι. Μου είπε μέσα είναι, αλλά έχουν ένα πόντο σκόνη και με ρώτησε αν ήθελα να τις καθαρίσει. Εγώ όμως δεν τις θέλω πια!» μου είπε και μου έκλεισε το μάτι γεμάτος υπονοούμενα.

«Αα!» έκανα εγώ, αλλά δεν είχα καταλάβει τίποτα.

«Της είπα λοιπόν να τις πετάξει. Με ρώτησε βέβαια, δυο τρεις φορές, μήπως κι αλλάξω γνώμη. Της είπα ότι ήμουν σίγουρος και τότε άρχισε να μου χαμογελάει σαν χαζή».

«Γιώργη, να σου τον κάνω γλυκό;» ακούστηκε η φωνή της μάνας του από την κουζίνα. Απάντησα ένα βιαστικό «ναι» και στράφηκα ξανά στον Στάθη.

«Κατάλαβε τίποτα για την Άντα;» του είπα.

«Γάτα είσαι! Πώς να μην καταλάβει; Γιος της είμαι! Σου λέει: Για να αλλάζει αυτός συνήθειες και να μη μιλάει στις πρώην που τον γυροφέρνουν, κάτι συμβαίνει».

«Ε, κι εσύ; Τι ήθελες να της πεις για τις μπότες καλοκαιριάτικα; Ακόμα δεν έδεσε το γλυκό και προβαίνεις σε αποκαλύψεις», του είπα και χτύπησα με το δάχτυλο τον κρόταφο. «Μυαλό κουκούτσι»

«Έλα ντε! Τι το ’θελα; Μετά στρώθηκε δίπλα μου και άρχισε να με ρωτάει πώς περνάω στην Αθήνα και τι κάνει η κοπέλα». Σταματήσαμε τη συζήτηση απότομα. Είχε μπει μέσα η κυρα-Ντίνα κρατώντας στα χέρια της ένα δίσκο καλυμμένο με ένα πλεχτό σεμέν, και πάνω είχε τον ελληνικό και ένα ποτήρι νερό.

«Τα λέτε, τα λέτε;» είπε και ακούμπησε το δίσκο στο βοηθητικό τραπεζάκι που βρισκόταν δίπλα μου. Εγώ κούνησα το κεφάλι μου και κοίταξα τον Στάθη. Η μάνα του, χαμογελαστή, στραβοκάθισε στο μπράτσο της πολυθρόνας δίπλα του, σαν να περίμενε να την βάλουμε στην κουβέντα και χάιδεψε τον καρπό του Στάθη με κάνα δυο γρήγορες κινήσεις.

«Άντε, κυρα-Ντίνα! Δεν μπας μέσα να τα πούμε κι εμείς με την ησυχία μας;»

«Ναι, παιδί μου. Πάω», του είπε και έφυγε συνεχίζοντας να χαμογελάει ευχαριστημένη, λες και κάτι ήξερε.

«Τα βλέπεις; Έτσι είναι όλη μέρα! Μες στις γλύκες και τα χαμόγελα. Καλά που ήρθε πριν από σένα ο δικηγόρος και σταμάτησε τις ερωτήσεις», είπε ο Στάθης. Μπορεί να μην ήξερε η κυρα-Ντίνα ακριβώς τι συνέβαινε και ποια ήταν η κοπέλα που είχε αλλάξει τον Στάθη, αλλά το σίγουρο ήταν πως την είχε συμπαθήσει. Ο γιος της έδειχνε πολύ καλά και εκείνη δεν θυμόταν να τον είχε ξαναδεί ποτέ έτσι.

Για πρώτη φορά

Παρ' όλα αυτά, η πρώτη μέρα της νέας εβδομάδας δεν ξεκίνησε καλά για τον Στάθη. Η εταιρεία τον ενημέρωσε πως έως την Πέμπτη θα έπρεπε να φύγει από το υποκατάστημα. Έπρεπε υποχρεωτικά να πάει για τέσσερις ημέρες στη Θεσσαλονίκη για να παρακολουθήσει ένα επιμορφωτικό σεμινάριο και μετά θα αναλάμβανε το υποκατάστημα της Καλλιθέας που είχε πολύ περισσότερες υποχρεώσεις. Τι θα γινόταν όμως με την Άντα. Εκείνο το πρωινό δεν είχε φανεί στο γραφείο. Είχε τηλεφωνήσει στη Ναταλία ότι ήταν άρρωστη. Ο Στάθης όμως ήξερε πως δεν ήταν αυτός ο πραγματικός λόγος. Έπρεπε να της μιλήσει. Μόλις σχόλασε πήγε στο σπίτι της και χτύπησε παρατεταμένα το κουδούνι της δύο φορές. Η Αντα κατάλαβε αμέσως ποιος ήταν. Η μορφή του Στάθη φάνηκε στο θυροτηλέφωνο.

«Ανέβα», του είπε.

«Πώς είσαι, μικρή;» τη ρώτησε μόλις την είδε στο άνοιγμα της πόρτας.

«Έλα. Πέρασε».

Δεν χαμογελούσε όπως συνήθως. Φαινόταν προβληματισμένη. Ο Στάθης πέρασε την είσοδο και έριξε μια γρήγορη ματιά στο διαμέρισμα. Ένας διθέσιος καναπές και δύο πολυθρόνες σε καφέ αποχρώσεις πλαισίωναν ένα χαμηλό τζάκι με μεγάλα, στρογγυλά κεριά. Στο βάθος, ο αέρας από τη μισάνοιχτη μπαλκονόπορτα κουνούσε ελαφρά τις διάφανες κουρτίνες. Ο χώρος μύριζε καρύδα. Ακούμπησε στο πάσο, που χώριζε το σαλόνι από την κουζίνα, δίπλα ακριβώς στην πόρτα της εισόδου.

«Συγγνώμη που δεν ήρθα σήμερα», του είπε και συνέχισε σχεδόν με μια ανάσα. «Δεν ήξερα πώς να το διαχειριστώ αυτό που συνέβη τις προάλλες. Νόμιζα ότι θα μπω στο γραφείο και θα με κοιτάζουν όλοι περίεργα. Δεν μ’ αρέσει να δίνω δικαιώματα στη δουλειά». Την πλησίασε με τα χέρια ανοιχτά. Την αγκάλιασε χωρίς δεύτερη σκέψη.

«Ξέρω μάτια μου. Το κατάλαβα», της είπε.

«Συγγνώμη αν σε έφερα σε δύσκολη θέση. Στο γραφείο θα είμαι κύριος. Σ’ το υπόσχομαι». Σήκωσε το κεφάλι της και τον κοίταξε ενώ ήταν ακόμα στην αγκαλιά του.

«Αύριο όμως θέλω να έρθεις», της είπε. «Μάλλον θα είναι η τελευταία φορά που θα είμαστε μαζί στον ίδιο χώρο». Η Αντα απομακρύνθηκε από τα χέρια του, που την περιέβαλαν ακόμα στοργικά.

«Εντάξει», του είπε. Το χαμόγελο είχε επανέλθει στα χείλη της. Τον αποχαιρέτησε με ένα φιλί στο μάγουλο και του υποσχέθηκε πως θα ήταν στο γραφείο της νωρίς το πρωί. Και κράτησε την υπόσχεσή της. Εκείνη την ημέρα ο Στάθης δεν σταμάτησε να την κοιτάει. Κάθε φορά που σήκωνε τα μάτια της από τον υπολογιστή, αντίκριζε τα μάτια του Στάθη. Το επίμονο βλέμμα του την ανάγκασε τελικά να κρυφτεί πίσω από την ανοιχτή οθόνη. Αργότερα, πολλά χρόνια αργότερα, μου εκμυστηρεύτηκε πως όταν κοιτούσε τα γαλάζια μάτια του Στάθη, ένιωθε σαν να την αγκάλιαζε με το βλέμμα του.

«Αυτή η εταιρεία με αγκάλιασε από την πρώτη στιγμή», του είπε καθώς την αποχαιρετούσε. Τα μάτια της γυάλισαν.

«Δεν θα χαθούμε», είπε ο Στάθης και της έγνεψε με νόημα σαν να περίμενε να επιβεβαιώσει με κάποιο τρόπο τα λόγια του. Για την Άντα ο Στάθης θα ήταν πάντα εκεί. Καθισμένος στη δερμάτινη πολυθρόνα, να καπνίζει την αγαπημένη του μάρκα και να κοιτά τον υπολογιστή του μυωπικά, ανάμεσα στον καπνό. Να κουνάει το πόδι του νευρικά όταν κάτι τον τάραζε και να της ρίχνει κλεφτές ματιές με το πονηρό του βλέμμα.

Ο Στάθης όπου και αν πήγαινε νόμιζε πως την έβλεπε μπροστά του. Την σκεφτόταν άλλοτε να του φέρνει τα τσιγάρα του και άλλοτε να του γκρινιάζει, που πάλι είχε ξεμείνει, και τις πιο πολλές φορές έπιανε τον εαυτό του να χαμογελά χαμένος σε αυτές του τις σκέψεις. Όσο ήταν στη Θεσσαλονίκη επικοινωνούσαν καθημερινά. Νωρίς το πρωί για την πρώτη καλημέρα και το βράδυ λίγο πριν πέσουν να κοιμηθούν. Για να μοιραστούν όλα τα νέα της μέρας και να χαλαρώσουν πειράζοντας ο ένας τον άλλον. Ο χρόνος κυλούσε βασανιστικά αργά για τον Στάθη που ανυπομονούσε να την ξαναδεί.

Όταν επιτέλους επέστρεψε στην Αθήνα, πήγε κατευθείαν έξω από το γραφείο και περίμενε την Άντα να σχολάσει. Μόλις την είδε να κατεβαίνει τα σκαλιά έβαλε μπροστά τη μηχανή του αυτοκινήτου, την πλησίασε αργά και άνοιξε το παράθυρό του.

«Ε! Κοπελιά» της είπε, πατώντας ταυτόχρονα την κόρνα. Η Αντα πετάχτηκε σαν ελατήριο. Γύρισε και είδε τον Στάθη, με το κεφάλι έξω από το παράθυρο σαν σκύλος, να της χαμογελά πλατιά. Έβαλε το χέρι στο στήθος της και πήρε μια βαθιά ανάσα.

«Πότε ήρθες, βρε βλάκα;» Τα μάτια της φώτισαν όλο της το πρόσωπο και το χαμόγελο είχε επιστρέψει στα χείλη της.

«Έλα μέσα να σου πω», της είπε και σταμάτησε στην άκρη του δρόμου. Μπήκε στα γρήγορα. Την αγκάλιασε και τη φίλησε σταυρωτά.

«Μου έλειψες, τσογλανάκι!» της είπε και της ανακάτεψε τα μαλλιά. «Πάμε σπίτι μου για καφέ να ξεφορτώσουμε και το πορτμπαγκάζ;»

«Άντε πάμε!»

Όταν έφτασαν, ο Στάθης πέταξε τον σάκο με τα ρούχα του στην είσοδο και πήγε να αλλάξει. Η Αντα προθυμοποιήθηκε να φτιάξει τους φραπέδες. Είχε ξεκινήσει να ξεκουμπώνει το πουκάμισό του, αλλά η φωνή της Άντας τον έκανε να κοντοσταθεί στον διάδρομο πριν μπει στο υπνοδωμάτιο, για να την ακούσει που του μιλούσε.

«Τι είπες;» τη ρώτησε και ξαναγύρισε στην κουζίνα.

«Ελπίζω, λέω, να σ' αρέσει ο καφές μου. Τον δικό μου σπάνια τον πετυχαίνω!» του είπε και έκανε μια αστεία γκριμάτσα.

«Μια χαρά θα είναι! Στο στομάχι στρώνουν όλα!» είπε γελώντας και χάιδεψε τη γυμνή του κοιλιά.

«Θα κάτσω στο μπαλκόνι, σε πειράζει;» φώναξε η

Άντα.

«Όπου θες, μάτια μου!» της είπε. Η φωνή του ακούστηκε σαν από το βάθος μιας αποθήκης. Η Αντα έβαλε τις εμπριμέ μαξιλάρες στις σιδερένιες καρέκλες, καθάρισε το σκονισμένο τραπέζι και έκατσε να τον περιμένει χαζεύοντας τη θέα από το μπαλκόνι. Λίγα λεπτά μετά, ο Στάθης, περνούσε την ορθάνοιχτη μπαλκονόπορτα. Οι άκρες των μαλλιών του ήταν βρεγμένες από το νερό που είχε ρίξει στο πρόσωπό του και είχε φορέσει ένα κοντομάνικο λευκό μπλουζάκι που μύριζε ακόμα απορρυπαντικό.

«Φοβερό το μπαλκόνι σου! Έχεις όλη την Αθήνα στο πιάτο!»

«Δεν είναι ωραία;» είπε σίγουρος για την απάντηση και σήκωσε το ποτήρι με τον καφέ.

«Για να δούμε τι φτιάξαμε», είπε. Τον ανακάτεψε λίγο με το καλαμάκι και τράβηξε μια γενναία ρουφηξιά.

«Μμ! Πολύ ωραίος. Θύμισε μου την επόμενη φορά να σου δείξω πώς τον χτυπάνε!» της είπε σοβαρά.

«Τι; Ξέπλυμα ε;» είπε η Άντα και σταύρωσε τα χέρια της γύρω από το σώμα της.

«Έλα, χαζούλα! Σε πειράζω», της είπε γελώντας. Ύστερα ακούμπησε στην πλάτη της καρέκλας και άπλωσε τα πόδια του σε μια άλλη που είχε απέναντί του. Ήταν πολύ αναπαυτικά έτσι! Εκείνη ακριβώς τη στιγμή ένιωσε να ξαλαφραίνει από το κουραστικό του ταξίδι. Την κοίταξε, πήρε μια βαθιά ανάσα και ύστερα άφησε τον αέρα να βγει όλος από τα πνευμόνια του μαζί με έναν αναστεναγμό. Η Αντα δεν μίλησε. Στο πρόσωπό της είχε αποτυπωθεί η χαλάρωση που σου μεταφέρει ένα όμορφο και γαλήνιο τοπίο. Ο ήλιος είχε αρχίσει να δύει και ο ουρανός είχε ζωγραφιστεί ρόδινος. Τα σπίτια της πόλης γυάλιζαν και αυτά στις ίδιες παλ αποχρώσεις. Ένα ελαφρύ αεράκι ανακούφιζε τα πρόσωπά τους και το μόνο που ακούγονταν ήταν ένας τζίτζικας που επέμενε ακόμα να τρίβει βαριεστημένα τα πλευρά του.

«Φατσάκι, θα μου κάνεις μια χάρη;»

Τον κοίταξε κουνώντας ερωτηματικά το κεφάλι της.

«Πας μέχρι το σάκο να μου φέρεις κάτι;» της είπε. Δεν είχε κουράγιο να σηκωθεί. Η Αντα τον κοίταξε λοξά. Ρούφηξε λίγο καφέ και μετά πήγε στο διάδρομο όπου βρισκόταν ακόμα πεταμένος ο σάκος. Με τις οδηγίες του Στάθη βρήκε, σε μια από τις θήκες του, ένα καφέ πουγκί. Το σήκωσε ψηλά και του το έδειξε.

«Αυτό;» φώναξε από το διάδρομο.

«Ναι! Έλα».

«Τι είναι;» τον ρώτησε καθώς πλησίαζε προς το μέρος του.

«Για άνοιξέ το». Η Αντα έκατσε ξανά στην καρέκλα της, άνοιξε προσεκτικά το υφασμάτινο πουγκί και έβγαλε από μέσα ένα δερμάτινο βραχιόλι διακοσμημένο με ημιπολύτιμους λίθους σε γήινες αποχρώσεις.

«Αχ, είναι τέλειο!» του είπε.

«Είναι για σένα!» είπε διστακτικά και σταμάτησε. «Για σένα το πήρα. Σ' αρέσει;»

«Είναι υπέροχο!», τον κοίταξε χαμογελώντας. «Δεν έπρεπε!» Σηκώθηκε και τον αγκάλιασε. Μετά στάθηκε απέναντί του και κοίταξε το κόσμημα άλλη μια φορά. Ήταν πράγματι ιδιαίτερο.

«Το ξέρω πως δεν χρειαζόταν. Ήθελα και το πήρα. Μόλις το είδα εσένα σκέφτηκα». Η Αντα έκατσε ξανά στην καρέκλα της και ακούμπησε το βραχιόλι στον καρπό της.

«Μου άρεσε από την πρώτη στιγμή που το είδα. Όπως εσύ!» της είπε.

«Έλα! Σταμάτα», του είπε προσπαθώντας να αποφύγει το κοκκίνισμα στα μάγουλά της.

«Θα το φοράω σίγουρα! Σ' ευχαριστώ». Τον κοίταξε με ένα πλατύ χαμόγελο.

«Αυτό έλειπε να μην το φοράς!» της είπε. Η αντίδρασή της τον είχε ικανοποιήσει και με το παραπάνω. Κάθισαν στο μπαλκόνι αρκετή ώρα. Μιλούσαν κυρίως για τη δουλειά, την καινούρια προϊσταμένη της Άντας, που ήταν καλή αλλά εντελώς διαφορετική, αλλά και για τα νέα καθήκοντα του Στάθη. Της μιλούσε με έναν παιδικό ενθουσιασμό και από το ύφος της φάνηκε πως την γοήτευε η αυτοπεποίθησή του και η πίστη του σε ό,τι θεωρούσε σωστό. Μπορούσε να συνδυάζει πολύ καλά το παιδί που υπήρχε μέσα του, με τον άντρα που είχε απέναντί της: Με τα σέξι γαλανά μάτια, τα σμιχτά φρύδια και τα σουφρωμένα χείλη, που προσπαθούσε να ξεδιαλύνει τους προβληματισμούς του, καπνίζοντας σαν φουγάρο και κοιτάζοντάς την με βλέμμα μυστηριώδες ανάμεσα από τον καπνό.

Είχε νυχτώσει πια για τα καλά. Στο σπίτι άναβε μόνο το φως της κουζίνας στο βάθος του διαδρόμου, ίδιο με πυροφάνι ανάμεσα στο σκοτάδι. Η πανσέληνος είχε φωτίσει το μπαλκόνι του Στάθη με ένα μυστηριώδες λυκόφως που θύμιζε ταινία. Η Αντα κοίταξε τον ουρανό.

«Ωραία βραδιά απόψε. Πραγματικά καλοκαιρινή!» είπε. Ο Στάθης γύρισε την καρέκλα του προς το μέρος της. Η φλόγα του αναπτήρα του φώτισε στιγμιαία το πρόσωπό της. Άναψε το τσιγάρο του και το άφησε στο τασάκι στρέφοντας όλη του την προσοχή σ' εκείνη.

«Καπνίζεις πολύ το ξέρεις;» του είπε και κοίταξε τη μικρή γούβα στο πιγούνι του προσπαθώντας να αποφύγει το επίμονο βλέμμα του. Ο Στάθης πήρε τα χέρια της και τα έκλεισε μέσα στα δικά του.

«Μου έλειψες πολύ», της είπε. «Όσο ήμουν στη Θεσσαλονίκη σκέφτηκα αρκετά. Μ' αρέσει που μπορώ να μοιράζομαι μαζί σου τα πάντα. Θέλω πολύ να είμαστε μαζί». Έκανε μία παύση και κοίταξε τα λεπτά της χεράκια που τα κρατούσε ακόμη ανάμεσα στα δικά του. Τα χάιδεψε απαλά και μετά την κοίταξε ξανά στα μάτια.

«Άντα», είπε διστακτικά. «Σ' αγαπάω». Εκείνη άγγιξε τρυφερά το πρόσωπό του.

«Κι εμένα μου έλειψες», του είπε. Ήταν σοβαρή. Μελαγχολική. Ο Στάθης σηκώθηκε από την καρέκλα του, την πλησίασε και γονάτισε στο ένα πόδι. Χάιδεψε το πρόσωπό της κι εκείνη έγειρε στο χέρι του. Την πλησίασε τόσο, όσο τα χείλη του να νιώσουν τη ζεστή της ανάσα. Νόμιζε πως η καρδιά του θα σταματούσε, μέχρι τα χείλη της να αγγίξουν τα δικά του, και μετά άρχισε να χτυπά σαν τρελή. Η Αντα είχε αφεθεί στο τρυφερό του άγγιγμα. Την φιλούσε σαν να έδινε το τελευταίο φιλί της ζωής του. Σαν να μην ήθελε να τελειώσει ποτέ. Φοβόταν ακόμα και να ανοίξει τα μάτια του, μήπως η φαντασία του ή η νύχτα τον είχαν παγιδέψει σε μια καλοστημένη φάρσα και με το πρώτο παίξιμο των βλεφάρων χάνονταν όλα. Όταν όμως τα άνοιξε, η Άντα ήταν ακόμα εκεί. Ένιωσε την ανάσα της και το άγγιγμα των υγρών της χειλιών. Ανατρίχιασε σύγκορμος.

«Σ' αγαπάω», της ψιθύρισε για ακόμα μια φορά. Άφησε το χέρι του να γλιστρήσει χαμηλά στην πλάτη της και χώθηκε ολόκληρος στην αγκαλιά της. Η καρδιά της χτυπούσε δυνατά. Ο Στάθης, κρυμμένος εκεί, ένιωθε να ερωτεύεται για πρώτη φορά.

Μια μυστήρια σχέση

Φιλί! Τι σημασία είχε έως τώρα ένα φιλί για τον Στάθη; Απολύτως καμία. Ήταν απλώς μία προετοιμασία για τα περαιτέρω! Ένας γρήγορος τρόπος για να ρίξεις μια γυναίκα στο κρεβάτι. Κι όμως, είχε έρθει η στιγμή που στεκόταν όρθιος, στη μέση του δωματίου, και σκεφτόταν εκείνο το φιλί σαν να ήταν το πρώτο του. Το άρωμα στα μαλλιά της, το απαλό της πρόσωπο, το υγρό άγγιγμα των χειλιών της. Αυτή τη γυναίκα δεν την ήθελε απλώς. Γέμιζε τα μέσα του. Πλημμύριζε από αγάπη για κείνη.

«Και μετά; Τι έγινε;» του είπα.

«Μετά παραδέχτηκε και εκείνη πως κατάφερα να την κάνω να με ερωτευτεί», είπε γεμάτος ικανοποίηση. Όχι αλαζονεία, όπως συνήθιζε. Μια ικανοποίηση πως είχε καταφέρει κάτι που άξιζε και μια ανακούφιση μαζί. Χαμογελούσε σαν χαζός και κοίταζε τον άσπρο τοίχο πίσω μου λες και έβλεπε το ωραιότερο τοπίο.

«Άρα τα φτιάξατε!» είπα. Σούφρωσε τα χείλη του κάνοντας έναν μορφασμό που δήλωνε αμφιβολία.

«Μάλλον».

«Τι μάλλον ρε; Με δουλεύεις;»

«Όχι, γεράκο μου! Τα φτιάξαμε, αλλά υπό όρους», μου είπε και έκατσε σε μια καρέκλα δίπλα μου.

«Όρους; Καλό και τούτο! Δηλαδή;»

«Δηλαδή, δεν θέλει να το μάθει κανείς. Ούτε φίλοι ούτε γνωστοί. Θέλει να το κρατήσουμε κρυφό».

«Και γιατί αυτό;»

«Έλα μου, ντε! Δεν μου είπε. Κάτι μισόλογα δηλαδή, αλλά δεν έβγαλα άκρη. Μόνο να το σεβαστώ και όταν είναι έτοιμη θα το ανακοινώσουμε». Έξυσα το κεφάλι μου και προσπάθησα να βάλω το μυαλό μου να σκεφτεί πώς θα ήταν μια κρυφή σχέση. Κοίταξα τον Στάθη. Είχε βγάλει ένα τσιγάρο από το μισοάδειο του πακέτο και το στριφογύριζε στα δάχτυλά του.

«Άρα, δεν θα μπορείτε να βγαίνετε έξω μαζί και να περπατάτε αγκαλιασμένοι», του είπα.

«Ούτε να τη φιλάω σε δημόσιο χώρο», είπε και χτύπησε ελαφρά το φίλτρο του τσιγάρου στο τραπέζι.

«Ούτε μαζί θα μπορούμε να βγούμε. Εννοώ σαν ζευγάρια», συμπλήρωσα. Στριφογύρισε άλλη μια φορά το τσιγάρο και το κράτησε ανάμεσα στο μέσο και τον παράμεσο.

«Και γιατί, ρε γεράκο; Μου λες; Πρώτη φορά θέλω κι εγώ να το φωνάξω ότι τα 'χω με μια γυναίκα και δεν μπορώ» Το έβαλε στο στόμα του λοξά και το άναψε τραβώντας δύο γερές τζούρες. Δεν ήξερα τι να του πω. Γιατί η Άντα ήθελε τη σχέση τους μόνο για τον εαυτό της; Ντρεπόταν; Φοβόταν; Ή μήπως κρυβόταν; Δεν ήξερα και γι' αυτό δεν είπα τίποτα. Ο μόνος που γνώριζε για τη σχέση τους ήμουν εγώ. Η Αντα δεν το είχε πει ούτε στη Ναταλία. Δεν έβγαιναν ποτέ παρέα με άλλους παρά μόνο σαν φίλοι και τις περισσότερες φορές τον συναντούσε στο διαμέρισμά του.

Για κάποιο διάστημα ο Στάθης είχε αραιώσει και τις επισκέψεις του στο χωριό. Οι φίλοι είχαν αρχίσει να τον αναζητούν. Τον κάλυπτα όσο μπορούσα. Έλεγα πως δεν προλάβαινε, πως κουραζόταν πολύ, και προφασιζόμουν πως είχε πολλή δουλειά στο γραφείο και πως τις περισσότερες μέρες επέστρεφε στο σπίτι αργά. Αλλά η αλήθεια ήταν ότι όλο τον ελεύθερο χρόνο του, τον περνούσε μαζί της. Έτρωγαν και έβλεπαν τηλεόραση, συνήθως ποδόσφαιρο ή καμιά ταινία. Ἀλλοτε, ξάπλωναν αγκαλιά στον καναπέ για να ξεκουράσουν το σώμα τους από τις άβολες καρέκλες των γραφείων ή να παρακολουθήσουν τις ειδήσεις των οχτώ. Άλλοτε διαφωνούσαν και μάλωναν για το παραμικρό μέχρι που ένα φιλί θα τους έλυνε όλα τους τα προβλήματα και θα γλύκαινε τις πικρές κουβέντες.

Έδειχνε να τον αγαπάει πολύ και πολλές φορές φανέρωνε αυτή της την αγάπη με αναπάντεχες κινήσεις. Όπως έκανε ένα σαββατιάτικο πρωινό όταν χτύπησε το κουδούνι του στις οχτώ ακριβώς. Το προηγούμενο βράδυ είχαν χωρίσει περασμένα μεσάνυχτα αλλά τώρα βρισκόταν ξανά μπροστά στην πόρτα του Στάθη που την κοιτούσε ξαφνιασμένος, με τα μαλλιά ανάκατα και τα τσιμπλιάρικα μάτια του μισόκλειστα ακόμα. Είχε πεταχτεί από το κρεβάτι του με τα εσώρουχα, -μια λευκή φανέλα και ένα μαύρο σλιπ-, για να σπεύσει στο επίμονο κουδούνισμά της.

«Τι συμβαίνει, μάτια μου; Είσαι καλά;» τη ρώτησε μόλις την είδε στην πόρτα, χλωμή και αμακιγιάριστη. Φάνηκε πως είχε ντυθεί βιαστικά, με την πρόχειρη μαύρη φόρμα της και ένα μακό κοντομάνικο μπλουζάκι.

«Καλά. Μόνο που νυστάζω», του είπε και τον αγκάλιασε λες και ήταν στο διπλανό δωμάτιο και είχε ξυπνήσει για να πιει νερό! Έπιασε τον Στάθη από το χέρι, έκλεισε την πόρτα πίσω της και τον τράβηξε στο υπνοδωμάτιο. Έβγαλε τα παπούτσια της με μια κίνηση, χωρίς να λύσει τα κορδόνια, σήκωσε το κουβαριασμένο σεντόνι του κρεβατιού και ξάπλωσε από κάτω. Ο Στάθης την κοιτούσε με απορία. Μήπως του είχε διαφύγει κάτι; Νυσταγμένος ακόμα, ξάπλωσε στην άλλη άκρη και μην ξέροντας τι είχε συμβεί, προσπάθησε να μην την ενοχλήσει. Εκείνη όμως τον πλησίασε και χώθηκε μέσα στην αγκαλιά του. Κοιμήθηκαν έτσι έως τις δέκα το πρωί όταν η Άντα ξύπνησε ξανά. Χάιδεψε το πρόσωπο του Στάθη και έμεινε να τον κοιτάει για λίγο όσο κοιμόταν. Έτσι νόμιζε τουλάχιστον, γιατί και εκείνος είχε ξυπνήσει αλλά κρατούσε τα μάτια του κλειστά. Μετά τον φίλησε τρυφερά στα χείλη και σηκώθηκε. Ήθελε έναν κρύο καφέ. Λίγα λεπτά αργότερα ο Στάθης άνοιξε τα μάτια του. Είχε αντιληφθεί, απλώνοντας το χέρι του, πως το κρεβάτι ήταν άδειο. Άκουσε το κουτάλι που καμπάνισε στο γυάλινο ποτήρι και κατάλαβε πως η Άντα ήταν στην κουζίνα. Ησύχασε. Έκλεισε ξανά τα μάτια του, άλλαξε πλευρό και τράβηξε το σεντόνι μέχρι τους ώμους του. Μόλις η Άντα ετοίμασε τους καφέδες, ξαναγύρισε στο υπνοδωμάτιο περπατώντας ζωηρά. Ακούμπησε τα ποτήρια στο κομοδίνο και άνοιξε διάπλατα τα ξύλινα πορτόφυλλα της μπαλκονόπορτας. Μερικές ηλιαχτίδες έφτασαν μέχρι το παρκέ της κρεβατοκάμαρας και το πρωινό αεράκι εισέβαλε με όλη του τη φρεσκάδα στο δωμάτιο. Πλησίασε τον Στάθη και κάθισε δίπλα του.

«Ξύπνα», του ψιθύρισε στο αυτί και του ανακάτεψε λίγο τα μαλλιά.

«Κάτσε λίγο. Πέντε λεπτά», είπε ο Στάθης και έσφιξε πιο πολύ τα βλέφαρά του. Εκείνη όμως, αντί να τον αφήσει, άρχισε να τον φιλάει στο λαιμό. Αυτό θα τον ξυπνούσε στα σίγουρα. Είχε βρει το αδύνατο σημείο του.

«Τι τσογλανάκι που είσαι!» της είπε. Κρατούσε ακόμα τα μάτια του κλειστά αλλά έδειχνε να το απολαμβάνει. Η Αντα πήρε το ένα ποτήρι με τον καφέ κι έβαλε το καλαμάκι στο στόμα του Στάθη κρυφογελώντας.

«Έλα! Καφεδάκι, τεμπέλαρε», του είπε ναζιάρικα. Εκείνος άνοιξε τα μάτια του, ήπιε μια γουλιά και ακούμπησε το ποτήρι πίσω στη γυάλινη επιφάνεια του κομοδίνου παριστάνοντας τον μισοκοιμισμένο. Ξαφνικά, άρπαξε την Άντα και άρχισε να την φιλάει στα χείλη και στο λαιμό. Τα άγρια γένια του την γαργαλούσαν. Γελούσε δυνατά και προσπαθούσε να ξεφύγει από τα χέρια του που την κρατούσαν γερά.

«Μη, Στάθη μου! Μη! Φτάνει!»

«Θα το ξανακάνεις; Ε;» είπε ο Στάθης και συνέχισε να τη φιλάει.

«Ναι! Θα το ξανακάνω!» του είπε ενώ γελούσε ακόμα. Εκείνος σταμάτησε να την γαργαλάει. Στήριξε με τις παλάμες του το κεφάλι της και την κοίταξε στα μάτια. Ανάσαινε γρήγορα και ένα πλατύ χαμόγελο ήταν ακόμα χαραγμένο στο πρόσωπό της. Το δέρμα της είχε κοκκινίσει. Της έδωσε λίγο χρόνο να συνέλθει. Την κρατούσε στα χέρια του σαν κάτι πολύτιμο, δυσεύρετο, και απολάμβανε τη θέα των πρασινογάλαζων ματιών της.

«Γιατί ήρθες τόσο νωρίς σήμερα», της είπε με ύφος σοβαρό.

«Γιατί μου έλειψες», του είπε με μια γλύκα στη φωνή. Τον τράβηξε από το σβέρκο κοντά της και του έδωσε ένα φιλί. Ο Στάθης δεν ρώτησε τίποτε άλλο. Του αρκούσε που ήταν εκεί.

Εκείνο το Σαββάτο ήταν από τα καλύτερα που είχαν περάσει μαζί. Ήπιαν τους καφέδες χαζογελώντας όλο το πρωί αραχτοί στο κρεβάτι. Αργά το μεσημέρι, αποφάσισαν να βγουν μια βόλτα στα μαγαζιά, για να κάνουν ψώνια για το σπίτι. Μια κουρτίνα για το σαλόνι, ένα τραπεζομάντιλο για τη ροτόντα και καλύμματα για τον καναπέ και τις καρέκλες της τραπεζαρίας. Η Αντα είχε συμφωνήσει να τον βοηθήσει να διαλέξει, αρκεί πρώτα να περνούσαν από το σπίτι της, για να αλλάξει ρούχα και να βαφτεί. Χρειάστηκε μόνο δέκα λεπτά. Μετά ξεχύθηκαν στα μαγαζιά με σπάταλη διάθεση. Πήραν απ' όλα. Αγόρασαν καλοκαιρινά υφάσματα, λευκά με γαλάζια κοχύλια για το σαλόνι˙ μία λινή, σχεδόν διάφανη, κουρτίνα και ένα αδιάβροχο τραπεζομάντιλο, για να το καθαρίζει ο Στάθης εύκολα. Η Αντα του έκανε δώρο ένα μάτσο από υφασμάτινες πετούνιες και τις έβαλε σε ένα γυάλινο μπολ στη μέση του τραπεζιού.

«Έτσι θα είναι πάντα όμορφα. Και χωρίς πότισμα!» του είπε γελώντας.

«Τώρα μάλιστα! Μπήκε γυναίκα στο σπίτι! Το σπίτι μας», της είπε ο Στάθης δίνοντας ιδιαίτερη έμφαση στο «μας» και την αγκάλιασε. Ήταν πολύ χαρούμενος. Συνήθως βαριόταν τις αγορές και τα μαγαζιά αλλά με την Άντα ήταν όλα ένα παιχνίδι. Ακόμα και το μαγείρεμα. Ανάμεσα σε αγκαλιές και πειράγματα κατάφεραν να φτιάξουν μια χορταστική μακαρονάδα με κόκκινη σάλτσα. Πού βρήκε η Άντα τα υλικά στην κουζίνα, ακόμα αναρωτιέται. Εκείνος δεν ήξερε καλά καλά αν είχε κατσαρόλα. Σουρωτήρι δεν είχε. Αυτό το θυμόταν σίγουρα. Γι' αυτό τη βοήθησε να σουρώσουν τα μακαρόνια ανοίγοντας μια σταλιά το καπάκι. Έξυσαν τυρί από ένα κομμάτι γραβιέρα που είχε φέρει ο Στάθης από το χωριό, και η σπεσιαλιτέ ήταν έτοιμη! Αφού έφαγαν, έπλυναν γρήγορα τα πιάτα και ξάπλωσαν αγκαλιά πάνω στο ολοκαίνουριο κάλυμμα του καναπέ. Η Αντα ήθελε να δει στην τηλεόραση ένα πρόγραμμα κινούμενων σχεδίων με μαχητές και δράκους. Του είπε πως της άρεσε πολύ. Έπιασε τον εαυτό του να απολαμβάνει κι εκείνος τα κινούμενα σκίτσα των παράξενων ανθρώπων, με τα φουντωτά μαλλιά και τα μεγάλα μάτια, τις καλοσχεδιασμένες μάχες και τους δυνατούς πολεμιστές μιας άλλης εποχής. Τον γοήτευε η παιδική αφέλεια της Άντας, ο αυθορμητισμός που έδειχνε όταν ήταν οι δυο τους και η αγάπη, που έβλεπε ξεκάθαρα στα μάτια της. Ακόμα και όταν κρεμόταν από το λαιμό του ή όταν τον αγκάλιαζε σφιχτά και γελούσε δυνατά μέσα στην αγκαλιά του. Την χάζευε, όπως εκείνη τη στιγμή, που ακουμπισμένη στο στήθος του διασκέδαζε με όσα έβλεπε στη μικρή οθόνη και τον έκανε να νιώθει ξανά πιτσιρικάς.

«Θα μου δώσεις μια φωτογραφία σου;» της είπε ξαφνικά.

«Τι να την κάνεις;» είπε η Άντα και γύρισε το κεφάλι

της προς το μέρος του.

«Για να σε βλέπω. Να σ' έχω κοντά μου κι όταν δεν είσαι δίπλα μου», της είπε. Το βλέμμα της έδειχνε πως δεν ήταν αυτή η σωστή απάντηση.

«Οι φωτογραφίες είναι για να θυμάσαι κάποιον που έχει φύγει. Είναι ανάμνηση. Εγώ είμαι εδώ», του είπε και του έδωσε ένα πεταχτό φιλί στο μάγουλο.

«Έλα ρε! Δώσ' μου μία. Πάντα μου άρεσαν οι φωτογραφίες».

«Ναι, έχω δει όλες τις πρώην σου!» είπε η Άντα. Ο Στάθης ξεροκατάπιε. Της τα είχε πει όλα. Αυτό ήταν γεγονός.

«Να σ' το πω αλλιώς. Κάνεις συλλογή;» του είπε και κοίταξε ξανά την τηλεόραση. Η ερώτηση έκρυβε παγίδα.

«Συλλογή; Όχι. Τι εννοείς;»

«Εννοώ ότι αφού δεν κάνεις συλλογή, δεν πειράζει να μην έχεις και δική μου φωτογραφία».

«Μα εσένα σ' αγαπάω!» της είπε με παράπονο. Γύρισε ξανά και τον κοίταξε. Ήταν σοβαρή. Ο Στάθης της χαμογέλασε με εκείνο το αθώο χαμόγελο του καλοπιάσματος μετά από κάποια αταξία.

«Και εγώ σ' αγαπάω!» είπε τελικά η Άντα. «Έλα τώρα να δούμε Γιούγκι και μην γκρινιάζεις». Η συζήτηση έληξε εκεί. Ο Στάθης δεν καταλάβαινε τον συλλογισμό της. Σκέφτηκε πως ίσως δεν ήταν η κατάλληλη στιγμή. Αν της το ξαναζητούσε μία από τις επόμενες ημέρες μπορεί να μην ήταν τόσο αρνητική.

Και της το ζήτησε. Αλλά η απάντηση ήταν η ίδια. «Όχι». Και εγώ συνέχισα να προβληματίζομαι και να μιλάω στο σκύλο μου μην μπορώντας να βγάλω άκρη.

Είχα καταλήξει στο συμπέρασμα ότι κάτι έκρυβε. Ήταν όμως και κάτι ακόμα που με παραξένευε. Και αυτό δεν το είχα πει ούτε στον Τρύφωνα. Παρ' όλη την αγάπη που είχε η Άντα στον Στάθη, όλο αυτό το διάστημα δεν είχε πάρει απόφαση να... καταλαβαίνεις. Να γίνει το μοιραίο. Να ενωθούν οι δύο εις σάρκαν μίαν. Να ολοκληρωθεί η σχέση τέλος πάντων! Μπορεί να περνούσε ατελείωτες ώρες μαζί του αλλά τις νύχτες επέστρεφε πάντα στο σπίτι της. Και τι με νοιάζει εμένα; θα μου πεις. Ο καθείς στο κρεβάτι του ό,τι θέλει κάνει. Ή δεν το κάνει. Αλλά εγώ που ήξερα τον Στάθη μου φαινόταν απίθανο όλο αυτό. Και παρόλο που η Άντα έφευγε τα βράδια, εκείνος δεν ένιωθε την ανάγκη να ξενοκοιτάξει. Ούτε κι έβγαινε μόνος του να σεργιανίσει όπως παλιά. Αν βαριόταν πολύ να μείνει μέσα, πήγαινε μέχρι την καφετέρια του Αλέκου, που ήταν στην Υμηττού κοντά στο σπίτι του. Έπινε έναν καφέ ή ένα ποτό και επέστρεφε. Το πιο συνηθισμένο για τον Στάθη θα ήταν να πει ψέματα και να πάρει σβάρνα τα μπαρ, αναζητώντας την ικανοποίηση στις περιπέτειες της μιας βραδιάς. Αυτά όμως ήταν πια παρελθόν. Δεν ήθελε να λέει ψέματα στην Άντα, ούτε να την στεναχωρεί και το χειρότερο απ' όλα για εκείνον ήταν να την βλέπει να κλαίει. Άλλωστε ήταν χορτασμένος, όπως έλεγε!

Το ομολογώ. Το διασκέδαζα αφάνταστα!

Όσο ήταν ακόμα ο καιρός καλός, αποφάσισα να ανέβω στην Αθήνα. Η Αρετή θα πήγαινε στην Καλαμάτα για το γάμο μιας ξαδέλφης της και έτσι άρπαξα την ευκαιρία να συναντήσω τον φίλο μου. Εκείνη την ημέρα, Σαββάτο ήταν, η Άντα είχε πάει για ψώνια, είχα πολλά κέφια θυμάμαι. Είχα αγοράσει απ' έξω δύο κρύους καπουτσίνους - στα μεγάλα πλαστικά ποτήρια με το στρογγυλό καπάκι και την τρύπα στη μέση, για το καλαμάκι. Μου αρέσει να τους λέω έτσι, γιατί μου θυμίζουν τους καθολικούς μοναχούς με τα καφέ ράσα και το μικρό καπελάκι στο γυμνό τους κεφάλι - πήγα στον Στάθη, πρωί πρωί, και κόλλησα το δάχτυλό μου στο κουδούνι. Τι νόμιζε; Μόνο εκείνος θα τάραζε τα πρωινά μου! Καθίσαμε στο μπαλκόνι αντικριστά. Σκεφτόμουν όσα μου είχε πει, και ο διάβολος μέσα μου μ' έβαζε να τον τσιγκλάω. Τον είχα τρελάνει στην καζούρα.

«Ερωτά μου αγιάτρευτε και καημέ μου...» τραγουδούσα, αλλά με διέκοψε απότομα.

«Θα σταματήσεις; Τι θα γίνει; Με βλέπεις πως σε κοιτάω;»

«Σαν με κοιτάς, ηλιοβασίλεμα στα μάτια σου φωτιά». Φωτιά έπαιρνε κι ο Στάθης. Μπαρούτι, έτοιμο να εκραγεί όσο εγώ συνέχιζα.

«Α! Δεν θα τα πάμε καλά! Άμα σε πιάσω στα χέρια μου, χάθηκες», μου είπε και δάγκωσε τη γροθιά του αλλά εγώ το βιολί μου.

«Χέρια είπες ε;» σταμάτησα λίγο για να σκεφτώ. Πίστεψε πως με τρόμαξε.

«Και χίλια περιστέρια να σου φιλούν τα χέρια και εγώ να σ' αγαπώ», συνέχισα να τραγουδάω με ύφος ονειροπόλο. Ο Στάθης, με τη φάτσα ξινισμένη, κούνησε το κεφάλι του απαξιωτικά. Με πιάσανε τα γέλια και σταμάτησα. Του χτύπησα χαϊδευτικά το μάγουλο σαν να ήθελα να χαλάσω εκείνον τον στρυφνό μορφασμό που έβλεπα.

«Την πάτησες, φιλαράκι! Την πάτησες τώρα που ασπρίζουν τα μαλλιά σου!» του είπα. Ήξερα ωστόσο πως η περηφάνια του δεν θα μου επέτρεπε να συνεχίσω το δούλεμα για πολλή ώρα.

«Μη θυμώνεις, γεράκο», συνέχισα, βλέποντάς τον να μένει σιωπηλός. «Χαίρομαι πολύ για σένα και το ξέρεις. Αλλά, πώς να το κάνουμε; Μου φαίνεται περίεργο. Άλλωστε πόσες ευκαιρίες θα έχω να σε πειράξω; Πόσες φορές ερωτεύεται ο άνθρωπος;» Με κοίταξε λοξά και έπιασε τη μύτη του σαν να ετοιμαζόταν για μακροβούτι.

«Θα κάτσεις να φάμε;» μου είπε μετά.

«Η Αντα;»

«Θα αργήσει. Θα έρθει τ' απόγευμα».

«Εντάξει τότε», είπα και χτύπησα το χέρι μου στο τραπέζι. Ο Στάθης έδειχνε τώρα πιο χαλαρός. Είχε τεντώσει τα πόδια του μπροστά, το ένα πάνω στο άλλο, και ακουμπούσε τον αγκώνα του στο γυαλί του τραπεζιού.

«Εσύ βρε στειλιάρι, τι κάνεις με την Αρετή;» μου είπε.

«Τίποτα περισσότερο απ' όσα ξέρεις. Μόνο που θέλει συνέχεια να βγαίνουμε και βαριέμαι!» του είπα ξεφυσώντας.

«Ε, και δεν χαίρεσαι; Εμείς που δεν βγαίνουμε καθόλου, καλύτερα είναι;»

«Αμέ! Μακάρι να μέναμε κι εμείς σπίτι!» είπα και γέλασα σατανικά.

«Δε λέω! Αλλά είναι στιγμές που θες να πας και μια βόλτα. Και σε αυτό η Άντα ξέρεις. Δε σήκωνε συζήτηση, το έχει ξεκόψει».

«Το έχετε ξανασυζητήσει από τότε; Ίσως να έχει αλλάξει γνώμη», του είπα προσπαθώντας να αναπτερώσω τις ελπίδες του.

«Τώρα που το λες όχι. Αλλά την βλέπω που δεν αντιδρά και υποθέτω ότι βαδίζουμε στα ίδια».

«Πω, πω, ρε φίλε! Σούζα σ' έχει! Πού να σ' έβλεπαν οι πρώην σου. Θα είχαν σκάσει από το κακό τους!» του είπα χαζογελώντας. Τον είχα αφήσει πολλή ώρα χαλαρό. Το χέρι του τινάχτηκε σαν του Μπρους Λι αλλά ευτυχώς δεν με πέτυχε.

«Μα θα σκάσεις επιτέλους; Θα τις φας σήμερα! Εγώ σου ανοίγω την καρδιά μου κι εσύ με δουλεύεις; Την Άντα την αγαπάω. Της έχω πει τα πάντα για μένα», είπε με ύφος σοβαρό.

«Ε, αυτό λέω κι εγώ! Και για τις μπότες... Καλά έκανες και τις πέταξες. Τι να τα κάνεις τόσα ζευγάρια; Έτσι κι αλλιώς σου έχει βάλει τα δυο πόδια σε ένα παπούτσι». Όρμησε πάνω από το τραπέζι να με αρπάξει. Ήθελε να μου ρίξει μερικές φάπες κάνοντας πράξη τις απειλές του. Ίσα που πρόλαβα να τιναχτώ από την καρέκλα μου σαν πιλότος που εγκαταλείπει αεροσκάφος. Το ήξερα. Το είχα παρατραβήξει. Αλλά ομολογώ ότι το διασκέδαζα αφάνταστα!

Θέμα εμπιστοσύνης. Η επιβεβαίωση ενός μεγάλου φόβου

Ήταν απόγευμα Τετάρτης. Το κουδούνισμα του τηλεφώνου χάλασε απότομα την ήρεμη ατμόσφαιρα. Ο Στάθης πετάχτηκε από τον καναπέ, πήρε το κινητό του και απομακρύνθηκε από την Άντα.

«Έλα, μικρή! Τι κάνεις;» ήταν η Μαίρη, μια συνάδελφός του. Τον ρωτούσε διάφορα για τη δουλειά. Η Αντα υπέθεσε πως είχε προκύψει κάτι έκτακτο. Ο Στάθης στάθηκε όρθιος δίπλα στην τραπεζαρία και την άκουγε με προσοχή μουρμουρίζοντας κάθε τόσο κάποιο «ναι». Άναψε τσιγάρο κι έκανε μερικά βήματα στο δωμάτιο. Η Άντα τον παρακολουθούσε σιωπηλή καθώς άλλαζε μηχανικά τα κανάλια της τηλεόρασης. Σε λίγο το ύφος της συζήτησης άλλαξε.

«Ναι, κορίτσι μου. Το κατάλαβα! Μην ανησυχείς. Έλα, πες μου τα νέα σου τώρα», είπε ενώ συνέχιζε να πηγαινοέρχεται. Γρήγορα επεκτάθηκε και στα υπόλοιπα δωμάτια. Ήταν ιδιαίτερα θερμός. Δεν τον είχε ξανακούσει έτσι. Μιλούσε άλλοτε δυνατά κα άλλοτε σχεδόν ψιθυριστά. Τα μάτια της Άντας ήταν καρφωμένα στην οθόνη αλλά τ' αυτιά της είχαν σηκώσει κεραίες σαν εκείνες που υψώνουν τα βαν των εξωτερικών μεταδόσεων. Είχε περάσει ένα τέταρτο της ώρας και ο Στάθης συνέχιζε να μιλάει και να χαζογελάει λες και τον γαργαλούσαν. Η υπομονή της είχε αρχίσει να εξαντλείται. Πέντε λεπτά μετά ήταν φανερά θυμωμένη. Του έδειξε το ρολόι της χτυπώντας το ελαφρά με το δάχτυλο και με ύφος αυστηρό, λοχία που απαιτεί υπακοή, περίμενε να κλείσει αμέσως το τηλέφωνο. Μέχρι ο Στάθης να λήξει την ιδιαίτερη αυτή συνομιλία, η Άντα στριφογύριζε νευρικά στο χέρι της το τηλεκοντρόλ της τηλεόρασης, λες και την έτρωγε η παλάμη της.

«Μπα! Φιλοτιμήθηκες να το κλείσεις;» του είπε στο τέλος.

«Έλα. Μην γκρινιάζεις! Δεν μπορούσα να το κλείσω. Δεν είδες;» της είπε.

«Ναι! Είδα. Όλο γελάκια και υπονοούμενα. Καλά. Λίγη αξιοπρέπεια δεν έχεις; Φλερτάρεις μπροστά μου;» Τα μάγουλά της είχαν κοκκινίσει.

«Αν ήταν κάτι πονηρό, δεν θα μιλούσα μπροστά σου! Μη με νευριάζεις λοιπόν», είπε και στάθηκε απέναντί της με τα χέρια στη μέση.

«Δεν κατάλαβα;» είπε και πετάχτηκε πάνω από τον καναπέ. «Ζητάς και τα ρέστα τώρα;» του φώναξε. Τα μάτια της είχαν ανοίξει διάπλατα. Ο Στάθης πήρε το ύφος του γόη.

«Τι έγινε, Άντα μου; Ζηλεύεις;» Η Αντα έκλεισε τα μάτια της και ανέπνευσε βαθιά.

«Στάθη, ξέρεις καλά αν ζηλεύω. Μη με προκαλείς γιατί...» προσπάθησε να συγκρατηθεί και άφησε τη φράση της μισοτελειωμένη. Ο Στάθης δεν κατάλαβε πώς την είχε φτάσει στα άκρα.

«Ναι ε; Τι;» συνέχισε με το ίδιο ενοχλητικό ύφος.

«Ε, να! Ηλίθιε!» φώναξε η Άντα και εκσφενδόνισε με δύναμη το τηλεκοντρόλ, που πέρασε ξυστά από το κεφάλι του Στάθη και έπεσε με θόρυβο στο πάτωμα.

«Τι κάνεις;» είπε εκείνος σαστισμένος.

«Είσαι κι εσύ σαν όλους τους άλλους τελικά. Ένας ηλίθιος!» του είπε. Ήταν έτοιμη να βάλει τα κλάματα. Είχε σφίξει τα χείλη της και τον κοιτούσε με πείσμα. Πήρε την τσάντα της και χωρίς άλλη κουβέντα βγήκε από το διαμέρισμα χτυπώντας την πόρτα με δύναμη. Ο Στάθης έτρεξε πίσω της.

«Έλα, ρε Άντα! Περίμενε!» είπε αλλά εκείνη κατέβαινε ήδη με το ασανσέρ. Άρχισε τις βλαστήμιες. Είχε καταλάβει, αν και αργά, τη βλακεία του και στόλιζε τον εαυτό του, όπως συνήθιζε σε τέτοιες περιπτώσεις. Μπήκε ξανά μέσα, βρίζοντας και μουρμουρίζοντας σαν τον τρελό του χωριού, και έψαξε να βρει το κινητό του που κατά τη διάρκεια του καβγά είχε πέσει κάτω από τον καναπέ. Της τηλεφώνησε χωρίς δεύτερη σκέψη. Εκείνη όμως δεν το σήκωνε. Της έγραψε ένα μήνυμα:

«Μη θυμώνεις, μάτια μου. Σ' αγαπάω! Το ξέρεις! Συγνώμη αν σε στεναχώρησα. Πάρε με» και το έστειλε. Όμως η Άντα φάνηκε να τον αγνοεί. Μετά από λίγα λεπτά της έστειλε κι άλλο. «Είσαι ακόμα θυμωμένη;» αλλά ούτε σ' αυτό πήρε καμιά απάντηση. Πηγαινοερχόταν στο δωμάτιο μην ξέροντας πού να βάλει τα χέρια του. Έτριβε τον σβέρκο του, έξυνε τα γένια του ή τα στερέωνε στη μέση του με τις μπουνιές προς τα έξω σαν τις γιαγιάδες που περιμένουν να φουσκώσει το ζυμάρι και ανυπομονούν να πλάσουν το ψωμί. Τελικά άναψε τσιγάρο. Το άφησε να κρέμεται στα χείλη του και σχημάτισε ξανά στο κινητό το νούμερο της Άντας.

«Σήκωσε το, ρε Άντα», είπε μέσα από τα δόντια του καθώς το τηλέφωνό της χτυπούσε. Τίποτα. Έκανε μια τελευταία προσπάθεια και το άφησε να καλεί επίμονα για αρκετή ώρα. «Η κλήση σας προωθείται», ακούστηκε τελικά ο τηλεφωνητής. Ο Στάθης πέταξε το κινητό στο τραπέζι, πήρε στα δάχτυλά του το τσιγάρο και φύσηξε τον καπνό κοιτάζοντας το ταβάνι. Έπρεπε να κάνει κάτι. Έβαλε το κινητό στην τσέπη του, πήρε πορτοφόλι και κλειδιά και βγήκε. Είχε διασχίσει τη λεωφόρο Υμηττού, όταν αποφάσισε να της τηλεφωνήσει ξανά. Η Αντα, εκνευρισμένη από την επιμονή του, τελικά απάντησε.

«Τι θέλεις;» του φώναξε.

«Μην το κλείσεις. Συγνώμη», της είπε όσο πιο ήρεμα μπορούσε.

«Στάθη, αυτή τη στιγμή είμαι πολύ θυμωμένη μαζί σου. Κλείσ' το και μη με ξαναπάρεις, μη σου πω καμιά κουβέντα που μετά θα μετανιώσω. Δεν λύνονται όλα με μια συγνώμη». Ο Στάθης περπατούσε γρήγορα. Σχεδόν έτρεχε.

«Εντάξει. Το ξέρω, έχεις δίκιο», είπε. Η φωνή του κοβόταν. Είχε αρχίσει να λαχανιάζει.

«Φέρθηκα σαν μαλάκας. Σαν να μην ξέρω πόσο μ' αγαπάς. Συγνώμη, μάτια μου. Αλήθεια. Δεν ξέρω τι άλλο να πω»

«Καλύτερα να μην πεις τίποτα άλλο. Ευτυχώς που το παραδέχεσαι! Δεν θέλω να το συζητήσουμε τώρα. Ωραία; Σε παρακαλώ. Κλείνω».

«Περίμενε. Περίμενε. Μην το κλείνεις. Είμαι από κάτω». Ο Στάθης έσκυψε και ακούμπησε το χέρι του στο γόνατο για να πάρει ανάσα.

«Τι εννοείς από κάτω; Απ' το σπίτι μου;»

«Ναι. Άσε με να σου μιλήσω. Δεν φεύγω αν δεν σε δω. Σε παρακαλώ», της είπε σχεδόν ασθμαίνοντας. Η Άντα σταμάτησε για λίγο να του μιλάει. Ο Στάθης κοίταξε ψηλά στο διαμέρισμά της και την είδε να τραβάει την κουρτίνα της μπαλκονόπορτας και να τον κοιτά έχοντας ακόμα το τηλέφωνό της στο αυτί.

«Έλα επάνω. Σου ανοίγω». Μόλις τον αντίκρισε στην πόρτα της, παραμέρισε και τον άφησε να περάσει.

«Γιατί τα κάνεις αυτά;» του είπε. Ο Στάθης ανασήκωσε του ώμους του. Άνοιξε ύστερα τα μπράτσα του και στάθηκε απέναντί της περιμένοντας. Εκείνη έκλεισε την πόρτα του διαμερίσματος και στηρίχτηκε επάνω της.

«Έλα να με κάνεις μια αγκαλιά», της είπε. «Πες μου ότι δεν είσαι ακόμα θυμωμένη».

«Δεν ξέρω αν θέλω», του είπε και τον έσπρωξε ελαφρά στο στήθος τεντώνοντας απαγορευτικά το χέρι της. Τον κοίταξε. Τα μάτια της ήταν βουρκωμένα.

«Με στεναχώρησες πολύ», του είπε.

«Έλα εδώ, βρε πεισματάρα» της είπε και πιάνοντας την από τον καρπό την τράβηξε στην αγκαλιά του.

«Σ' αγαπάω, βρε τσογλάνι. Πώς μ' έχεις κάνει έτσι; Εγώ δεν έτρεχα πίσω από τις γυναίκες, ήμουνα σκληρός άντρας!»

«Ναι σιγά», πήγε να πει η Άντα, αλλά ο Στάθης τη σταμάτησε μ' ένα φιλί.

Μετά το ύφος του άλλαξε απότομα. Κράτησε τους καρπούς της σφιχτά και την κοίταξε ίσια στα μάτια.

«Σ' αγαπάω. Μ' ακούς;» της είπε και την ταρακούνησε ελαφρά. Ύστερα χαλάρωσε τη δύναμή του και χάιδεψε τρυφερά το πρόσωπό της, ενώ την κοιτούσε ακόμα κατάματα. Ένα δάκρυ κύλησε από την άκρη του ματιού της μέχρι το πιγούνι.

«Ό,τι και να γίνει να ξέρεις ότι σ' αγαπάω», της είπε χαμηλόφωνα, λες και της αποκάλυπτε κάποιο μυστικό. «Το εννοώ όταν σου λέω ότι δεν έχω ξανανιώσει έτσι. Άλλαξες τη ζωή μου», της είπε. Τώρα τα χέρια του έτρεμαν. Η Αντα τον πίστεψε. Δεν είχε λόγο να μην τον πιστέψει. Τον κοιτούσε ήρεμη πια.

«Έλα να καθίσουμε, να μιλήσουμε σαν άνθρωποι», είπε και τον οδήγησε στον διπλό καναπέ στο βάθος του σαλονιού. Κάθισαν δίπλα, κρατώντας ο ένας το χέρι του άλλου. Η Αντα κοίταξε τα μπλεγμένα τους δάχτυλα.

«Έπρεπε να σου είχα μιλήσει», του είπε. Εκείνος συνοφρυώθηκε. Δεν του άρεσε η εισαγωγή.

«Τι συμβαίνει, μικρή;» της είπε. Του έριξε μια γρήγορη ματιά και μετά κατέβασε ξανά το βλέμμα της χαμηλά.

«Θυμάσαι που σου είπα πως ήρθα από την Αγγλία για να βρω δουλειά;»

«Ναι».

«Δεν ήταν ο μόνος λόγος».

«Αλλά;» έβγαλε από την τσέπη του τα τσιγάρα.

«Μπορώ;» της είπε δείχνοντάς της το πακέτο. Εκείνη

κούνησε το κεφάλι της καταφατικά. Περίμενε μέχρι να ανάψει.

«Για λέγε λοιπόν. Για ποιο λόγο έφυγες από την Αγγλία», της είπε και ακούμπησε στην πλάτη του καναπέ.

«Το 'σκασα, κυριολεκτικά το 'σκασα», του είπε και σηκώθηκε όρθια. Ο Στάθης την κοίταξε σαν να μην είχε ακούσει καλά.

«Τι εννοείς το 'σκασες. Από πού;»

«Όχι. Μην τρομάζεις». Το ύφος του την έκανε να χαμογελάσει προς στιγμή.

«Το 'σκασα από το γάμο μου». Ο Στάθης τράβηξε μια τζούρα από το τσιγάρο του και μετά το ακούμπησε στο τασάκι.

«Είσαι παντρεμένη;»

«Παραλίγο», είπε κι άρχισε να βηματίζει πέρα δώθε στο δωμάτιο.

«Ήταν να παντρευτώ. Συζούσα ήδη με τον πρώην μου. Είχαμε ξεκινήσει τις προετοιμασίες. Ξέρεις. Προσκλητήρια, νυφικό, μπομπονιέρες. Αλλά εκείνος είχε κι άλλα σχέδια». Πλησίασε στο τζάκι και ακούμπησε τον αγκώνα της στο πάσο, πάνω από την εστία με τα στρογγυλά κεριά. Τα κοίταξε για λίγο χωρίς να μιλάει.

«Τον έπιασα στο κρεβάτι μας με μια άλλη». Ο Στάθης έκανε έναν μορφασμό σαν να ήθελε να πει «τα γνωστά».

«Μη φαντάζεσαι. Δεν έγινε τίποτα. Δεν κατάλαβε καν ότι τον είδα. Ήταν πολύ απορροφημένος μ' αυτό που έκανε». Άρχισε να βηματίζει ξανά. Ο Στάθης έπιασε το τσιγάρο από το τασάκι. Είχε καεί σχηματίζοντας μια μακριά καύτρα που κρέμονταν έτοιμη να πέσει. Την ξεφορτώθηκε μ' ένα τίναγμα και τράβηξε τον υπόλοιπο καπνό μέχρι την άκρη του φίλτρου. Μετά το έσβησε, τρίβοντάς το στο σταχτοδοχείο σαν να ήθελε να αφήσει το σημάδι του στον γυάλινο πάτο.

«Οι γονείς σου; Το ξέρουν ότι είσαι εδώ;» τη ρώτησε.

«Η μητέρα μου τα ήξερε όλα από την αρχή. Εκείνη με βοήθησε με τα εισιτήρια. Στον μπαμπά μου ντρεπόμουν να μιλήσω. Το θέμα είναι πως ο γάμος θα γινόταν εδώ. Στην Ελλάδα. Εδώ είναι οι περισσότεροι συγγενείς και οι φίλοι. Όλοι πιστεύουν ακόμα πως θα παντρευτώ τον Νίκο».

«Μάλιστα», είπε ο Στάθης. Έτριψε για λίγο το μέτωπό του και έστρωσε επίμονα τα μαλλιά του.

«Και μέχρι πότε θα κρύβεσαι; Πάνε τέσσερις μήνες που είσαι εδώ. Τι σκοπεύεις να κάνεις;» Η Αντα προχώρησε και στάθηκε απέναντί του. Είχε ένα παράξενο βλέμμα. Τον πλησίασε και έκατσε ξανά δίπλα του.

«Το θέμα δεν είναι ότι κρύβομαι από τους άλλους. Το θέμα είναι ότι κρύβομαι από εμάς», του είπε και του έπιασε το χέρι. Ο Στάθης τη χάιδεψε με τον αντίχειρα.

«Γιατί το λες αυτό;» της είπε χαμηλόφωνα. Από το ύφος του φαινόταν τώρα πως είχε ξαναγίνει στοργικός μαζί της. Προστατευτικός. Το πρόσωπό του ήταν ήρεμο και την κοιτούσε προσπαθώντας να καταλάβει.

«Γιατί μετά από όλα αυτά δεν μου είναι εύκολο να εμπιστευτώ κανέναν. Ο λόγος που τσακωθήκαμε σήμερα είναι ουσιαστικά γιατί επιβεβαίωσες τους φόβους μου». Την αγκάλιασε. Ακούμπησε στον καναπέ και την τράβηξε από τη μέση πλάι του.

«Το ξέρεις ότι μπορείς να μ' εμπιστεύεσαι. Δεν σου έχω κρύψει τίποτα. Κι αυτό σήμερα», έκανε μία παύση.

«Ήταν ένα πείραγμα. Μια βλακεία. Δεν μπορούσα να φανταστώ», είπε.

«Κι όμως. Δεν είναι τόσο απλό. Είσαι ένας άνθρωπος που του αρέσει η περιπέτεια. Πολλές φορές αναρωτιέμαι τι θέλω μαζί σου». Ο Στάθης σηκώθηκε απότομα από τον καναπέ και την κοίταξε συνοφρυωμένος.

«Μπράβο! Ωραία! Έτσι νομίζεις; Ποτέ ξανά δεν θα είμαι εκείνος ο Στάθης. Μαζί σου είναι αλλιώς»

«Ακόμα και αν κάνουμε έρωτα;»

«Ακόμα και τότε. Πολύ περισσότερο τότε». Η Αντα χαμήλωσε το βλέμμα της στο πάτωμα. Έδειχνε κουρασμένη και μπερδεμένη. Ο Στάθης την αγκάλιασε ξανά. Έμεινε μαζί της όλο το απόγευμα. Εκεί, στον καναπέ, προσπαθώντας να την πείσει για τη μετάλλαξή του. Βρήκε ευκαιρία να διαπραγματευτεί ξανά τις εξόδους τους και προσπάθησε να βάλει και εμένα στο παιχνίδι. Πόσο καλός φίλος ήμουν, πόσο τον βοήθησα και τον κάλυψα όλους αυτούς τους μήνες και πως θα έπρεπε να βγουν τουλάχιστον με τα παιδιά της ομάδας. Της είπε ακόμα και για την ιστορία του Κωστή και της Μυρτώς για να την πείσει. Δεν ήξερε αν τα είχε καταφέρει αλλά σίγουρα την είχε κάνει να γελάσει.

Κόκκινα όνειρα, γαλάζιες αναμνήσεις

Οι επόμενες ημέρες πέρασαν ήρεμα, χωρίς εντάσεις. Δεν θέλησε να τη ρωτήσει τίποτε άλλο αλλά στο μυαλό του γύριζαν συνεχώς τα λόγια της. Μου είπε και για τον Νίκο. Τον πρώην.

«Τον καραγκιόζη. Να την απατάει!»

«Τι σου κάνει εντύπωση; Και εσύ τα ίδια δεν έκανες;» του είπα.

«Ναι, αλλά όχι στην Άντα». Γέλασα με τη δικαιολογία του. «Και μέσα στο ίδιο τους το σπίτι!»

«Εντάξει αυτό ήταν βαρύ», παραδέχτηκα. Προσπάθησα να τον ηρεμήσω. Έβγαλε ύστερα ένα παλιό τετράδιο, από το συρτάρι του γραφείου του, και άρχισε να μουντζουρώνει. Έφυγα και τον άφησα σκυμμένο πάνω από τις χαρακωμένες σελίδες. Το βράδυ δεν ήρθε στο καφενείο. Κάτι έγραφε, μου είπε. Την επομένη, νωρίς το πρωί έφυγε για την Αθήνα.

Το απόγευμα μετά τη δουλειά, η Άντα πήγε, όπως συνήθιζε, στο σπίτι του. Της άνοιξε με τα χέρια γεμάτα σαπουνάδες.

«Μη μου πεις ότι κάνεις δουλειές;» του είπε χαμογελώντας.

«Ε, τι να κάνω; Δεν είχα ποτήρι ούτε για νερό». Την άφησε να κλείσει την εξώπορτα κι εκείνος ξαναπήγε βιαστικά στην κουζίνα προσπαθώντας να συγκρατήσει όπως όπως τα νερά που έσταζαν στο πάτωμα.

«Ποδιά δεν βλέπω όμως», είπε καθώς τον πλησίαζε. Πέρασε τα χέρια της γύρω από τη μέση του και τον κοίταξε παιχνιδιάρικα.

«Ήσυχα, μικρή! Θα τις μαζέψεις», είπε ο Στάθης. Μπορεί να έπλενε πιάτα αλλά αυτός δεν ήταν λόγος να παίζουν με τον ανδρισμό του. Η Αντα, που δεν είχε καθόλου τέτοια πρόθεση, έβαλε τα γέλια.

«Θέλεις βοήθεια;» τον ρώτησε.

«Όχι, μάτια μου», της είπε και της έδωσε ένα πεταχτό φιλί. «Κάτσε στο σαλόνι. Θα έρθω κι εγώ σε λίγο. Έχω να σου δείξω κάτι».

«Α, ναι; Τι;» τον ρώτησε και τα μάτια της πέταξαν σπίθες.

«Περίμενε πρώτα να τελειώσω μ' αυτά και θα σου πω», της είπε και της έδειξε τα δύο τελευταία πιάτα που είχαν απομείνει στο νεροχύτη. Η Αντα χαμογέλασε πονηρά και πήγε στο σαλόνι να τον περιμένει. Τράβηξε μια καρέκλα από το τραπέζι και κάθισε απέναντι από την πόρτα της κουζίνας για να τον βλέπει.

«Μπορείς να μου πεις τι είναι;» ρώτησε αμέσως μετά.

«Τι είναι ποιο;»

«Έλα μη με κοροϊδεύεις. Αυτό που θέλεις να μου δείξεις».

«Είναι κάτι που θέλω να σου δώσω»

«Να μου δώσεις;»

«Ναι». Έκλεισε τη βρύση και σκούπισε τα χέρια του σε μια πετσέτα που κρεμόταν στο ντουλάπι.

«Πήρες κάτι για μένα;» Την πλησίασε. Τράβηξε την καρέκλα δίπλα της κι έκατσε χωρίς να της απαντήσει. Ανασήκωσε μόνο τα φρύδια του και κοίταξε το ταβάνι.

«Έλα, πες μου! Μη με βασανίζεις», είπε η Άντα και τον χτύπησε ελαφρά στο γόνατο.

«Λοιπόν», της είπε και σταμάτησε πάλι για λίγο. Εκείνη τον κοιτούσε μέσα τα μάτια. «Είναι κάτι που έφτιαξα εγώ. Αλλά τώρα που το σκέφτομαι ίσως είναι καλύτερα να μην σ' το δώσω τελικά»

«Α! Ωραία! Μου το λες πρώτα και μετά δεν θες να μου το δώσεις», είπε και σταύρωσε τα χέρια μπροστά στο στήθος της. Ο Στάθης δεν μίλησε. Χαμογέλασε μόνο. Ήξερε πως δεν θα κρατούσε πολύ το πείσμα της, και είχε δίκιο.

«Και γιατί παρακαλώ το μετάνιωσες;» του είπε.

«Γιατί ντρέπομαι». Η Αντα τον κοίταξε απορημένη. Τώρα ήταν που δεν θα τον άφηνε σε ησυχία. Γύρισε προς το μέρος του και άρχισε να τον τραβάει από τα χέρια, όπως κάνουν τα μωρά όταν θέλουν να σου δείξουν αυτό που δεν μπορούν να πουν.

«Έλα, δεν είναι σωστό! Τώρα το είπες. Και τι θες να πεις; Ντρέπεσαι εμένα; Θέλεις να θυμώσω και να μαλώσουμε πάλι;»

«Εντάξει. Εντάξει! Θα σ' το δώσω λοιπόν, αλλά δεν θα γελάσεις. Το υπόσχεσαι;»

«Το υπόσχομαι», είπε και κάθισε φρόνιμα στη θέση

της περιμένοντας με αγωνία. Ο Στάθης έβγαλε από την τσέπη του ένα χαρτί διπλωμένο στα τέσσερα και της το έδωσε. Έκατσε ύστερα στον καναπέ και περίμενε την αντίδρασή της.

«Το έγραψα για σένα», της είπε. Η Αντα άρχισε να το διαβάζει από μέσα της:

Πέρασες έτσι από κοντά μου,
Σκλάβωσες τυχαία τη ματιά μου,
Είπα δεν μπορεί απλά έτσι θα έτυχε,
Και η μορφή σου στο μυαλό μου έμεινε.

Ανασήκωσε τα φρύδια της και ένα αχνό χαμόγελο σχηματίστηκε στο πρόσωπό της.

Κόκκινα όνειρα γαλάζιες αναμνήσεις,
Δεν θέλω να σκέφτομαι πως μπορεί να μ' αφήσεις,
Η ζωή μου καράβι με πανιά ανοιγμένα,
Όσο έχω κοντά μου εσένα.

Πήρε το βλέμμα της από το χαρτί και τον κοίταξε χαμογελώντας ακόμα.

«Τι είναι αυτό; Πού το βρήκες;» του είπε.

«Σαν τι μοιάζει; Και δεν το βρήκα· το έγραψα. Για σένα», της είπε. Στερέωσε τους αγκώνες του στα γόνατά του και κοίταξε το πάτωμα.

«Το έγραψες εσύ; Για μένα;» Ο Στάθης κούνησε καταφατικά το κεφάλι του. Τώρα έπρεπε να απολογηθεί γι' αυτό; Η Αντα άφησε το ποίημα στον καναπέ και γονάτισε μπροστά στον Στάθη που είχε σκύψει το κεφάλι του λες κι έψαχνε πέτρα για να κρυφτεί.

«Αλήθεια; Το έγραψες για μένα;» τον ξαναρώτησε. Την κοίταξε στα μάτια.

«Ναι, φατσάκι μου. Για σένα. Σ' αρέσει;» της είπε και

της χάιδεψε το πρόσωπο.

«Πολύ! Είναι πολύ όμορφο!» Πέρασε τα μπράτσα της γύρω από το λαιμό του και τον αγκάλιασε σφιχτά. Μετά τον κοίταξε ξανά γεμάτη απορία.

«Γιατί μου είπες να μη γελάσω;»

«Εε! Δεν ήξερα πώς θα αντιδράσεις».

«Τι ανόητος που είσαι. Δεν θα γελούσα ποτέ με κάτι τέτοιο. Πόσο μάλλον με σένα. Σ' αγαπάω, βλάκα», του είπε και τον αγκάλιασε ξανά. Ο Στάθης ένιωσε μια ανακούφιση. Όλα είχαν πάει καλά. Μέχρι στιγμής.

«Να σε ρωτήσω κάτι μόνο;» του είπε η Άντα και ξαναπήρε το χαρτί με το ποίημα στα χέρια της. «Τι εννοείς όταν λες κόκκινα όνειρα; Γιατί όχι γαλάζια».

«Κόκκινα, όπως η αγάπη. Γαλάζιες είναι οι αναμνήσεις. Όπως ο ουρανός, που τον κοιτάς και αναπολείς», της απάντησε. Το στομάχι του είχε αρχίσει πάλι να σφίγγεται.

«Δεν ήξερα ότι έχω τόσο ευαίσθητο αντράκι!» είπε η Άντα χαμογελώντας.

«Να, τώρα κοροϊδεύεις! Εγώ φταίω που σ' το έδειξα», είπε ο Στάθης και προσπάθησε να της κλέψει το χαρτί, αλλά η Άντα το έκρυψε πίσω από την πλάτη της και πίεσε με δύναμη τα χείλη της στα δικά του. Ύστερα, σηκώθηκε απότομα όρθια.

«Σ' αγαπάω. Πολύ!» είπε ζωηρά. «Αν υποψιαστώ όμως ότι το έχεις κλέψει από κανένα ημερολόγιο», έπιασε το αυτί του και το τράβηξε, όπως έκαναν παλιά οι δασκάλες στα πιτσιρίκια, «χάθηκες!» του είπε. Ο Στάθης την τράβηξε από τη μέση και ετοιμαζόταν να την σφίξει ξανά στην αγκαλιά του όταν η Άντα τον διέκοψε με μία ανακοίνωση:

«Έχω και εγώ να σου δώσω κάτι».

«Για φέρε εδώ. Τι είναι;» είπε ο Στάθης και άπλωσε το χέρι του προς το μέρος της ανοιγοκλείνοντας γρήγορα τα δάχτυλά του. Εκείνη έβγαλε από την τσάντα της μία φωτογραφία τυπωμένη σε κόλλα Α4 και διπλωμένη σαν πάπυρο. Την ξεδίπλωσε και του την έδειξε καμαρώνοντας.

«Είναι φωτόγραμμα!» είπε. «Θα το βάλουν στην έκθεση φωτογραφίας. Σ' αρέσει;» Ήταν ένα τοπίο. Μια λίμνη, μερικά στάχυα και ένα φεγγάρι από φέτα λεμονιού. Όλα ασπρόμαυρα, σαν από αρνητικό.

«Ό,τι και αν φτιάξεις εσύ μ' αρέσει», της είπε και το κράτησε στα χέρια του για να το δει καλύτερα. Το σήκωσε ψηλά και το ακούμπησε στον τοίχο, δίπλα στη συρόμενη πόρτα του σαλονιού.

«Θα το κρεμάσω εδώ», της είπε. Χωρίς να χάσει χρόνο, κόλλησε τις άκρες του με μια ταινία και μετά κάθισε δίπλα στην Άντα και συνέχισε να το χαζεύει.

«Θα το κοιτάω και θα σε σκέφτομαι», της είπε και την έπιασε από τη μέση. Εκείνη σκαρφάλωσε στην αγκαλιά του, κράτησε το πρόσωπό του ανάμεσα στα λεπτοκαμωμένα της χέρια και του έδωσε ένα παθιασμένο φιλί.

Καλώς ήρθες Φθινόπωρο!

Ξέρω ακριβώς τι σκέφτεσαι! Κι εμένα όταν μου τα 'λεγε, είχαν κολλήσει τα πόδια μου στο πάτωμα από τα πολλά σιρόπια. Και εγώ είμαι αισθηματίας. Δεν λέω. Αλλά εκείνη την περίοδο είχαμε περάσει σε άλλο επίπεδο! Φαντάσου τι είχα να ακούσω αν ο γεράκος ήταν, γενικά, πιο επιρρεπής σε αγάπες και λουλούδια!

«Α, ρε κακομοίρη. Έχε χάρη που σε λυπάμαι αλλιώς θα σε είχα κάνει βούκινο», του είπα και αυτός ο βλάκας χαζογέλαγε. Εμ! Βέβαια. Τι να 'κανε; Αφού ήξερε ότι δε θα μπορούσα να τον προδώσω. Θα 'θελα όμως να μπορώ να το κάνω, για να δω αντιδράσεις. Όχι μόνο από τους άντρες, που είμαι σίγουρος πως θα ήταν ξεκαρδιστικές αλλά και από τις γυναίκες. Ιδίως κάτι πρώην, που τους είχε αλλάξει τον αδόξαστο. Τι είχαν τραβήξει κι εκείνες οι δύστυχες. Η Μαρία μόνο μην το μάθαινε γιατί τον έβλεπα ισόβια. Ποιος να μου το 'λεγε ότι από καρδιοκατακτητής θα γινόταν ποιητής! Να μου πεις, όταν έρθει η ώρα να τρυπήσει το βέλος τον πισινό σου, τρέχεις και δε φτάνεις, έτσι είναι. Όποια και αν βρισκόταν στη θέση της Άντας το ίδιο θα ήταν. Αλλά κι εκείνη ε; Μια χαρά κοπέλα κι έπιασε τον άλλον να την κερατώνει πάνω στο ίδιο της το κρεβάτι. Βάλε τώρα με το νου σου. Και εγώ να ήμουν θα 'φευγα τρέχοντας. Αλλά το κρεβάτι θα το έκαιγα πρώτα. Ιδίως αν το είχα πληρώσει.

Για να μη σ' τα πολυλογώ, έτσι την βγάλανε όλο το καλοκαίρι. Μέλι μέλι και τηγανίτα τίποτα. Στις αρχές του Σεπτέμβρη είχαμε και το χορό της ομάδας. Ο Στάθης, με τα πολλά, έπεισε τελικά την Άντα να έρθουν. Το διοργανώσαμε στην Αθήνα, στην Ιερά Οδό. Όχι στο χωριό, όπως σκεφτόμασταν αρχικά. Για να μαζέψουμε κόσμο και να κάνουμε διαφήμιση. Ψάχναμε καινούριο σπόνσορα. Έτσι, τους ήρθε βολικά. Ο φίλος μου, κύριος! Όλο το βράδυ της κρατούσε το χέρι διακριτικά κάτω από το τραπέζι και κάθε τόσο εκμεταλλευόταν τη δυνατή μουσική για να επαναλαμβάνει στο αυτί της τους στίχους των τραγουδιών. Η Αρετή δεν πίστευε στα μάτια της. Νόμιζε πως της κάναμε πλάκα. Τη βεβαίωσα όμως, πως αυτός ο εξωγήινος που έβλεπε, ήταν ο γνωστός Στάθης και την συμβούλεψα να μην πει καμιά βλακεία μπροστά στην Άντα.

«Τι να πω! Αν είναι έτσι, μπράβο», μου είπε τελικά, ξαφνιασμένη όσο δεν πήγαινε άλλο. Πιο εύκολο θα ήταν να πιστέψει ότι έκανα εμφύτευση μαλλιών παρά ότι ερωτεύτηκε ο Στάθης.

Όταν έπιασαν τα κρύα, ο Στάθης έλεγε «καιρός για δύο», αλλά εννοούσε ολοτσίτσιδοι κάτω από τα παπλώματα. Όλο και γυρόφερνε την Άντα να ολοκληρώσουν τη σχέση τους, αλλά δεν μπορούσε να την πιέσει και περισσότερο. Προσπαθούσε βέβαια πολλές φορές να περάσει τη γραμμή και να συνεχίσει πέρα από τα χάδια και τα φιλιά αλλά η Άντα τον έκοβε, με το καλό ή με το άγριο. Και εκείνη ήθελε να μοιραστεί με τον Στάθη τις νύχτες της. Τον αγαπούσε, το ξέραμε. Το βλέπαμε. Και όσο πιο καλά περνούσαν μαζί, τόσο περισσότερο φούντωνε το πάθος τους. Όμως ο φόβος δεν την άφηνε. Έλεγε πως αν έκαναν έρωτα θα άλλαζαν όλα. Ότι θα έπαιρνε αυτό που ήθελε από εκείνη και μετά θα έφευγε. Προσπαθούσε να κερδίσει χρόνο. Αυτό καταλάβαινα εγώ. Για να τον κάνει να την αγαπήσει. Μην του περάσει ο έρωτας και την αφήσει ψάχνοντας νέες συγκινήσεις.

Ο Στάθης απ' την άλλη, δεν είχε καμία αμφιβολία πως η Άντα ήταν η γυναίκα της ζωής του. Για πρώτη φορά σκεφτόταν το γάμο και τα παιδιά. Ήθελε να μιλήσει σε όλους για εκείνη, να φωνάξει πως την αγαπάει. Της είχε ζητήσει να έρθει και στο χωριό, για να γνωρίσει τους γονείς του, αλλά η Άντα ούτε να το ακούσει. Εγώ ήξερα. Ο Στάθης είχε βρει το λιμάνι του, αλλά οι άλλοι πού να τον πιστέψουν. Εγώ τον είχα αδελφό, και πάλι μου φαινόταν περίεργο όλο αυτό που συνέβαινε. Έτσι, αφού η αντίσταση της Άντας δεν κάμφθηκε, περνούσε τα παγωμένα βράδια μόνος του παρέα με την τηλεόραση και μην έχοντας κανέναν να τον ζεστάνει... τελικά συναχώθηκε!

Ήταν μία από εκείνες τις ημέρες, που γυρίζεις ξεθεωμένος από τη δουλειά, αφού έχεις υποστεί το απίστευτο μποτιλιάρισμα, κάνεις αμέτρητους κύκλους γύρω από το σπίτι για να βρεις να παρκάρεις και όταν τελικά τα καταφέρνεις, ο συννεφιασμένος ουρανός αποφασίζει να ανοίξει εκείνη ακριβώς τη στιγμή και να ρίξει όση βροχή δεν είχε ρίξει όλο το φθινόπωρο, φυσώντας και λυσσομανώντας ώστε να μην μπορείς να κρατήσεις ούτε την ομπρέλα. Ο Στάθης μπήκε στο σπίτι μούσκεμα. Τον πονούσε όλο του το σώμα, έβηχε σαν φυματικός και είχε καταρροή. Πέταξε τα παπούτσια και τα ρούχα του στο μπάνιο και ξάπλωσε στον καναπέ. Λίγα λεπτά μετά ένας σωρός από χαρτομάντιλα είχε γεμίσει το τραπέζι δίπλα του. Η Αντα, αν και της είχε ζητήσει να μην περάσει από το σπίτι, δεν τον άκουσε. Αγόρασε μια σακούλα φάρμακα και πήγε όσο νωρίτερα μπορούσε. Και ευτυχώς δηλαδή, γιατί εκείνο το κρυολόγημα δεν ήταν τόσο αθώο. Το κατάλαβε σχεδόν αμέσως, κυρίως επειδή ο Στάθης δεν είχε κουράγιο για διαφωνίες και αντιρρήσεις. Κάθε ώρα που περνούσε ένιωθε και χειρότερα. Τελικά το βράδυ ανέβασε πυρετό και η Άντα έμεινε μαζί του για να τον φροντίσει. Κουλουριασμένος στον καναπέ, ξέχναγε για λίγο τον πονοκέφαλο χαζεύοντας τηλεόραση. Εκείνη καθόταν δίπλα του, κατάχαμα, σε ένα μαξιλάρι, και μετρούσε κάθε τόσο τη θερμοκρασία του και τον δρόσιζε με κομπρέσες ξυδόνερου ή του 'δινε αντιπυρετικά για να αποφύγουν τα χειρότερα. Αποκοιμήθηκαν το ξημέρωμα πια, κατάκοποι. Ο γιατρός, που ήρθε νωρίς το πρωί, είπε πως ήταν ίωση. «Υπομονή», είπε, «Θα κάνει τον κύκλο της». Πράγματι. Τρεις μέρες μετά ο Στάθης ήταν μια χαρά. Αλλά τώρα, είχε να το λέει πως η Άντα τον περιποιήθηκε σαν να ήταν γυναίκα του. Πως έμεινε δίπλα του παραβλέποντας τις παραξενιές του και την γκρίνια του και πως του θύμισε τη μάνα του, που φρόντιζε τον κυρ-Σταύρο με αγάπη, παρόλο που κι εκείνος ήταν χειρότερος από δαύτον.

Τον Νοέμβρη έγινε και το δικαστήριο. Το τι κακοήθειες ακούστηκαν δεν λέγεται. Εγώ με το ζόρι κρατήθηκα να μη σηκωθώ και τους βρίσω. Με τραβούσε η Αρετή από το μανίκι και κάθε τόσο μου έσφιγγε το μπράτσο, κάνοντάς μου νόημα να σωπάσω. Δεν ξέρω τι θα έκανα αν ήμουν στη θέση του Στάθη. Εκείνος, πάλι, ήταν ψύχραιμος. Στεκόταν κοντά στον δικηγόρο του και κάθε τόσο έσκυβε στο αυτί και κάτι του ψιθύριζε. Ήρθε και η Μαρία. Κάθισε στα πίσω έδρανα, αλλά εγώ την είδα φευγαλέα, όταν γύρισα το κεφάλι μου προς την πόρτα να δω έναν ψευδομάρτυρα, που είχαν φέρει οι κατήγοροι. Ήταν μαζεμένη σε μια γωνιά με τα μάτια βουρκωμένα. Τον κυρ-Σταύρο δεν τον αφήσαμε να μπει μέσα. Φοβόμασταν για κάνα καρδιακό. Έμεινε έξω με τον Κωστή και τη Μυρτώ.

Τελικά ο Στάθης, όχι μόνο αθωώθηκε αλλά κρίθηκε δίκαιο να αποζημιωθεί κιόλας. Για ψυχική οδύνη, είπε ο δικηγόρος. Η ειρωνεία στην υπόθεση ήταν πως ο οδηγός που σκοτώθηκε ήταν τελικά ο μεθυσμένος. Ο κύριος Αρσένης είχε κάνει καλή δουλειά. Μετά από έρευνα, για αναζήτηση στοιχείων και μαρτύρων, αποδείχτηκε ότι όλη η φασαρία από την οικογένεια του θύματος έγινε μόνο και μόνο για να βγάλουν χρήματα σε βάρος του Στάθη. Όχι ότι νοιάζονταν για τον πεθαμένο. Αλί από αυτόν που πήγε δηλαδή! Τώρα έμενε μόνο το εφετείο, αλλά εφόσον είχαν βγάλει αθωωτική απόφαση, δεν υπήρχε περίπτωση να αλλάξει κάτι. Έτσι του είπε ο κύριος Αρσένης. Και μόνο η προσκόμιση αυτών των εγγράφων ήταν αρκετή.

Τρίγωνα κάλαντα

Πλησίαζαν τα Χριστούγεννα. Ανυπομονούσα να περάσουν οι μέρες για να ανταμώσει πάλι η ποδοσφαιρική μας παρέα. Είχαμε κανονίσει εορταστικό τουρνουά στο χωριό και η χαρά μου ήταν διπλή, γιατί θα κατέβαινε και ο Στάθης. Εγώ είχα επωμιστεί το βάρος της οργάνωσης αλλά δεν με πείραζε καθόλου. Μπορώ να σου πω πως το χαιρόμουν. Γνώριζα σχεδόν τους πάντες, είχα τα τηλέφωνά τους αλλά, όπου τα έβρισκα σκούρα, με βοηθούσε και ο Νίκος από την πλευρά των προπονητών.

Εκείνο το μεσημέρι -θυμάμαι είχε είκοσι μία ο μήνας, γιατί έβλεπα ειδήσεις στο σαλόνι και είχε γίνει το κεφάλι μου καζάνι, με τις τιμές της γαλοπούλας και τις υποδιαιρέσεις του ευρώ, που κανείς μας ακόμα δεν μπορούσε να συνηθίσει και όλο και κάτι παραπάνω πληρώναμε χωρίς να το παίρνουμε χαμπάρι-, είχα αραδιάσει καμιά δεκαριά κόλλες αναφοράς στο τραπέζι και προσπαθούσα να οργανώσω τις αγωνιστικές, όταν μου τηλεφώνησε ο Στάθης. Έπιασα το ακουστικό αφηρημένος, μην έχοντας πάρει τα μάτια μου από τις κακογραμμένες, με τα δικά μου γράμματα, κόλλες, που ούτε εγώ δεν καταλάβαινα τι έγραφα.

«Έλα, Τζαφράνκο. Τι κάνεις;», μου είπε. Ήταν ορεξάτος.

«Που 'σαι, γεράκο..., δύο, τρεις, τέσσερις», μουρμούρισα καθώς μετρούσα τις ομάδες.

«Τι έγινε; Τα 'φτιαξες ή ακόμα;» Είχε καταφέρει να με μπερδέψει. Πάει το μέτρημα. Παραμέρισα τα χαρτιά μου και αποφάσισα να του μιλήσω.

«Προσπαθώ. Καλά πάει», του είπα. «Εσύ πότε θ' αριβάρεις;»

«Ε, μάλλον από βδομάδα».

«Το τουρνουά, για να ξέρεις, θα ξεκινήσει στις είκοσι έξι. Κανόνισε να έρθεις πριν από τα Φώτα».

«Μην ανησυχείς. Έχω κανονίσει ήδη την άδειά μου. Και μετά, θα κάνουμε ένα γλέντι!» είπε και σφύριξε κλέφτικα με τόση ένταση, που τραβήχτηκα απότομα από το ακουστικό μην πάθω καμιά ωτίτιδα.

«Κάτσε, ρε γέρο μου, να φτιάξουμε πρώτα τις ομάδες που έχεις το μυαλό σου πάντα στο γλέντι», του είπα μόλις σταμάτησε τα πανηγύρια.

«Θα μαζευτούμε; Πώς το βλέπεις;» με ρώτησε αμφιβάλλοντας.

«Ναι, αμέ! Είμαστε κιόλας έξι. Από Αρκαδία, του Δάρα και της Βασιλίτσας, και μία η δική μας ομάδα, τρεις και τρεις από Μεσσηνία, έξι. Α! Μου είπαν θα έρθει και το εφηβικό της Τρίπολης».

«Μπράβο, ρε Γιώργο!» είπε ανακουφισμένος. Μετά ο τόνος της φωνής του άλλαξε πάλι. «Δε μου λες, καμιά προπόνηση θα κάνουμε ή θα γίνουμε ρεζίλι;»

«Μην αγχώνεσαι, γεράκο. Ας είναι καλά η Ένωση. Άλλωστε φιλικά θα είναι τα παιγνίδια».

«Άνετο σε βρίσκω. Κοίτα μη σε μαζεύω από το χορτάρι».

«Άντε, ρε, κοίτα τα χάλια σου». Αυτό μου έλειπε, να έχω άγχος και για τη φυσική μου κατάσταση. «Η Αντα θα έρθει;»

«Μπα! Θα μείνει στην Αθήνα. Την έχουν καλέσει κάτι συγγενείς στον Υμηττό. Έμαθαν ότι είναι εδώ και της πρότειναν να περάσουν τις γιορτές μαζί».

Εκείνου δεν του άρεσε βέβαια η ιδέα. Είχε αρχίσει να ξεφυσάει και από τη φωνή του κατάλαβα πως δεν υπήρχε περίπτωση να αλλάξει κάτι.

«Αχ, κρίμα. Να της πεις πως θα χάσει το σπάνιο θέαμα να σε δει να λαχανιάζεις σαν παλιάλογο!» του είπα, περισσότερο για να τον τσιγκλήσω. Με στόλισε με κάνα δύο κοσμητικά επίθετα, αλλά είχα καταφέρει να του φτιάξω το κέφι.

Την παραμονή των Χριστουγέννων είχε άδεια, αλλά δεν ήρθε στο χωριό. Είχε υποσχεθεί στην Άντα να την περάσουν μαζί εκείνη την ημέρα. Η Ναταλία θα πήγαινε τριήμερο με τον Φάνη, κάπου στη Βόρεια Ελλάδα. Νομίζω πως μου είπε στον Πλαταμώνα, αλλά δεν παίρνω και όρκο. Δεν ήθελε να λείπει κι εκείνος. Πάντως, από τα λεγόμενά του, δεν πέρασε και άσχημα! Έμαθα πως τον επισκέφτηκε μια εκπρόσωπος του Άγιου Βασίλη και μάλιστα νωρίτερα απ' όλους. Και ενώ οι άλλοι άνοιγαν τις πόρτες τους για να μπουν τα πιτσιρίκια και να πουν τα κάλαντα, ο Στάθης άνοιγε σε μια μοντέρνα Αγιοβασιλίτσα, που εκτός από κόκκινο σκούφο, φορούσε μια φλογερή μπλούζα με βαθύ ντεκολτέ, μίνι φούστα και ψηλοτάκουνες μπότες, που έφταναν μέχρι το γόνατο. Εκείνος με τις πιτζάμες ακόμα πήρε τον καφέ που του πρόσφερε η αγνώριστη Άντα και ήπιε μια γουλιά για να συνέλθει, ενώ η καλλίγραμμη Αγιοβασιλίτσα, άρχισε να λέει τα κάλαντα τινάζοντας ρυθμικά τους γοφούς της, μία αριστερά και μία δεξιά σαν κούκλα βιτρίνας. Πλησίασε προς το μέρος της απειλητικά. Την κοίταξε λαίμαργα και άρχισε ξερογλείφεται σαν να έβλεπε μια πιατέλα με αχνιστή γαλοπούλα. Ήθελε να εξελίξουν λίγο την ιδέα της και την έσφιξε επάνω του, με τα μάτια του, πάντα κολλημένα, στο ντεκολτέ. Τα χέρια του, με τα δάχτυλα ολάνοιχτα λες και ήθελε να χωρέσει εκεί μέσα τα πάντα, περιπλανήθηκαν για λίγο στους μηρούς της και μετά προσπάθησε να παρακάμψει το λιγοστό ύφασμα που τους κάλυπτε. Εκείνη, όμως, κατάφερε να του ξεγλιστρήσει κι αυτός άρχισε να την κυνηγάει γύρω από το τραπέζι. Τον παρακαλούσε να κάτσει φρόνιμος αλλά τα καμώματα του Στάθη την έκαναν να γελάει ασυγκράτητα. Άτιμες γυναίκες! Και ύστερα σου λένε φταίει ο φονιάς. Όταν ηρέμισαν τα πνεύματα, τα πάνω και τα κάτω, ο Στάθης φόρεσε το σκούφο της, έβαλε και μια χαρτοπετσέτα για μούσι και παρίστανε τον «Άγιο Βασίλη με τις πιτζάμες». Μετά στόλισαν το σπίτι με λαμπάκια, για το καλό, όπως είπε η Άντα, και βγήκαν για να αγοράσουν μερικά δώρα. Εννοείται ότι ο Στάθης είχε κουμπώσει το παλτό της Άντας έως πάνω και αν κι αν έπεφτε κανενός το βλέμμα στα πόδια της, έμπαινε μπροστά του για να του κόψει τη θέα.

Έμειναν μαζί έως το απόγευμα. Λίγο πριν αφήσει

την Άντα να φύγει, την έσφιξε στην αγκαλιά του και της είπε πως είναι το καλύτερο δώρο που έχει πάρει ποτέ στη ζωή του. Μετά πήρε εμένα. Το καλύτερο παιδί? που να μην έσωνα! Εκείνη τη χρονιά ήμουν υποψήφιος για όσκαρ υπομονής. Μιλούσαμε στο τηλέφωνο ατελείωτη ώρα, για να μου λέει και να μου ξαναλέει πόσο όμορφη και σέξι ήταν και πόσο στεναχωριέται που θα την άφηνε μόνη.

«Ε, κάτσε εκεί. Μην κατέβεις», του είπα έχοντας εξαντλήσει τις αντοχές μου.

«Και να χάσω το τουρνουά; Αποκλείεται!», είπε και ξεφύσησα με ανακούφιση. Πάλι καλά Χριστέ μου! Δεν έχει ξεμωραθεί εντελώς, σκέφτηκα.

Το τουρνουά είχε μεγάλη επιτυχία. Η Λίμνη είχε γίνει εκείνες τις ημέρες το αθλητικό και πολιτιστικό κέντρο της Αρκαδίας. Οι έφηβοι της Τρίπολης σήκωσαν το κύπελλο κι εμείς, που ήμασταν πια πιο κοντά στους παλαιμάχους παρά στους εν ενεργεία, δεν είχαμε παρά να τους χειροκροτήσουμε θερμά. Νικητές και χαμένοι, διασκεδάσαμε όλοι μαζί, με τοπικούς παραδοσιακούς χορούς, άφθονο κρασί και καλοψημένα κοψίδια. Ο Στάθης το ευχαριστήθηκε. Ήπιε και χόρεψε αλλά είχε και το νου του στο κινητό. Κάθε τόσο αντάλλασσε μηνύματα με την Άντα. Καθόμουν δίπλα του για μια δόση, όταν έπεσε το μάτι μου σε ένα από αυτά. Έγραφε: «και εμένα μου λείπεις, καρδιά μου. Σ' αγαπάω». Με κοίταξε λοξά και τραβήχτηκε για να μη δω τη συνέχεια.

«Ρε άι στο διάβολο. Που έχεις και μυστικά τώρα!» του είπα και έσπρωξα τον ώμο του με τον δικό μου. Εκείνος έβγαλε έξω τη γλώσσα του, λες και κορόιδευε τον ίδιο του τον εαυτό και συνέχισε να γράφει. Εγώ, να πω την αμαρτία μου, τον προτιμούσα έτσι. Με είχε κουράσει με τα πέρα δώθε, τις πονηριές και τα τσιλιμπουρδίσματά του όλα τα προηγούμενα χρόνια. Άσε που εγώ έτρεχα να καλύψω όλα τα στραβά του κάθε φορά. Μπορεί να τον δούλευα τώρα –και το ευχαριστιόμουν τ' ομολογώ– αλλά χίλιες φορές να τρέχει πίσω από ένα φουστάνι παρά να τρέχουμε και να μη φτάνουμε.

Την πρωτοχρονιά η Άντα ξημερώθηκε με τη Ναταλία στα μπουζούκια. Αλλά κι εμείς δεν πήγαμε πίσω. Τραγούδι και πιοτό μέχρι πρωίας. Σαν να ξέραμε πως έπρεπε να γλεντήσουμε για να αντέξουμε τα όσα θα ακολουθούσαν. Σαν να θέλαμε να γελάσουμε προκαταβολικά, λες και αργότερα δεν θα είχαμε άλλη ευκαιρία. Το 2004 δεν θα έμπαινε με άδεια χέρια. Κουβαλούσε πολλά στο σακί του.

Μια απίθανη σκέψη

Το προαύλιο της εκκλησίας ήταν γεμάτο κόσμο. Τα πιτσιρίκια έπαιζαν καθισμένα κατάχαμα χωρίς να ανησυχούν καθόλου αν θα λερώσουν τα καινούρια τους ρούχα, ενώ οι μεγάλοι περίμεναν υπομονετικά με τα μπουκαλάκια στα χέρια. Ο ουρανός ήταν καθαρός κι ο ήλιος είχε αρχίσει να ζεσταίνει κιόλας κάποιες γωνιές. Για Γενάρη μήνα ήταν ένα ζεστό πρωινό. Οι καμπάνες άρχισαν να χτυπούν ζωηρά. Τρία περιστέρια πέταξαν πάνω από το καμπαναριό έως το προαύλιο, ενώ ο παπα-Λάμπρος έψελνε «εν Ιορδάνη Βαπτιζομένου σου, Κύριε». Πάει κι αυτό, σκεφτόμουν. Από αύριο επιστροφή στην καθημερινότητα.

Το ίδιο απόγευμα ο Στάθης γύριζε στην Αθήνα μαζί με τον ξάδερφό του, τον Θανάση, που ανέβαινε στην πρωτεύουσα για να δει μερικούς φίλους. Λίγο έξω από την Κόρινθο πήγαιναν σχεδόν σημειωτόν. Επιστροφή εκδρομέων και άλλη μια δοκιμασία για τα νεύρα του Στάθη. Και να πεις πως δεν του το ’χα πει; Πάρε άλλη μια μέρα άδεια να γλιτώσεις την ταλαιπωρία. Αλλά αυτός ο κουτσουροκέφαλος δεν μ' άκουγε ποτέ. Έτσι βρέθηκε παγιδευμένος ανάμεσα στην ατελείωτη ουρά των αυτοκινήτων. Σκέφτηκε την Άντα. Ήταν να συναντηθούν εκείνο το απόγευμα, αλλά δεν έβλεπε να προλαβαίνει. Έπρεπε να της τηλεφωνήσει.

«Φτου σου, άτιμο! Βρήκες την ώρα», είπε ο Στάθης και χτύπησε το τιμόνι με την παλάμη του.

«Τι; Λάστιχο; Ψυγείο; Τι έγινε;» αναπήδησε ο Θανάσης στο κάθισμα του.

« Όχι, Παναγία μου. Κουνήσου απ' τη θέση σου. Δεν έχω μπαταρία στο κινητό».

«Αϊ στον κόρακα, και μου 'κοψες το αίμα! Πάρε από το δικό μου αν είναι ανάγκη», του είπε και έβγαλε το κινητό από την τσέπη του.

«Να 'σαι καλά! Με σώζεις». Ο Στάθης πήρε αμέσως το κινητό και άρχισε να σχηματίζει το νούμερο της Άντας. Ο Θανάσης τον κοίταξε με ένα λοξό χαμόγελο.

«Έρωτας με την πρώτη ματιά;» του είπε.

«Μεγάλη ιστορία. Τι να σου λέω», είπε ο Στάθης και έβαλε το κινητό στο αυτί του.

Έδειχνε να καλεί, αλλά δεν απαντούσε κανείς. Ξαναπροσπάθησε μερικά λεπτά αργότερα. Χτυπούσε αμέτρητες φορές αλλά τίποτα. Σαν να καλούσε σε δημόσια υπηρεσία μετά τις δώδεκα. Προς στιγμήν ανησύχησε αλλά προσπάθησε να διώξει μακριά τις άσχημες σκέψεις του. Μόνο, που δεν θα μπορούσε να την ειδοποιήσει, να μην τον περιμένει άδικα. Της τηλεφώνησε ξανά μόλις μπήκε στο σπίτι του, αλλά ούτε και τότε τη βρήκε. Ευχόταν μόνο να είναι καλά. Το ρολόι έδειχνε έντεκα και τέταρτο όταν τελικά του τηλεφώνησε εκείνη.

«Έλα, μάτια μου. Πού είσαι; Σ' έχω πάρει εκατό φορές», της είπε περισσότερο ανακουφισμένος που την άκουγε παρά ενοχλημένος.

«Μόλις τώρα μπήκα. Δεν είδα όμως το νούμερό σου...»

«Δεν είχα μπαταρία και σ' έπαιρνα από το κινητό του ξαδέρφου μου».

«Άντε, ρε Στάθη!» είπε, και από το ύφος της φάνηκε πως είχε αναστατωθεί βλέποντας τις επίμονες κλήσεις από έναν άγνωστο αριθμό.

«Εσύ πού ήσουν;»

«Εγώ; Πήγα στη θεία μου. Ε, δεν ένιωθε πολύ καλά. Έφυγα βιαστικά και ξέχασα το κινητό στο σπίτι μου», είπε εκείνη. Ακουγόταν ακόμα ταραγμένη.

«Όλα καλά τώρα;» ρώτησε ο Στάθης.

«Ε; Μάλλον. Θα δείξει. Θα σε δω αύριο;»

«Θα σε περιμένω μετά τη δουλειά», της είπε και την καληνύχτισε. Εκείνη τη στιγμή δεν είχε κουράγιο να σκεφτεί τι μπορεί να απασχολούσε την Άντα. Ίσως να είχε στενοχωρηθεί με την κατάσταση της θείας της. Άλλωστε, ό,τι και αν είχε συμβεί, θα του το έλεγε την επομένη που θα τον συναντούσε.

Μόλις την είδε στο άνοιγμα της πόρτας, την αγκάλιασε λες και είχε να την δει χρόνια. Κόλλησε τα χείλη του στα δικά της και δεν χόρταινε να τη φιλάει. Τέτοια αναπνοή ούτε δύτης! Η Αντα έδειχνε χαρούμενη αλλά είχε μαύρους κύκλους κάτω από τα μάτια και τα βλέφαρά της ήταν κατακόκκινα. Απ' ό,τι του είπε, δεν είχε κοιμηθεί καθόλου καλά. Είχε υπερένταση. Αποκοιμήθηκε όμως λίγο αργότερα, μέσα στην αγκαλιά του Στάθη, που, ξαπλωμένος στον καναπέ, χαλάρωνε κι εκείνος μετά τη δική του πρώτη εξαντλητική ημέρα στη δουλειά. Ήταν κιόλας επτά όταν το κινητό της άρχισε να χτυπάει δυνατά. Πετάχτηκε έντρομη. Ανακάθισε στα γόνατά της και κοίταξε τον Στάθη που έσφιγγε τα βλέφαρα ενοχλημένος από το απρόσμενο κουδούνισμα. Μόλις σταμάτησε, σηκώθηκε και το πήρε στα χέρια της. Κοίταξε το νούμερο και το άφησε ξανά στο τραπεζάκι δίπλα στον καναπέ.

«Ποιος ήταν;» τη ρώτησε και έβηξε για να καθαρίσει τη φωνή του, που ήταν ακόμα βραχνή από τον ύπνο. Η Άντα δεν πρόλαβε να απαντήσει. Το κινητό άρχισε να καλεί ξανά κι εκείνη έμεινε ασάλευτη να το κοιτάει.

«Δεν θα το σηκώσεις;» τη ρώτησε και έβαλε τα χέρια του πίσω από το κεφάλι.

«Δεν ξέρω αν πρέπει!»

«Να το σηκώσω εγώ;» της είπε και έκανε μια κίνηση να το πιάσει.

«Όχι!» απάντησε εκείνη με μια ακατανόητη αγωνία και βιάστηκε να το αρπάξει περνώντας πάνω από τα τεντωμένα πόδια του Στάθη. Απάντησε με ένα διστακτικό «Ναι», καθώς περπατούσε ήδη προς την κουζίνα. Ο Στάθης έμεινε ξαπλωμένος με το κεφάλι ακουμπισμένο στις παλάμες του αλλά είχε πια ξυπνήσει για τα καλά. Κάτι μισόλογα που έφτασαν στ' αυτιά του από τη συνομιλία της Άντας δεν του άρεσαν καθόλου. Μιλούσε σιγά αλλά τόνιζε τα λόγια της:

«Σου είπα όχι». Μετά πιο χαμηλόφωνα και πάλι πιο δυνατά «Άσε με», είπε σαν να παρακαλούσε. Ύστερα πάλι ψιθυριστά. Ο Στάθης, ανασηκώθηκε και ακούμπησε στην πλάτη του καναπέ. Αναρωτιόταν ποιος μπορεί να ήταν.

Και γιατί πήγε στην κουζίνα για να μιλήσει; Του ήρθε στο μυαλό το προηγούμενο βράδυ που προσπαθούσε μάταια να τη βρει. Ίσως τελικά να μην ήταν στη θεία της όπως είχε προφασιστεί. Ίσως να μην το σήκωνε, όπως έκανε πριν από λίγο. Έπιασε τα τσιγάρα από το τραπέζι και έβαλε ένα στο στόμα χωρίς να το ανάψει. Σταύρωσε τα χέρια στο στήθος του και προσπάθησε να κρυφακούσει. Δεν χρειαζόταν όμως να προσπαθήσει πολύ. Η Αντα φανερά εκνευρισμένη είχε αρχίσει τώρα να φωνάζει.

«Είπα όχι. Σε παρακαλώ. Άσε με ήσυχη». Ακούστηκε ένας βρόντος, που μάλλον ήταν το κινητό που είχε πετάξει η Άντα στον πάγκο της κουζίνας και μετά τίποτα. Σιγή. Για λίγα δευτερόλεπτα δεν άκουγε ούτε την ανάσα της. Μετά, ένα ρουθούνισμα τον έκανε να σκεφτεί πως έκλαιγε. Δεν σηκώθηκε. Της έδωσε λίγο χρόνο για να συνέλθει. Πήρε το τσιγάρο από τα χείλη του και το στριφογύρισε στα δάχτυλά του.

«Τι συμβαίνει μικρή;» της είπε μόλις πέρασε την πόρτα του σαλονιού. Είχε σουφρώσει τα φρύδια του και την κοιτούσε ερευνητικά.

«Μη με κοιτάς έτσι. Δεν έγινε τίποτα», του είπε.

«Ποιος ήταν στο τηλέφωνο; Και μη μου πεις η άρρωστη θεία σου». Η Αντα, κατέβασε το βλέμμα. Ήταν ώρα για εξηγήσεις.

«Είχα μια ελπίδα πως δεν θα χρειαζόταν να έρθουμε σε αυτή τη δύσκολη θέση», του είπε και έκατσε δίπλα του στον καναπέ.

«Ποια θέση; Τι εννοείς;»

«Εννοώ πως δεν θέλω να σε στεναχωρώ με βλακείες».

«Θα μου πεις τι έγινε ή να ρίξω τα χαρτιά;»

«Τι να σου πω;»

«Ποιος ήταν. Πήρες το τηλέφωνο κι έφυγες. Συμβαίνει κάτι;» Η Αντα δεν μίλησε. Δάγκωσε τα χείλη της και κοίταξε τα δάχτυλά της.

«Υποτίθεται ότι τα λέμε όλα», είπε ο Στάθης. Ο τόνος της φωνής του ήταν τώρα πιο αυστηρός. Εκείνη, όμως, κοιτούσε επίμονα το πάτωμα. Ο Στάθης σηκώθηκε, πήρε τον αναπτήρα από το τραπέζι και άναψε το τσιγάρο που κρατούσε ακόμα στα χέρια του. Τον πέταξε ύστερα στη ροτόντα και τράβηξε μια καρέκλα για να καθίσει.

«Πολύ καλά. Μετά όμως να μη μου λες για εμπιστοσύνη και τέτοια», είπε και φύσηξε τον καπνό ψηλά. Η Αντα τον κοίταξε βουρκωμένη. Δεν μπορούσε να τη βλέπει έτσι, αλλά είχε καταφέρει να τον θυμώσει για τα καλά.

«Ο Νίκος. Ο Νίκος ήταν», του είπε και μάζεψε τα γόνατά της στο στήθος της. Τα μάτια της γέμισαν δάκρυα.

«Πόσο καιρό σου τηλεφωνεί;»

«Από χθες. Νόμιζα πως θα σταματήσει. Γι' αυτό δεν είπα τίποτα. Δεν περίμενα να ξαναπάρει». Σκούπισε τα μάτια της, αλλά την έπιασε το παράπονο και άρχισε να κλαίει με αναφιλητά. «Συγγνώμη», του είπε. Ο Στάθης άφησε το τσιγάρο στο τασάκι και την πλησίασε. Κάθισε δίπλα της και χάιδεψε τα μαλλιά της προσπαθώντας να την ηρεμήσει.

«Μπορείς να μου πεις τι έγινε; Τι σου είπε και σε αναστάτωσε τόσο;» Εκείνη κούνησε το κεφάλι της. Σκούπισε το μουσκεμένο της πρόσωπο και κοίταξε τον Στάθη.

«Με πήρε εχθές το πρωί. Την ώρα που γύριζα από

τον αγιασμό. Νόμιζα πως ήσουν εσύ, αλλά», έπιασε το χέρι του και το κράτησε μέσα στα δικά της.

«Αλλά ήταν εκείνος», είπε ο Στάθης.

«Άρχισε να μου λέει πως δεν ήθελε να γίνουν έτσι τα πράγματα. Μου ζήτησε συγγνώμη και μου είπε πως θέλει να συναντηθούμε», είπε η Άντα ξεφυσώντας.

«Πού να συναντηθείτε; Είναι εδώ;»

«Όχι. Στην Αγγλία είναι. Μου ζήτησε να γυρίσω. Αλλιώς λέει...» άφησε τη φράση της μισοτελειωμένη και σηκώθηκε. Πήγε στην κουζίνα να πάρει μερικές χαρτοπετσέτες. Μέχρι να φυσήξει τη μύτη της και να καθαρίσει το πρόσωπό της ο Στάθης κόντευε να πάθει συγκοπή. Την ακολούθησε.

«Αλλιώς τι; Σε απείλησε;»

«Μπορείς να το πεις κι έτσι. Μου είπε πως αν δεν γυρίσω, θα έρθει εκείνος εδώ». Πέταξε τα χαρτιά στον κάδο και κράτησε μόνο ένα καθαρό.

«Έχει πολύ θράσος τελικά. Να υποθέσω πως αυτά ήταν τα όχι που άκουγα», της είπε. Η Αντα κούνησε καταφατικά το κεφάλι της.

«Εγώ του είπα βέβαια να μην έρθει. Άδικος κόπος. Αλλά δεν καταλαβαίνει. Θα μου σπάσει τα νεύρα. Το βλέπω». Πλησίασε τον Στάθη, πέρασε τα χέρια της γύρω από το λαιμό του και τον αγκάλιασε.

«Συγγνώμη. Δεν ήθελα να σε στεναχωρήσω», του είπε και άρχισε πάλι να κλαίει. Ο Στάθης την έσφιξε στην αγκαλιά του και προσπάθησε να την ηρεμήσει. Του κοβόντουσαν τα πόδια όταν την έβλεπε έτσι. Καλύτερα να είχε θυμώσει, να ξεθύμαινε πετώντας πράγματα, παρά αυτό.

«Έλα, σταμάτα να κλαις».

«Δεν θέλω να νομίζεις ότι σου λέω ψέματα», είπε με σπασμένη φωνή. Είχε κολλήσει επάνω του σαν το ψάρι στο τηγάνι και είχε πλαντάξει στο κλάμα. Ο Στάθης την τράβηξε και της σκούπισε τα μάτια με τα δάχτυλά του.

«Σταμάτα κλαψιάρα. Μας έκανες μούσκεμα», της είπε. Η Αντα χαμογέλασε για μια στιγμή. Το χρώμα από τις βλεφαρίδες της είχε κυλήσει στα αναψοκοκκινισμένα της μάγουλα. Ο Στάθης την πήρε από το χέρι και την πήγε στο μπάνιο. Έβρεξε τα χέρια του και έπλυνε απαλά το πρόσωπό της. Εκείνη του υποσχέθηκε να σταματήσει να κλαίει και του ζήτησε λίγο χρόνο για να συνέλθει και να φρεσκαριστεί. Την άφησε μόνη. Πήγε στο σαλόνι, άναψε ένα τσιγάρο, μιας και το προηγούμενο είχε καεί μόνο του στο τασάκι, και την περίμενε υπομονετικά. Αυτά τα λίγα λεπτά, όμως, ήταν αρκετά για να αρχίσει να βασανίζεται από μια απίθανη σκέψη. Μια σκέψη, που τρύπωσε ύπουλα στο κεφάλι του και στριφογύριζε ενοχλητικά σαν μπάμπουρας δεμένος σε κλωστή.

«Εσύ;» της είπε μόλις γύρισε στο δωμάτιο. Είχε συνέλθει εντελώς τώρα και το πρόσωπό της ήταν όμορφο και καθαρό.

«Εγώ τι;»

«Υπάρχει περίπτωση να πας στην Αγγλία;» Ήταν σοβαρός και το βλέμμα του ήταν μελαγχολικό. Είχε καταφέρει να την αιφνιδιάσει.

«Στάθη, τι λες τώρα; Εγώ έφυγα από αυτόν τον άνθρωπο. Άλλαξα όλη μου τη ζωή. Γιατί να γυρίσω πίσω;»

«Δεν ξέρω. Ίσως επειδή ήσασταν μαζί τόσα χρόνια. Δεν αξίζει μια δεύτερη ευκαιρία;»

«Αν ήταν εκείνος στη θέση μου, τι λες; Θα μου έδινε δεύτερη ευκαιρία;» Δεν ήταν ακριβώς αυτό που ήθελε να ακούσει. Καθησυχαστικό, δεν λέω. Όμως εκείνος ζητούσε την επιβεβαίωση. Ήθελε τουλάχιστον αυτή την ώρα να του πει πως τον αγαπάει και πως δεν είχε σκοπό να φύγει από κοντά του. Εγώ του είπα πως δεν ήταν πια και του θανατά η απάντηση που πήρε. Ίσα ίσα. Εκείνη τόση ώρα έκλαιγε και στεναχωριόταν που του απέκρυψε τα γεγονότα. Τι άλλο ήθελε; Αφού το ήξερε πως τον αγαπούσε.

«Βάλ' την να σου υπογράψει και μια υπεύθυνη δήλωση», του είπα, αλλά τον είχε πιάσει η ξεροκεφαλιά του. Το ένστικτό του, έλεγε, δεν τον άφηνε να ησυχάσει.

Πλακωτό και Φεύγα

Τα τηλεφωνήματα από τον Νίκο συνεχίστηκαν και την επόμενη εβδομάδα. Η Αντα άλλοτε του απαντούσε και άλλοτε όχι. Τις περισσότερες φορές, που αποφάσιζε να του μιλήσει, κατέληγε να φωνάζει όλο αγανάκτηση, αλλά ο άλλος δεν έπαιρνε χαμπάρι. Ο Στάθης, όμως, είχε αρχίσει να εκνευρίζεται και να χάνει την υπομονή του. Αν και δεν το έδειχνε, ζήλευε τρομερά. Τώρα απειλούνταν από κάποιον άλλον. Η επιμονή του Νίκου τον έκανε έξαλλο. Τον σκεφτόταν στο κρεβάτι μαζί της και τρελαινόταν. Άσε που εκείνοι υπήρξαν κανονικό ζευγάρι, ενώ τον Στάθη τον είχε ακόμα στο περίμενε. Είχε παγιδευτεί στις βασανιστικές του σκέψεις και είχε αρχίσει να αμφιβάλλει για εκείνη. Την ρωτούσε όλο και πιο συχνά αν τον αγαπά και ζητούσε απελπισμένα να έχει την απόλυτη προσοχή της. Καψούρης με τα όλα του δηλαδή! Προσπαθούσα να τον συνετίσω. Η Αντα, πρώτα νοιαζόταν για εκείνον και μετά σκεφτόταν τον εαυτό της. Και ενώ ήθελε πολύ να προχωρήσει μαζί του, όλη αυτή η κατάσταση της είχε δημιουργήσει μεγάλο άγχος. Εκείνος μου τα 'λεγε. Του το είχε πει. Του έλεγα να κάνει υπομονή μέχρι να βρεθεί μια λύση, αλλά εκείνος έκανε σα σκυλί λυσσασμένο. Τυφλωμένος από το πάθος και τη ζήλια έβαζε με το μυαλό του διάφορα που τον οδηγούσαν ακόμα περισσότερο στα άκρα.

Ένα απόγευμα είχε βγει κυριολεκτικά εκτός ελέγχου. Με πήρε τηλέφωνο αλαφιασμένος και πάω στοίχημα πως συνομιλούσε πολλή ώρα με τον εαυτό του και καταπώς φαίνεται διαφωνούσαν κιόλας.

Σήκωσα το τηλέφωνο που χτυπούσε επίμονα.

«Έλα, ρε φλώρε», μου είπε ο Στάθης νευριασμένος.

«Γιατί φλώρος, γεράκο; Τι σου 'κανα;». Φοβήθηκα όπως τον άκουσα, μην είχα κάνει άθελά μου κάτι.

«Συγγνώμη, ρε Γιώργο», μου είπε, «σκεφτόμουν διάφορα και μπερδεύτηκα. Για άλλον πήγαινε το φλώρος».

«Τι έπαθες; Ποιος σε πείραξε;»

«Άσε με, ρε φίλε. Έχω σκάσει! Τώρα τον έπιασε η νοσταλγία τον άλλον. Το κέρατό μου! Ήμασταν μια χαρά με την Άντα κι εμφανίστηκε αυτός ο φλώρος και λέει πως τη θέλει πίσω. Ο κύριος!» Άκουσα έναν θόρυβο στο βάθος. Είχε εκσφενδονίσει με δύναμη κάτι πλαστικό. Το κατάλαβα από το γκελ που έκανε στον τοίχο.

«Δεν ξέρω τι να κάνω», μου είπε. Ακουγόταν απελπισμένος.

«Εκείνη τι λέει;»

«Τι να πει. Δεν τον θέλει. Εγώ όμως τι να κάνω; Να κάθομαι και να παρακολουθώ τις διαπραγματεύσεις; Δεν είμαι έτσι εγώ, ρε φίλε! Τι να κάνουμε; Δεν τα ήξερα αυτά τα πράγματα. Εγώ με την πρώτη λαδιά άνοιγα την πόρτα κι έφευγα».

«Το σκέφτεσαι να φύγεις;» Ήξερα πως δεν χρειαζόταν να κάνω αυτή την ερώτηση.

«Μα είσαι χαζός; Αν μπορούσα δεν θα το έκανα; Αφού την αγαπάω». Του πρότεινα να φύγει για λίγο από την Αθήνα. Μια βόλτα στο χωριό την Κυριακή θα του έκανε καλό. Θα τον βοηθούσε να χαλαρώσει.

«Έλα εδώ. Θα το σκεφτούμε μαζί πιο ψύχραιμα», του είπα. Ήρθε. Ξεκίνησε χαράματα χωρίς να δώσει και πολλές πολλές εξηγήσεις στην Άντα. Τον είχα έννοια μέχρι να φτάσει, γιατί ήξερα ότι το μυαλό του έτρεχε δέκα φορές πιο γρήγορα από το αυτοκίνητο. Μόλις μπήκε στο σπίτι μού τηλεφώνησε. Ήθελε να περπατήσει λίγο μόνος του, να σκεφτεί.

Πήγε στην κεντρική πλατεία. Κοντοστάθηκε κοιτάζοντας τριγύρω· μερικοί ηλικιωμένοι κάθονταν στα παγκάκια σκοτώνοντας την ώρα τους. Ύστερα πήγε στο περίπτερο ν' αγοράσει τσιγάρα. Χάζευε τις αθλητικές εφημερίδες, όταν άκουσε ένα νεαρό να μιλάει στο τηλέφωνο. Γύρισε και τον κοίταξε. Αναρωτήθηκε ποια να 'ταν η ηλικία του. Του θύμισε τον εαυτό του μερικά χρόνια πριν. Έστησε αυτί.

«Ναι σου λέω! Δεν το πίστευα. Έπρεπε να τη δεις. Μόνο που δεν την ξεμάλλιασε», είπε ο νεαρός. «Πάλι γυναίκα είναι στη μέση», σκέφτηκε. Μετά μου τηλεφώνησε λες και είχε πάρει φωτιά το Κορδελιό.

«Φέρε και το τάβλι», μου είπε στο τέλος. Αυτό σήμαινε πως θα έπρεπε να ξεχάσω το μεσημεριανό και ίσως και το βραδινό.

Στήσαμε τα πούλια. Πρώτη ζαριά ντόρτια.

«Γεράκο, δεν αρχίζεις όμορφα!», του είπα, κοιτάζοντάς τον λοξά. Όχι για να χαλαρώσει εκείνος να ρεζιλευτώ εγώ. Στο καφενείο όταν στηνόταν τάβλι μαζευόντουσαν όλοι πάνω από το κεφάλι σου και μελετούσαν τις κινήσεις σου, λες κι έπαιζες σκάκι. Χαμογέλασε κι έπαιξε τη ζαριά του με σιγουριά. Τώρα ήταν η σειρά μου. Κούνησα τα ζάρια μέσα στη χούφτα μου, τα φύσηξα για γούρι και τα έριξα. Πέντε δύο. Πάλι καλά, σκέφτηκα. Μέχρι τα μισά του παιχνιδιού κόντευα να φάω όλα μου τα νύχια. Παράγγειλα ένα κρύο καφέ. Όχι ότι ήθελα κάτι να πιω. Πιο πολύ για να ασχολούμαι με το καλαμάκι.

«Φλερτάρω με τη μάνα σου», μου είπε.

«Ν' αφήσεις τη μάνα μου ήσυχη», είπα σοβαρά. Γέλασε. Για την Άντα δεν μου είχε πει κουβέντα ακόμα. Μετά από ένα διπλό και δύο μονά, όλα κερδισμένα από τον Στάθη, δεν άντεξα.

«Δεν τα βλέπω καλά τα πράγματα. Κέρδος στο τάβλι χασούρα στην αγάπη», είπα.

«Άσε και τη βρήκα τη λύση!» είπε και μου έκλεισε το μάτι. Δεν απάντησα αλλά από μέσα μου έκανα το σταυρό μου. Το ήξερα αυτό το βλέμμα. Ήμουν σίγουρος ότι θα την έκανε την κουτσουκέλα πάλι.

«Θες να μου πεις και μένα;» μπας και προλάβω το κακό, ήθελα να πω αλλά το κατάπια.

«Όχι, γιατί δεν θα συμφωνήσεις. Χα! Εξάρες!» είπε και ήταν αρκετό για να μου ανεβάσει το αίμα στο κεφάλι. Έκλεισα το τάβλι τόσο απότομα που κόντευα να του πιάσω τα δάχτυλα.

«Ε, δεν τρώγεσαι!», του είπα και αυτός χαχάνιζε ικανοποιημένος για την πέμπτη συνεχόμενη νίκη του. Αργά το απόγευμα, χαλαρωμένος και ευδιάθετος πήρε το δρόμο της επιστροφής. Τι είχε μέσα στο κεφάλι του ούτε και μου είπε. Μακάρι μόνο να μην το μετάνιωνε.

Τις επόμενες ημέρες δεν συναντήθηκε με την Άντα. Έδειχνε σκεπτικός και η Άντα υπέθεσε πως ήταν ενοχλημένος από τα τηλεφωνήματα του Νίκου που δεν έλεγε να σταματήσει να την ενοχλεί. Είχε πετύχει διάνα αλλά ο Στάθης δεν της άφηνε πια άλλα περιθώρια για δικαιολογίες, ούτε έδειχνε να έχει άλλη υπομονή. Την Παρασκευή του τηλεφώνησε ξανά για να συναντηθούν αλλά εκείνος δεν απαντούσε στο τηλέφωνο. Μετά από μερικές επίμονες προσπάθειες κατάφερε να τον βρει. Της είπε πως κοιμόταν και χασμουρήθηκε βαριεστημένα. Τον άφησε να ξεκουραστεί και του ζήτησε να της τηλεφωνήσει μόλις σηκωθεί. Η ώρα όμως περνούσε και ο Στάθης δεν έδινε σημεία ζωής. Είχε βγει, ο κύριος, χωρίς να της το πει. Ήθελε να την κάνει να ανησυχήσει. Και τα είχε καταφέρει. Μία ώρα μετά την είδε να διασχίζει το δρόμο και να περνάει την είσοδο της καφετέριας. Ήταν σίγουρος πως τον είχε αναζητήσει στο σπίτι του, δεν τον βρήκε και στη συνέχεια τα βήματά της την οδήγησαν τελικά στο γνωστό του στέκι, σε μια τελευταία προσπάθεια επιβεβαίωσης πως ήταν καλά. Πέρασε το χέρι του πίσω από την πλάτη της κοπέλας που καθόταν δίπλα του και συνέχισε να της μιλάει χωρίς να κοιτάξει την Άντα. Εκείνη στάθηκε για λίγο στην πόρτα. Μετά προχώρησε σε αντίθετη κατεύθυνση από το τραπέζι του Στάθη και κάθισε σχεδόν απέναντί του. Εκείνος έδειχνε προσηλωμένος στην κουβέντα με την κατσαρομάλλα που συνόδευε και κάθε τόσο της πείραζε τα μαλλιά και της χαμογελούσε. Ένιωθε το βλέμμα της Άντας καρφωμένο πάνω του, μέχρι που τελικά έστρεψε το κεφάλι του και την κοίταξε. Τα μάτια της ήταν γεμάτα θυμό και απογοήτευση. Σφίχτηκε η καρδιά του. Ήπιε μια γουλιά από τον καφέ που είχε μπροστά του και συνέχισε να κουβεντιάζει με τη γλυκιά κατσαρομάλλα. Η Αντα φώναξε τη σερβιτόρα. Παράγγειλε έναν καφέ, τον πλήρωσε, και λίγα λεπτά μετά έφυγε το ίδιο αθόρυβα όπως ήρθε. Μόλις ο Στάθης είδε την Άντα να φεύγει ζήτησε τον λογαριασμό.

«Είναι πληρωμένα», του είπε σερβιτόρα, «από την κοπέλα που καθόταν απέναντι». Κι εκείνος έμεινε να την κοιτάει λες και του είχε πει πως είδε ιπτάμενο δίσκο. Πήρε το αυτοκίνητο και όργωσε τους δρόμους χωρίς προορισμό. Στο μυαλό του ήταν καρφωμένο το κοφτερό βλέμμα της Άντας. Είχε δει ακριβώς αυτό που δεν ήθελε. Απογοήτευση. Τον κοιτούσε επικριτικά, γεμάτη ερωτηματικά, σαν να έβλεπε κάποιον άγνωστο, σαν έναν άνθρωπο που δεν είχε γνωρίσει, πραγματικά, ποτέ. Έστριψε απότομα το τιμόνι και πάρκαρε πρόχειρα το αμάξι στην άκρη ενός πεζοδρομίου. Μπήκε μέσα στο πρώτο μπαρ που βρήκε μπροστά του και έφυγε από εκεί ξημερώματα.

Σαν ψέμα

Το Σαββατοκύριακο πέρασε χωρίς καμιά επικοινωνία. Αυτό συνεχίστηκε και τις επόμενες μέρες. Απόλυτη σιωπή. Ο Στάθης δεν τολμούσε να κάνει την πρώτη κίνηση και η Άντα ήταν μάλλον πολύ θυμωμένη για να υποχωρήσει.

«Τελικά την έκανες τη μαλακία», του είπα μόλις έμαθα τι είχε κάνει.

«Τώρα τι κάνω; Μου λες;»

«Τώρα να ρίξεις τα μούτρα σου και να της τηλεφωνήσεις». Με είχε νευριάσει πάρα πολύ αυτή τη φορά.

«Και τι να της πω; Θα μου ζητήσει εξηγήσεις για το φέρσιμό μου».

«Έτσι σκατά που τα 'κανες βγάλ' τα πέρα μόνος σου. Αυτό ήταν το υπέροχο σχέδιο που είχες στο μυαλό σου; Ωραία λύση βρήκες!»

«Έλα τώρα. Βοήθα λίγο. Τι να της πω;»

«Την αλήθεια. Και να είσαι σίγουρος πως αν δεν της τηλεφωνήσεις, θα το κάνει εκείνη. Της χρωστάς μια εξήγηση και θα την απαιτήσει». Του έκλεισα το τηλέφωνο κατάμουτρα. Ήθελα να τον κάνω να καταλάβει πως το είχε παρατραβήξει. Οι μέρες περνούσαν και ο Στάθης βλέποντας την Άντα να παραμένει άφαντη είχε αρχίσει να σκέφτεται σοβαρά τα λόγια μου. Έδωσε προθεσμία στον εαυτό του και σ' εκείνη άλλες δύο ημέρες και μετά θα της τηλεφωνούσε.

Με την αναμονή και τα πείσματα μπήκαμε στον Φλεβάρη. Στις πέντε του μηνός, Πέμπτη ήταν, βράδυ, είχε καθίσει στο τραπέζι του σαλονιού, με το κεφάλι ακουμπισμένο στην παλάμη του, και κοιτούσε το κινητό σαν να προσπαθούσε να το υπνωτίσει. Η διορία έληγε ανορθόδοξα και σκεφτόταν πως έπρεπε κάτι να κάνει. Το πήρε στα χέρια του αποφασισμένος να τηλεφωνήσει, αλλά εκείνη ακριβώς τη στιγμή άρχισε να καλεί. Ήταν η Άντα. Πήρε μια βαθιά ανάσα, το άφησε να χτυπήσει δύο φορές ακόμα και μετά απάντησε με ύφος σοβαρό.

«Ναι»

«Γεια σου, Στάθη. Η Αντα είμαι», του είπε εκείνη. Είχε μια επιθετικότητα στη φωνή της.

«Το ξέρω. Είδα τον αριθμό», της είπε εκείνος ήρεμα.

«Όχι, σ' το διευκρινίζω για να μη με μπερδέψεις με καμιά άλλη». Του άξιζε αυτό το ειρωνικό ύφος. Είχε σηκώσει ήδη, όμως, λευκή σημαία.

«Δεν υπάρχει περίπτωση να σε μπερδέψω με καμιά άλλη», της είπε.

«Ναι, καλά! Νομίζω πως πρέπει να μιλήσουμε».

«Ναι, πρέπει. Να σε περιμένω;»

«Όχι, Στάθη. Θα βρεθούμε έξω. Σε ουδέτερο έδαφος», του είπε και άφησε για λίγο να φανεί ο θυμός της.

«Σε ουδέτερο έδαφος ε; Γιατί;» Είχε ένα αθώο τόνο

στη φωνή που την έκανε να εκδηλώσει τα νεύρα της χωρίς δεύτερη σκέψη.

«Για να μη σου 'ρθει κάνα τηλεκοντρόλ στο κεφάλι. Κατάλαβες;» Είχε καταλάβει πολύ καλά. Δύσκολα τα πράγματα. Ήξερε πως αυτό που έλεγε η Άντα δεν ήταν σχήμα λόγου. Έδωσαν ραντεβού στο καφέ του εμπορικού κέντρου. Στις οκτώ. Όταν έφτασε, η Άντα ήταν κιόλας εκεί. Είχε φτάσει πρώτη και στην ώρα της, ως συνήθως. Φορούσε μία μαύρη φούστα και ψηλοτάκουνες μπότες. Ήταν άραγε τυχαίο ή τις είχε φορέσει για να τον προκαλέσει, επειδή ήξερε πως του άρεσαν; Εκείνος είχε φροντίσει να είναι καθαρός και παρφουμαρισμένος και είχε διαλέξει το σκούρο μπλε πουκάμισο που ήξερε πως ήταν το αγαπημένο της. Την πλησίασε, αλλά δεν ήξερε τι να της πει. Ένιωθε πιο αμήχανος και από την πρώτη φορά που έμειναν μόνοι. Εκείνη του έγνεψε και τον προέτρεψε να την ακολουθήσει. Κάθισαν σε ένα απόμερο τραπέζι, για να μπορούν να κουβεντιάσουν, ο ένας απέναντι από τον άλλον. Η Αντα σταύρωσε τα χέρια στο στήθος της και κοίταξε τον Στάθη. Εκείνος έβγαλε το πακέτο με τα τσιγάρα από την τσέπη του παλτού του και τα ακούμπησε στο τραπέζι. Απέφευγε να την κοιτάξει κατάματα. Παρήγγειλαν δύο μπίρες. Μέχρι να έρθει η παραγγελία οι κουβέντες τους ήταν μετρημένες. Μετά προσπάθησε να κάνει την αρχή ο Στάθης.

«Λοιπόν. Τι ήθελες να συζητήσουμε;»

«Δεν νομίζω ότι χρειάζεται να ρωτάς», είπε η Άντα. Τον κοιτούσε απαξιωτικά. Τον ενοχλούσε αυτό το βλέμμα, αλλά δεν τόλμησε να της πει τίποτα.

«Ωραία λοιπόν. Τι θέλεις να σου πω». Η Αντα πήρε

μια βαθιά ανάσα σαν να προσπαθούσε να κρατήσει την ψυχραιμία της.

«Ξέρω ότι είχες ενοχληθεί με τα τηλεφωνήματα του Νίκου. Τότε έφυγα από εκείνη τη σχέση χωρίς εξηγήσεις. Τώρα όμως δεν είναι το ίδιο. Δεν το περίμενα αυτό από σένα. Ήξερες. Και εγώ σ' εμπιστεύτηκα. Δεν θα φύγω χωρίς να μου πεις γιατί μου φέρθηκες έτσι», του είπε. Για μια ακόμη φορά έβγαινα αληθινός. Η Αντα αντέδρασε όπως του είχα πει.

«Έχεις δίκιο να είσαι θυμωμένη αλλά τα πράγματα δεν είναι όπως τα νομίζεις».

«Δεν είναι αυτό που νομίζεις! Τι αστείο. Ακούγεσαι γελοίος το ξέρεις;»

«Κατ' αρχάς ηρέμησε». Αυτό δεν έπρεπε να το πει.

«Ξέρεις πόσο μου τη δίνει όταν το λες αυτό; Για να είναι κάποιος ήρεμος πρέπει να τον βοηθάνε και οι άλλοι. Και εσύ δεν είσαι ένας από αυτούς». Ο Στάθης πήρε ένα τσιγάρο από το πακέτο και το άναψε. Η Αντα τον κοίταξε με πείσμα. Έπιασε την μπίρα της και ήπιε τη μισή μονορούφι. Εκείνος φύσηξε τον καπνό και την κοίταξε ενοχικά.

«Άντε, λέγε. Περιμένω. Τι ακριβώς δεν είδα καλά;», είπε η Άντα.

«Τι είδες, Άντα; Με είδες απλώς να πίνω καφέ».

«Πλάκα μου κάνεις! Ήταν το χειρότερο άδειασμα που θα μπορούσες να μου κάνεις. Εγώ η ηλίθια σ' έπαιρνα τηλέφωνο και ανησυχούσα που δεν απαντούσες. Νόμιζα πως κάτι έπαθες. Πήγα στο σπίτι σου και χτυπούσα τα κουδούνια. Το ξέρεις;»

«Το ξέρω. Το υπέθεσα δηλαδή», είπε εκείνος με αφοπλιστική ηρεμία. Η Αντα τον κοίταξε με απορία.

«Τι εννοείς το ξέρεις; Τόσο σίγουρος λοιπόν; Εσύ έχεις πολύ μεγάλη ιδέα για τον εαυτό σου τελικά!» Ακούμπησε στην πλάτη της καρέκλας της και χαμογέλασε λοξά.

«Σε ξέρω, Άντα. Και εσύ με ξέρεις. Γι' αυτό και ήρθες μετά στην καφετέρια. Εκεί όπου φαντάστηκες πως θα ήμουν. Δεν σου φαίνονται όλα πολύ απλά;» Τον κοίταξε χωρίς να πει τίποτα. Προσπαθούσε να παρακολουθήσει τη σκέψη του. Τράβηξε άλλη μία τζούρα από το τσιγάρο του, ακούμπησε τους αγκώνες του στο τραπέζι και την κοίταξε κατευθείαν στα μάτια.

«Αν ήθελα να κάνω κάτι με κάποια άλλη, θα πήγαινα σ' αυτή την καφετέρια; Θα πήγαινα κάπου αλλού, αν δεν ήθελα να με δεις», είπε και έσβησε το τσιγάρο.

«Δηλαδή, τι μου λες τώρα, ρε Στάθη;» του είπε και ακούμπησε τις παλάμες της στο τραπέζι. Έδειχνε μπερδεμένη.

«Ότι σ' αγαπάω, βλάκα. Αυτό σου λέω». Η Αντα σήκωσε το χέρι της αστραπιαία και του έδωσε ένα γερό χαστούκι. Τα δάχτυλά της άφησαν σημάδι στο μάγουλο του Στάθη που δεν κουνήθηκε καθόλου.

«Είσαι ψεύτης!» του είπε και τραβήχτηκε ξανά προς τα πίσω σταυρώνοντας με πείσμα τα χέρια στο στήθος της. Ο Στάθης έτριψε το πρόσωπό του και χτύπησε τη γροθιά του στο τραπέζι.

«Μου άξιζε», της είπε. Μετά την κοίταξε ξανά στα μάτια, «αλλά σ' αγαπάω. Αυτό δεν αλλάζει». Η Αντα έκλεισε τα μάτια της και αναστέναξε. Ένα δάκρυ κύλησε από την κόγχη του ματιού της αλλά φρόντισε να το σκουπίσει γρήγορα.

«Δεν έχεις δικαίωμα να παίζεις μαζί μου. Την αλήθεια», του είπε.

«Δεν υπάρχει άλλη γυναίκα. Αυτή είναι η αλήθεια. Το ραντεβού ήταν στημένο. Η κοπέλα ήταν του φίλου μου», της είπε. Η Αντα τον κοίταξε. Ήπιε λίγη μπίρα ακόμα και μετά τον κοίταξε λυπημένη.

«Δεν νομίζω ότι μπορώ να σε πιστέψω. Θέλω, αλλά δεν νομίζω ότι μπορώ. Δεν είχες λόγο να το κάνεις αυτό».

«Με είδες να την αγκαλιάζω; Να τη φιλάω;»

«Αφού της χάιδευες τα μαλλιά! Λες να άντεχα να κάτσω να δω κι άλλα;»

«Δεν την χάιδευα. Της έπιασα τα μαλλιά όταν με κοίταξες. Δεν συμβαίνει τίποτα. Ήθελα μόνο να σε κάνω να ζηλέψεις. Δεν περίμενα να αντιδράσεις έτσι».

«Και τι ήθελες να κάνω δηλαδή. Ν' αρπάξω την ξένη κοπέλα και να την ξεμαλλιάσω; Εσένα θα κατηγορούσα. Και γιατί, ρε Στάθη; Γιατί να με δοκιμάσεις έτσι;»

«Ε, τι να κάνω; Ζήλεψα. Σ' έπαιρνε συνέχεια τηλέφωνο ο άλλος ο ηλίθιος και εσύ του μιλούσες, αντί να τον στείλεις στο διάολο. Και όταν σε ρώτησα αν θα γύριζες σ' αυτόν περίμενα τουλάχιστον να μου πεις ότι μ' αγαπάς, όχι ότι δεν θα πας από εγωισμό».

«Τι είναι αυτά που λες; Έπρεπε να σου πω ότι σ' αγαπάω; Δεν το ήξερες; Σε είχα και για έξυπνο!» Το ξέσπασμα του Στάθη έμοιαζε απίστευτο. Εκείνος δεν απάντησε. Πήρε την μπίρα και την ήπιε όλη μονομιάς.

Παράγγειλαν άλλες δύο. Συνέχισαν να μιλάνε προσπαθώντας να δικαιολογήσει ο καθένας τον εαυτό του. Αυτή τη φορά τα ποτήρια τους άδειασαν πολύ πιο γρήγορα.

«Ας πούμε ότι σε πιστεύω», είπε τελικά η Άντα. «Να ξέρεις όμως πως δεν θα σου συγχωρήσω ποτέ αυτό που μου έκανες». Ο Στάθης σηκώθηκε όρθιος και απομάκρυνε την καρέκλα του από το τραπέζι. Της έδωσε την εντύπωση πως θα έφευγε αλλά εκείνος πήγε και κάθισε δίπλα της. Προσπάθησε να την αγκαλιάσει, αλλά η Άντα τραβήχτηκε ενοχλημένη.

«Άντα, κοίταξέ με», της είπε και της χάιδεψε τα μαλλιά. «Σ' αγαπάω. Αλλιώς γιατί να είμαι εδώ;» Γύρισε και τον κοίταξε. Τα μάτια της έδειχναν ακόμα πως αμφέβαλλε.

«Είσαι πολύ όμορφη σήμερα», της είπε και πλησίασε τα χείλη του στα δικά της.

«Στάθη...» τον κοίταξε αγριεμένα.

«Σ' αγαπάω. Είσαι η ζωή μου», της είπε, ενώ την κοιτούσε ίσια στα μάτια.

«Μη με ξαναπληγώσεις τότε». Ένα δάκρυ κύλησε στο μάγουλό της. Ο Στάθης έσκυψε και τη φίλησε. Τον αγκάλιασε και τα μάτια της γέμισαν δάκρυα.

«Συγγνώμη, καρδιά μου», της είπε ο Στάθης και την κράτησε σφιχτά.

Έμειναν εκεί να μιλούν, περίπου για ένα τέταρτο της ώρας ακόμα. Ο Στάθης δεν ήθελε να την αφήσει να φύγει και η Άντα δεν ήθελε να γυρίσει στο σπίτι της. Ούτε στο «σπίτι τους», όπως της είπε ο Στάθης, εννοώντας το διαμέρισμά του. Αποφάσισαν να συνεχίσουν σε κάποιο μπαρ.

«Μην πάρεις το αυτοκίνητο», του είπε.

«Και να 'θελες, δεν γίνεται».

«Γιατί; Τι έχει;»

«Τι του έκανα να λες! Μόλις έφυγες από το καφέ εκείνη τη μέρα, πήρα τ' αμάξι και γύριζα. Ε, δεν ήθελε και πολύ. Το τράκαρα στην επιστροφή»

«Αμάν με τις εξυπνάδες σου!» του είπε και του έριξε μια στο πέτο. «Έκανες μεγάλη ζημιά;»

«Άμα δεις τον προφυλακτήρα θα καταλάβεις». Έσφιξε τα χείλη. Θα χρειαζόταν αρκετά χρήματα για την επισκευή.

«Τουλάχιστον δεν χτύπησες. Βλάκα. Αλλά έπρεπε να την σπάσεις την κεφάλα σου για να μάθεις!» είπε και εκείνος την τράβηξε στην αγκαλιά του.

Καταλήξανε σε ένα ελληνάδικο στην Υμηττού. Το μαγαζί ήταν γεμάτο κόσμο. Όλα τα τραπέζια ήταν πιασμένα και όλα τα σκαμπό γύρω από το μπαρ. Ανάμεσα, υπήρχαν άνθρωποι όρθιοι, δεν μπορούσες να σταθείς πουθενά. Κατάφεραν να βρουν λίγο χώρο κάπου στο βάθος της αίθουσας, δίπλα στο μπαρ. Εκείνη στηρίχτηκε με την πλάτη επάνω του. Ο Στάθης ένιωσε το κορμί της σε όλο το μήκος του δικού του. «Ουίσκι;» τη ρώτησε. Κούνησε το κεφάλι της. Πήραν ένα μπουκάλι Drambuie. Έμοιαζε πιο πολύ με λικέρ. Γέμισαν τα ποτήρια με πάγο και ήπιαν. Το ήπιαν όλο. Ο μπάρμαν τους κέρασε σφηνάκια τεκίλας και μετά και άλλα. Και άλλα. Ήπιαν πολύ. Η Αντα γελούσε κάθε τόσο χωρίς λόγο. «Μ' αρέσει εδώ», του είπε. Άρχισε να λικνίζεται παρασύροντας και τον Στάθη στο ρυθμό της. Χόρευαν ασταμάτητα, κολλημένοι ο ένας πάνω στον άλλον. Η φούστα της είχε σηκωθεί και ο, σχεδόν, γυμνός μηρός της ήταν ανάμεσα στα πόδια του. Πίεσε το θώρακά του στο στήθος της. Τα κορμιά τους είχαν ιδρώσει. Την ήθελε πολύ. Όλο το βράδυ τη φιλούσε στα χείλη και στο λαιμό. Εκείνη, ζαλισμένη από το ποτό, είχε αφεθεί στα χέρια του και στο ομοιόμορφο λίκνισμα των σωμάτων τους. Κάποια στιγμή πλησίασε στο μάγουλό της. «Σ' αγαπάω», της είπε στο αυτί. Η ανάσα του ήταν καυτή. Ακούμπησε τα χείλη της στο λαιμό του και ένιωσε τη φλέβα του να πάλλεται.

«Πάμε; Θέλω να μείνουμε μόνοι», του είπε. Εκείνος κούνησε καταφατικά το κεφάλι. Τα μάτια του γυάλιζαν από το ποτό και την επιθυμία.

Έξω έκανε παγωνιά. Ο Στάθης κούμπωσε έως επάνω το παλτό του και σήκωσε τους γιακάδες. Η Αντα, χωμένη και εκείνη στο μάλλινο πανωφόρι της, κρατούσε σφιχτά τον Στάθη προσπαθώντας να ζεσταθεί. Περπατούσαν αγκαλιασμένοι και, παρόλο το κρύο, σε κάποιες σκοτεινές γωνιές του δρόμου, ο Στάθης κρυμμένος από τα αδιάκριτα φώτα, έβρισκε την ευκαιρία να τη φιλήσει και να ζεστάνει το παγωμένο της πρόσωπο με τα χέρια και τα χείλη του. Ο Στάθης που είχε γνωρίσει η Άντα, ο τρυφερός και προστατευτικός, είχε επιστρέψει και πάλι. «Σ' αγαπάω», του ψιθύρισε ενώ εκείνος συνέχιζε να τη φιλάει κρατώντας την σφιχτά στην αγκαλιά του.

Έσπρωξε την εξώπορτα και την τράβηξε από το χέρι στον σκοτεινό διάδρομο της πολυκατοικίας. Μπαίνοντας στο στενάχωρο ασανσέρ ένιωσε μια έξαψη. Ξεκλείδωσε γρήγορα την πόρτα του διαμερίσματος και άφησαν τα παλτά τους να πέσουν στο πάτωμα. Την κράτησε σφιχτά από τη μέση και την σήκωσε ψηλά. Εκείνη τύλιξε τα πόδια της γύρω από τη λεκάνη του και συνέχισε να τον φιλάει. Ο Στάθης, πίεσε την πλάτη της στον τοίχο του διαδρόμου, καθώς ρουφούσε με πάθος τα χείλη και το λαιμό της. «Αγάπη μου! Μωρό μου!» της ψιθύριζε. Την έσφιξε επάνω του και προχώρησε στο υπνοδωμάτιο. Ακούμπησε τα γόνατά του στο στρώμα και την ξάπλωσε μαλακά στο κρεβάτι. Τα μάτια της ήταν γεμάτα προσμονή. Τα χέρια του κινήθηκαν παράλληλα από κάτω προς τα πάνω. Χάιδεψε το στήθος της, τους ώμους της και τράβηξε την μπλούζα μακριά πάνω από το κεφάλι της. Εκείνη του έγλειψε το λαιμό. Κολόνια αναμειγμένη με τσιγάρο. Άρχισε να του ξεκουμπώνει το πουκάμισο. Ο Στάθης το τράβηξε απότομα, το έβγαλε από το κεφάλι του και το πέταξε στο πάτωμα. Το χέρι του περιπλανήθηκε κάτω από τη φούστα της και την έκανε να αναστενάξει. Ήταν αδύνατον να συγκρατήσει πλέον τον εαυτό του. Την ήθελε όσο τίποτα. Λίγα λεπτά μετά, είχαν γίνει ένα δυσδιάκριτο κουβάρι κάτω από τα τσαλακωμένα σκεπάσματα. Δονούνταν στον ίδιο ρυθμό, με την ίδια ένταση, με το ίδιο ασυγκράτητο πάθος. Οι αισθήσεις οξύνθηκαν, η επιθυμία κορυφώθηκε και την αμέσως επόμενη στιγμή, εκείνη τον αγκάλιασε και άρχισε να κλαίει. Έμειναν, έτσι, αγκαλιασμένοι για αρκετή ώρα, μέχρι που τους πήρε ο ύπνος.

«Να μ' αγαπάς»

Την επομένη δεν πήγε κανείς τους στο γραφείο. Έμειναν ξαπλωμένοι στο κρεβάτι μέχρι που γύρισε η μέρα. Την περισσότερη ώρα ακουμπισμένοι ο ένας πάνω στον άλλον, μεταξύ ύπνου και ξύπνιου. Ήταν ακόμα θολωμένοι από το ποτό και το ξενύχτι και οι κουβέντες που αντάλλαζαν ήταν μετρημένες. Ο ήλιος έμπαινε, εδώ και ώρα, από τα κλειστά παντζούρια της μπαλκονόπορτας και τώρα είχε αρχίσει να φτάνει έως τα πόδια του κρεβατιού. Κάποια στιγμή, ο Στάθης άνοιξε τα μάτια του και χάιδεψε τη γυμνή πλάτη της Άντας, που βρισκόταν ξαπλωμένη στο στήθος του. Ύστερα, γύρισε αργά, προσέχοντας να μην την ξυπνήσει και κοίταξε το ρολόι που βρισκόταν στο κομοδίνο. Κόντευε δύο.

«Άντα», είπε χαμηλόφωνα.

«Μμ». Τράβηξε το σεντόνι μέχρι πάνω και κάλυψε τους ώμους της.

«Κοιμάσαι;»

«Όχι», μουρμούρισε. Ο Στάθης κατέβηκε πιο χαμηλά

στο κρεβάτι. Τώρα το πρόσωπό του ήταν ακριβώς απέναντι από το δικό της. Φίλησε απαλά την άκρη της μύτης της και συνέχισε να την κοιτάει. Εκείνη άνοιξε τα μάτια της.

«Πώς είσαι;» της είπε.

«Το κεφάλι μου είναι βαρύ. Τι ήπιαμε χθες;»

«Δεν θυμάσαι;» Η Αντα έμεινε για λίγο σιωπηλή λες και προσπαθούσε να μετρήσει τα ποτά.

«Θυμάμαι. Μάλλον!» είπε και ξανάκλεισε τα μάτια της. Ο Στάθης χαμογέλασε και της χάιδεψε το πρόσωπο. Τον φίλησε στα χείλη και έγειρε το κεφάλι της πιο χαμηλά, κοντά στο στήθος του.

«Εσύ πως είσαι;» τον ρώτησε μισοκρυμμένη κάτω από το σεντόνι.

«Και εγώ τα ίδια. Έχω ένα κεφάλι καζάνι». Την αγκάλιασε και της έδωσε ένα φιλί στο μέτωπο.

«Το μετάνιωσες;» της είπε.

«Που ήπιαμε τόσο;»

«Όχι. Για μας». Σύρθηκε κοντά του και κόλλησε το σώμα της στο δικό του.

«Όχι», του είπε κρατώντας τα βλέφαρα ακόμα κλειστά.

«Σίγουρα;».

«Ναι».

«Τότε γιατί αντέδρασες έτσι».

«Πώς έτσι;» Ο Στάθης ανέβηκε λίγο πιο ψηλά στο κρεβάτι, έπιασε τα τσιγάρα από το κομοδίνο και άναψε ένα. Η Αντα κουκουλώθηκε ενοχλημένη μέχρι το κεφάλι.

«Δύο ρουφηξιές και το σβήνω», της είπε. Το πίεσε μετά, ανάμεσα σε ένα σωρό άλλα, στο μισογεμάτο τασάκι του και γύρισε ξανά προς το μέρος της.

«Δεν θα μου πεις;» επέμεινε. Η Αντα έβγαλε το κεφάλι της έξω από το σεντόνι και τον κοίταξε.

«Πρέπει;»

«Εσύ τι λες; Δεν πρέπει;»

«Δεν νομίζω ότι θες να ξέρεις», του είπε και ανασηκώθηκε. Ακούμπησε στην πλάτη του κρεβατιού και τον κοίταξε. Πρώτη φορά ξυπνούσαν μαζί. Την κοιτούσε σοβαρός. Σχεδόν λυπημένος.

«Το μετάνιωσες ε;»

«Όχι, δεν το μετάνιωσα. Απλά τώρα άλλαξαν όλα». Τα μάτια της βούρκωσαν ξανά. Ο Στάθης της έπιασε το χέρι.

«Προς το καλύτερο άλλαξαν μάτια μου!» της είπε και την κοίταξε με αγωνία.

«Σ' αγαπάω». Χάιδεψε την παλάμη της, τον πήχη του χεριού της, έμπλεξε τα δάχτυλά του στα δικά της και την κράτησε σφιχτά.

«Και εγώ σ' αγαπάω», του είπε. Τον κοίταξε σαν να ήθελα να του πει πολλά αλλά τελικά κατέβασε το βλέμμα της και κοίταξε τα μπλεγμένα τους δάχτυλα.

«Γι' αυτό φοβάμαι».

«Τι, καρδιά μου;»

«Ότι έκλεισε ο κύκλος. Αυτό το διαφορετικό που μας κρατούσε μαζί».

«Τίποτα δεν έκλεισε. Τώρα ξεκινάνε όλα. Θα δεις!» της είπε και τράβηξε το χέρι της προς το μέρος του.

«Μερικές φορές, Στάθη, ενώ ξέρεις κάποια πράγματα, δεν θέλεις να τα παραδεχτείς». Τα βλέμμα της είχε σκοτεινιάσει. Τον κοίταζε συνοφρυωμένη.

«Εγώ;» ρώτησε ο Στάθης. Είχε αρχίσει να μπερδεύεται.

«Γενικά μιλάω».

«Δεν σε καταλαβαίνω. Δηλαδή, εσύ έκλαιγες γενικά;» Τον άφησε και σταύρωσε τα χέρια της μπροστά στο στήθος της. Εισέπνευσε βαθιά κι έβγαλε όλο τον αέρα από τα πνευμόνια της. Μετά τον κοίταξε ξανά.

«Τι θα μπορούσες να κάνεις για μένα, Στάθη; Εκτός από το να σκαρώνεις ψεύτικες ιστορίες για να με κάνεις να ζηλέψω».

«Έλα πια, σου ζήτησα συγγνώμη», διαμαρτυρήθηκε ο Στάθης και κλότσησε με το πόδι του το σεντόνι. Μετά σταμάτησε για λίγο και την κοίταξε σφίγγοντας τα χείλη.

«Το ξέρεις ότι θα μπορούσα να κάνω τα πάντα για σένα», της είπε χαμηλώνοντας τον τόνο της φωνής του. «Τι θέλεις να κάνω; Πες μου». Την κοιτούσε σαν να της ζητούσε ταυτόχρονα να τον συγχωρέσει. Εκείνη δεν μίλησε. Ο Στάθης έστρεψε το σώμα του προς το μέρος της και άπλωσε το χέρι του για να την αγκαλιάσει. Η Αντα τον πλησίασε και ακούμπησε το κεφάλι της στο στήθος του.

«Να μ' αγαπάς. Μόνο να μ' αγαπάς!» του είπε.

«Σ' αγαπάω, καρδιά μου», είπε ο Στάθης και τα δάχτυλά του χάιδεψαν απαλά τη σπονδυλική της στήλη.

«Αληθινά, Στάθη!» του είπε και κρύφτηκε ακόμα πιο βαθιά στην αγκαλιά του.

Ατμόσφαιρα μιας άλλης εποχής

Τη Δευτέρα το απόγευμα με πήρε τηλέφωνο τρελός από χαρά. Κοιμόμουν ακόμα γιατί όλο το πρωί κουβαλούσαμε εμπορεύματα στο μαγαζί και τα τοποθετούσαμε στα ράφια. Μου τα είπε όλα. Ήταν ερωτευμένος με το μυαλό, την καρδιά και το σώμα. Η λογική γι' αυτόν δεν είχε θέση ανάμεσά τους, αν δεν οδηγούσε στην ευτυχία του με την Άντα. Τώρα, ήταν σίγουρος για τα αισθήματά της. Το πάθος, που είδε στα μάτια της, όταν την είχε εκείνο το βράδυ στην αγκαλιά του, ήταν χαραγμένο στη μνήμη του. Και ήταν ό,τι ακριβώς χρειαζόταν για να βεβαιωθεί για την αγάπη της. Ούτε που τον ένοιαζε αν θα τηλεφωνούσε ο Νίκος, ή όποιος άλλος πρώην ήθελε! Τον προβλημάτιζε όμως ακόμα το ξέσπασμά της. Το κλάμα της. Η νέα αρχή για τον Στάθη ήταν για την Άντα ένα τέλος. Μου μιλούσε γρήγορα. Οι σκέψεις του έβγαιναν μπερδεμένες, σαν εκείνο το, γεμάτο κόμπους, μάλλινο σκουλί, που έφτιαχναν οι γιαγιάδες, για να παίζουν οι γάτες στην αυλή. Τον άφησα να περιμένει και πήγα να ρίξω λίγο νερό στα πρησμένα μου μάτια. Λίγο πριν πιάσω ξανά το ακουστικό, τον άκουσα από μέσα να φωνάζει και να σφυρίζει.

«Αν δεν ηρεμήσεις να μιλήσουμε σαν άνθρωποι, θα σ' το κλείσω», του είπα, αλλά ούτε που ίδρωσε καθόλου το αυτί του. Ήθελε βοήθεια και μου ζήτησε να ανέβω στην Αθήνα.

«Παντρεύομαι!»

«Προλαβαίνω να ράψω κουστούμι ή βιάζεσαι πολύ», του είπα.

«Έλα, φίλε! Μην κοροϊδεύεις».

«Μα είναι να σε πάρω στα σοβαρά μ' αυτά που μου λες;»

«Γιατί; Τι το παράλογο βλέπεις; Δεν είμαι μήπως σε ηλικία γάμου;»

«Αλίμονο! Και δεν μου λες... η νύφη το ξέρει ή της το φυλάς για έκπληξη;»

«Θα το μάθει!»

«Πάλι καλά. Εκκλησία να κλείσεις πρώτα γιατί πάνε μακριά οι ημερομηνίες», του είπα.

«Αλήθεια;» Εκείνη τη στιγμή ήθελα να του τραβήξω μια σφαλιάρα, να τον συνεφέρω.

«Είσαι με τα καλά σου, ρε γέρο;» τον ρώτησα ενώ ήμουν ήδη πεπεισμένος για το αντίθετο. Την Τετάρτη ήμουν στην Αθήνα. Συνεχίσαμε την κουβέντα από κει που την είχαμε αφήσει.

«Ήταν υπέροχα! Άλλο πράγμα με τη γυναίκα που αγαπάς!» μου είπε. Ακούμπησε το κεφάλι στην παλάμη του και με ένα χαζό χαμόγελο ονειροπόλου ατένιζε στο πουθενά.

«Απ' ό,τι βλέπω, δάσκαλε του έρωτα, ξανά κάτσαμε στα θρανία ε;» του είπα, περιμένοντας να αντιδράσει, αλλά εκείνος παρέμενε χαμογελαστός κάπου ανάμεσα στα σύννεφα.

«Κάτσαμε! Κάτσαμε!», είπε και χαχάνισε σαν μεθυσμένος. Μετά πετάχτηκε απότομα.

«Θέλω να την παντρευτώ σ' το είπα;» είπε ενθουσιασμένος με την ιδέα του.

«Μια και δυο; Εγώ σ' το είπα ότι τα 'χεις χάσει τελείως;» του είπα με το ίδιο ύφος. Ακούμπησε το χέρι του στον ώμο μου.

«Γιώργο, την αγαπάω! Τώρα που ξέρω ότι ταιριάζουμε και σ' αυτό, ένας λόγος παραπάνω!» Μιλούσε με σιγουριά, γεμάτος αυτοπεποίθηση. «Δεν ξέρω μόνο πώς να της το πω. Λέω να αγοράσω πρώτα το δαχτυλίδι». Προσπάθησα να τον λογικέψω. Δεν ήταν ούτε ένα χρόνο μαζί. Μήπως η Άντα, ακόμα δεν είχε προλάβει καλά καλά να χωρίσει, θα σκεφτόταν ξανά παντρειές; Αλλά εκείνος ήταν σίγουρος πως αυτό ήταν το σωστό.

«Η κοπέλα το κρατάει κρυφό για κάποιο λόγο και εσύ θα πας να της πεις ετοιμάσου για στέφανα;» του είπα. Τινάχτηκε σαν να του έβαλα καρφίτσα στην καρέκλα.

«Μπα! Δεν κατάλαβα! Θα πρέπει πρώτα να το μάθει όλος ο κόσμος για να παντρευτώ; Μήπως θα ζητήσω κανενός την άδεια; Δεν έχω να σκεφτώ τίποτα». Λίγο ήθελε για να με τρελάνει.

«Τώρα τι καταλαβαίνεις; Με κουβάλησες άρον άρον από κάτω για να σε βοηθήσω και εσύ δεν ακούς τίποτα! Εε! Κάνε ό,τι θέλεις!» του είπα και σηκώθηκα από την καρέκλα μου με τη σκέψη να φύγω.

«Εντάξει, εντάξει. Συγγνώμη!» είπε και σηκώθηκε κι εκείνος όρθιος. «Φοβάμαι πως θα την χάσω», μου είπε σοβαρός και συνέχισε, «κάτι τη βασανίζει και θέλω να της αποδείξω πως μπορεί να μου έχει εμπιστοσύνη». Έκατσα στη θέση μου χωρίς να ξέρω τι να του πω. Η έκφραση του προσώπου του είχε μια αγωνία που δεν είχα ξαναδεί ποτέ. Είχε πελαγώσει. Έβαλα το ένα πόδι πάνω στ' άλλο και στήριξα το κεφάλι μου στην παλάμη. Για λίγη ώρα δεν μιλούσε κανείς.

«Άκου», του είπα τελικά, «εγώ δεν είμαι αντίθετος με το γάμο, αλλά η Άντα δεν μου φαίνεται για κοπέλα που τρελαίνεται γι' αυτά. Και αν σου πει όχι;» Με κοίταξε χωρίς να πει τίποτα. Έπιασε το πακέτο με τα τσιγάρα αλλά ήταν άδειο. Το πέταξε ξανά στο τραπέζι και χτένισε με τα δάχτυλα τα μαλλιά του. Τι να έκανε; Δεν ήθελε με μια βιαστική κίνηση να προκαλέσει το αντίθετο αποτέλεσμα.

«Τι να σου πω; Πάρε το δαχτυλίδι, αφού το θέλεις τόσο πολύ, να της το δώσεις, αλλά πρόσεχε τι θα της πεις», του είπα.

«Αυτό θα κάνω! Τα υπόλοιπα θα γίνουν όταν και όπως πρέπει», μου είπε. Έφυγα ήσυχος πως τον είχα συνεφέρει. Θα μου τηλεφωνούσε ξανά μόλις είχε νέα.

Την επομένη κιόλας ξεκίνησε το κυνήγι για το πολυπόθητο δαχτυλίδι. Πρώτα, στα περιοδικά και στα γύρω μαγαζιά. Την ημέρα που αποφάσισε να κατέβει στο κέντρο, έβρεχε από το πρωί. Άφησε το ταλαίπωρο αυτοκίνητό του -που μόλις είχε παραλάβει από το συνεργείο- παρκαρισμένο και πήρε το μετρό. Έτσι θα απέφευγε στα σίγουρα το μποτιλιάρισμα! Περπάτησε σχεδόν όλη την Αθήνα. Σταμάτησε μπροστά από κάθε βιτρίνα, μπήκε μέσα σε κάθε κοσμηματοπωλείο και ρώτησε για κάθε ένα από τα δαχτυλίδια που τον είχαν εντυπωσιάσει. Σε μια από αυτές τις βιτρίνες είδε ένα όμορφο μονόπετρο με ένα λευκό διαμάντι. Καθαρό και διαυγές όσο δεν παίρνει! Το φως που αντανακλούσε το έκανε να λαμπυρίζει ακόμα περισσότερο! Όταν όμως μπήκε στο κατάστημα να ρωτήσει την τιμή, το όνειρο σκορπίστηκε σε χίλια κομμάτια. Ούτε δέκα μισθοί δεν του έφταναν για να το πληρώσει. Απογοητεύτηκε λίγο, αλλά δεν το έβαλε κάτω. Συνέχισε να ψάχνει. Έπειτα από ώρες περπάτημα, αρκετά κουρασμένος και με τα μπατζάκια μουσκεμένα από τη βροχή, μπήκε στο τελευταίο κοσμηματοπωλείο της οδού Πανεπιστημίου. Δεν θυμόταν να το είχε προσπεράσει αλλά δεν είχε και άλλη επιλογή. Αν δεν έβρισκε κάτι ούτε σ' αυτό, δεν ήξερε πού αλλού να ψάξει. Η βιτρίνα του ήταν μικρή, τόσο που, αν στέκονταν δύο άνθρωποι ο ένας δίπλα στον άλλον, θα την έκρυβαν. Στο χαμηλό ράφι είχε ρολόγια χειρός, που για έναν ακατανόητο λόγο έδειχναν διαφορετική ώρα και οι λεπτοδείκτες τους κινούνταν με διαφορετικό ρυθμό. Στο επάνω ράφι είχε κομψά κοσμήματα, στολισμένα με πολύτιμους λίθους. Η πόρτα του καταστήματος ήταν στενή, σαν κάποιος να είχε ξεχάσει να προσθέσει ένα κομμάτι. Είχε ένα χοντρό τζάμι με ανάγλυφα σχέδια φύλλων και ένα ασημένιο πόμολο σε σχήμα τριαντάφυλλου. Ο Στάθης την τράβηξε και μπήκε μέσα.

Ο κοσμηματοπώλης, ένας ηλικιωμένος κύριος, γκριζομάλλης, με λεπτή, περιποιημένη γενειάδα, ήταν ιδιαίτερα καλοντυμένος. Φορούσε μία ασπρόμαυρη γραβάτα με φαρδιές ρίγες και σκούρο γκρι γιλέκο, από την τσέπη του οποίου κρεμόταν η ασημένια αλυσίδα ενός κλασικού ρολογιού. Μόλις είδε τον Στάθη να περνά την είσοδο του καταστήματος, του απευθύνθηκε ευγενικά. Ο Στάθης ανταπέδωσε με ένα νεύμα και με βλέμμα γεμάτο περιέργεια. Η εμφάνιση του κοσμηματοπώλη του θύμιζε φιγούρα περασμένων δεκαετιών. Προχώρησε προς το εσωτερικό της αίθουσας, ρίχνοντας μια γρήγορη ματιά στο χώρο. Παντού βαριά καλογυαλισμένα αντικείμενα και ένα ξύλινο εκκρεμές, ακριβώς στη μέση του τοίχου, που έμοιαζε να δουλεύει ακούραστα. Ο κοσμηματοπώλης έστεκε ευθυτενής, με τα χέρια δεμένα πίσω από την πλάτη, σαν στρατιώτης σε ημιανάπαυση, μπροστά από έναν σκαλιστό, ξύλινο πάγκο με γυάλινο περίβλημα.

«Σε τι θα μπορούσα να σας φανώ χρήσιμος;», ρώτησε τον Στάθη καθώς τον πλησίαζε.

«Θα ήθελα ένα δαχτυλίδι», του είπε και κοίταξε μέσα από το γυαλί.

«Έχετε δει κάποιο συγκεκριμένο;»

«Όχι, όχι. Θα ήθελα να μου δείξετε μερικά αν είναι δυνατόν».

«Βεβαίως! Η περίστασης;» τον ρώτησε και πήγε πίσω από τον πάγκο. Ο Στάθης τον κοίταξε με βλέμμα κενό.

«Ορίστε;» μουρμούρισε.

«Πρόκειται για γάμο, αρραβώνα, πρόταση γάμου;»

«Α! Ναι, ναι! Για πρόταση γάμου», τον διέκοψε.

«Εξαίσια! Έχω να σας προτείνω κάποια, πολύ ιδιαίτερα! Να υποθέσω, από το νεαρό της ηλικίας σας και χωρίς να θέλω να σας προσβάλω, ότι θα θέλατε κάτι όχι πάρα πολύ ακριβό. Σωστά;»

«Σωστά! Αλλά θα ήθελα επίσης να είναι πολύ όμορφο. Της αξίζει το καλύτερο! Με καταλαβαίνετε;»

«Βεβαίως, αγαπητέ. Απόλυτα! Νομίζω ότι έχω ακριβώς ό,τι χρειάζεστε».

Ο Στάθης είχε την εντύπωση, για μερικά λεπτά, ότι είχε ταξιδέψει πίσω στο χρόνο, προκειμένου να βρει αυτό που έψαχνε! Αυτός ο περίεργος, μα κατά τα άλλα πολύ ευγενικός, κύριος δημιουργούσε γύρω του την ατμόσφαιρα μιας άλλης εποχής. Πιο μαγικής. Ανάμεσα σε όλα αυτά τα ακριβά αντικείμενα, δαχτυλίδια, βραχιόλια, ρολόγια και τους πολύτιμους λίθους που τα κοσμούσαν, ο Στάθης ένιωσε ξεχωριστός. Ήταν βέβαιος ότι και το δαχτυλίδι που θα διάλεγε, θα ήταν ξεχωριστό!

Ο κοσμηματοπώλης ξεκλείδωσε ένα συρτάρι και έβγαλε από μέσα τρία μικρά τετράγωνα κουτιά. Τα άνοιξε με τη σειρά μπροστά στα έκπληκτα μάτια του Στάθη και απευθύνθηκε σ' αυτόν με τη σιγουριά ενός έμπειρου πωλητή.

«Είμαι σίγουρος, κύριε, πως αυτή τη στιγμή, αν σας ρωτούσα πιο από τα τρία θα επιλέγατε, θα ήταν αδύνατον να μου απαντήσετε».

«Μάγος είσαι;» ξέφυγε από τον Στάθη, που κοίταζε τα δαχτυλίδια με το στόμα ανοιχτό.

«Αυτό εδώ», είπε ο κοσμηματοπώλης δείχνοντας το πρώτο, «είναι ένα δαχτυλίδι από χρυσό δεκαοχτώ καρατίων και η πέτρα που το κοσμεί είναι ένα λευκό διαμάντι κλασικής κοπής, σχήματος δακρύου. Το αμέσως επόμενο είναι λευκόχρυσος, ιδίας ποιότητας και ο πολύτιμος λίθος που βλέπετε, ανήκει στην ομάδα των κορουνδίων». Ο Στάθης σήκωσε το βλέμμα του και τον κοίταξε.

«Ε, δηλαδή;» τόλμησε να ρωτήσει.

«Είναι ένα ρουμπίνι!», απάντησε, σαν να του εξηγούσε το προφανές. Και συνέχισε,

«και τέλος, αυτό εδώ. Ένας υπέροχος συνδυασμός και των δύο! Είναι ένα μονόπετρο από λευκόχρυσο. Το μπριγιάν στο κέντρο είναι διαμάντι και οι δύο ρόδινες πέτρες που το αγκαλιάζουν, δεξιά και αριστερά, είναι ρουμπίνια. Όσο για το κόστος τους, το βλέπετε στο κάτω μέρος του κάθε κουτιού».

Ο Στάθης είχε μείνει άφωνος! Οι τιμές ήταν απίστευτα καλές και τα δαχτυλίδια ήταν πέρα από κάθε φαντασία! Τα κοιτούσε εναλλάξ. Το πρώτο, το δεύτερο, το τρίτο, ξανά και ξανά. Ο κοσμηματοπώλης, που τον είδε σαστισμένο, θέλησε να τον βοηθήσει ακόμα λίγο.

«Διακρίνω έναν ενθουσιασμό στο βλέμμα σας. Ωστόσο, δεν μπορώ να αγνοήσω ότι είστε φανερά μπερδεμένος».

«Ναι! Είμαι πολύ. Δεν ξέρω ποιο πρέπει να διαλέξω. Είναι όλα υπέροχα! Για τη δική μου περίπτωση ποιο λέτε ότι θα ταίριαζε καλύτερα;» είπε και σταύρωσε τα χέρια στο στήθος.

«Θα μου επιτρέψετε να σας αναφέρω πως η παράδοση να αγοράζετε ένα διαμάντι ως δώρο αρραβώνων, μας μεταφέρει πεντακόσια χρόνια πίσω! Ο Αυστριακός δούκας Μαξιμιλιανός θέλησε να χαρίσει στην αρραβωνιαστικιά του, Μαρία της Βουργουνδίας, ένα διαμαντένιο δαχτυλίδι. Οι άνθρωποί του τον συμβούλεψαν να της το φορέσει στο τρίτο δάχτυλο του αριστερού της χεριού και αυτό γιατί οι αρχαίοι Αιγύπτιοι πίστευαν ότι μέσα από αυτό το δάχτυλο περνούσε η φλέβα της αγάπης και πήγαινε κατευθείαν στην καρδιά. Απ' όσο γνωρίζω, θα πρέπει να πέτυχε, γιατί η Μαρία έγινε τελικά γυναίκα του και η ρομαντική αυτή παράδοση κρατάει έως και τις μέρες μας!» είπε και γέλασε με τα χείλη κλειστά. «Απ' την άλλη», συνέχισε, «το ρουμπίνι είναι η πέτρα της αγάπης και της φιλίας. Συμβολίζει το θάρρος και τη γενναιότητα και μάλιστα, σύμφωνα με ένα θρύλο, πολλοί πολεμιστές είχαν ένα ρουμπίνι επάνω τους ως φυλαχτό. Προστατεύει από κινδύνους, αρρώστιες και καταστροφές». Ο Στάθης κοιτούσε τον κοσμηματοπώλη με τα μάτια ορθάνοιχτα.

«Πού τα ξέρετε όλα αυτά;» τον ρώτησε.

«Νεαρέ μου, τόσα χρόνια ανάμεσα στα κοσμήματα δεν γίνεται να μη διδαχτείς από αυτά!» είπε εκείνος γεμάτος περηφάνια και ένα συγκρατημένο χαμόγελο σχηματίστηκε στο πρόσωπό του. Ο Στάθης τα κοίταξε άλλη μια φορά προσεκτικά. Σήκωσε το πρώτο, το περιεργάστηκε με το βλέμμα του και το ακούμπησε ξανά στον πάγκο. Ύστερα έσκυψε πάνω από το τρίτο. Είχε μια ιδιαίτερη λάμψη. Έτριψε δύο τρεις φορές το πιγούνι του και μετά στράφηκε προς τον κοσμηματοπώλη, που στεκόταν δίπλα του υπομονετικά.

«Λοιπόν, αποφάσισα! Θα πάρω αυτό!» είπε και έδειξε με το δάχτυλο του το τελευταίο δαχτυλίδι με το διαμάντι και τα ρουμπίνια. «Τι λέτε;»

«Εξαιρετική εκλογή, κύριε!»

«Αν η ιστορία σας είναι σωστή, τότε θα φτάσω στην καρδιά της με το διαμάντι και ταυτόχρονα θα την προστατεύει το ρουμπίνι από καθετί κακό. Σωστά;»

«Βεβαίως, κύριε! Με τιμάτε που επιλέξατε ακούγοντας τα λόγια μου».

«Γιατί όχι; Άλλωστε, όπως σας είπα, της αξίζει το καλύτερο!» Το κοίταξε και φαντάστηκε την Άντα να το φοράει. «Θα της ταιριάζει απόλυτα!» σκέφτηκε.

Ο κοσμηματοπώλης το τοποθέτησε μέσα σε μια κόκκινη βελούδινη θήκη σε σχήμα καρδιάς. Ο Στάθης ήταν πολύ ευτυχισμένος και πολύ περήφανος που κατάφερε να αγοράσει ένα τέτοιο δώρο στο κορίτσι του, χωρίς την οικονομική βοήθεια κανενός. Μέχρι να ετοιμαστεί το δαχτυλίδι, έριξε μια τελευταία ματιά στο μαγαζί. Είχε πράγματι μια περίεργη αύρα που τον έκανε να ανατριχιάσει.

Τη στιγμή που άνοιξε την πόρτα του καταστήματος για να φύγει, η βροχή είχε σταματήσει. Ο ουρανός ήταν πάλι φωτεινός! Έσφιξε το βελούδινο κουτί στο χέρι του και χαμογέλασε πλατιά.

Μια ανήσυχη ηρεμία

Μιλήσαμε το πρωί της επομένης. Όλο το βράδυ κοιτούσε το δαχτυλίδι κάτω από τη λάμπα έως το πρώτο φως του ήλιου.

«Πώς θα δουλέψεις, βρε κακομοίρη, ξενυχτισμένος;» του είπα.

«Σε πληροφορώ είμαι μια χαρά!» τον άκουγα να κελαηδάει λες και είχε κοιμηθεί σαν πουλάκι. Με την Άντα δεν είχαν συναντηθεί. Του τηλεφώνησε πως θα πάει στο σπίτι της Ναταλίας. Είχε, λέει, νέα. Του υποσχέθηκε να του τα πει όλα από κοντά.

«Άσε να σου μιλήσει πρώτα εκείνη», του είπα.

«Μη φοβάσαι ξέρω! Με περνάς για κουτορνίθι;» Είπα να το πάρει το ποτάμι και να μην απαντήσω. Όπως και να 'χε, μερικά κύτταρα του εγκεφάλου του τα είχε κάψει!

«Να με πάρεις να μου πεις», του είπα και κλείσαμε. Το βράδυ η Άντα έμεινε έως αργά. Του είπε πως η Ναταλία ήταν έγκυος και είχαν αποφασίσει με τον Φάνη να παντρευτούν. Ο γάμος θα γινόταν σε τέσσερις βδομάδες.

«Α! Τα πουλάκια μου! Ώστε έτσι;» είπε ο Στάθης.

«Ναι. Είδες! Γρήγορη η μικρή! Δεν το έχει πει ακόμα σε κανέναν. Ήθελε να είμαι η πρώτη που θα το μάθει», του είπε και πήγε στην κουζίνα να πιει ένα ποτήρι νερό. Ο Στάθης την ακολούθησε. Η Αντα άνοιξε το ντουλάπι, πήρε ένα γυάλινο ποτήρι και το γέμισε με νερό έως πάνω.

«Άντε, με το καλό τα παιδιά. Να πάρουν και άλλοι σειρά», της είπε λοξοκοιτάζοντας. Το ήπιε γρήγορα, σχεδόν όλο, σαν να μην είχε ακούσει λέξη απ' όσα της είχε πει, και σκούπισε τα χείλη της με την ανάστροφη της παλάμης.

«Σε ποιους αναφέρεσαι;» τον ρώτησε τελικά. Πού να πάει στ' αλήθεια το μυαλό της; Ο Στάθης την κοίταξε πονηρά, με ένα πλατύ χαμόγελο που τον έκανε να μοιάζει με τον «λιγνό» του ασπρόμαυρου κινηματογράφου.

«Πολύ χαρούμενο σε βλέπω σήμερα! Έγινε κάτι;»

«Γιατί να μην είμαι;» είπε και έδεσε τα χέρια του γύρω από τη μέση της. Η Αντα ακούμπησε το ποτήρι στο τραπέζι και χάιδεψε τους ώμους του.

«Είσαι εδώ και σ' αγαπάω! Τι άλλο να θέλω;» της είπε και της έδωσε ένα πεταχτό φιλί. Εκείνη εξακολουθούσε να μην καταλαβαίνει.

«Μόνο γι' αυτό είσαι έτσι;» Ο Στάθης δεν απάντησε μόνο συνέχιζε να την κοιτάει χαμογελώντας σαν χαζός.

«Θέλεις να με παντρευτείς και να κάνουμε πολλά παιδιά;» της είπε ξαφνικά, σαν να είχε ξεπηδήσει εκείνη τη στιγμή από το μυαλό αυτή η καταπληκτική ιδέα!

«Άπα πα! Ούτε για αστείο», είπε η Άντα και απομακρύνθηκε από την αγκαλιά του. Ο Στάθης σοβάρεψε απότομα.

«Γιατί;» ρώτησε και την ακολούθησε στο σαλόνι. Εκείνη στερέωσε τη λεκάνη της στη ροτόντα και σταύρωσε τα χέρια στο στήθος της.

«Φαντάζεσαι να κάνουμε κορίτσια; Πόσο άσχημα θα είναι αν πάρουν τη μύτη σου!»

«Βρε, άιντε από κει! Εσύ με κοροϊδεύεις και εγώ νομίζω πως μιλάς σοβαρά», της είπε και την έσφιξε επάνω του. Η Αντα έβαλε τα γέλια.

«Πότε θα ξανακάνουμε αυτό που κάναμε τις προάλλες;» μουρμούρισε ο Στάθης τρίβοντας το μάγουλό του στο δικό της σαν γατί που ήθελε χάδια.

«Τι εννοείς;»

«Δεν ξέρεις;» της είπε και την έσφιξε ακόμα πιο πολύ.

«Τι έγινε; Καλομάθαμε;» Η ανάσα του της γαργαλούσε το αυτί. Άρχισε να γελάει και να προσπαθεί να του ξεφύγει.

«Είσαι πολύ αστείος!» του είπε χαχανίζοντας. Ο Στάθης σταμάτησε να την πειράζει. Έκατσε σε μια καρέκλα δίπλα στο τραπέζι και τράβηξε την Άντα να καθίσει στα γόνατά του.

«Ξέρεις;» της είπε σοβαρά, «Θα 'θελα να πάμε το καλοκαίρι στο χωριό...»

Η Αντα χαμήλωσε το βλέμμα πριν ακόμα τελειώσει τη φράση του.

«Όχι, μη βιάζεσαι. Κοίταξέ με». Τον κοίταξε δύσπιστα περιμένοντας τη συνέχεια.

«Θα ήθελα να περπατήσουμε μαζί σε έναν δρόμο που είναι περιστοιχισμένος από ψηλά δέντρα. Είναι το ωραιότερο σημείο της Λίμνης. Εκεί πάνε όλα τα ζευγάρια. Το χειμώνα τα κλαδιά γεμίζουν χιόνια, αλλά μπορώ να περιμένω μέχρι το καλοκαίρι αν θες». Τον κοίταξε τρυφερά. Είχε πάλι εκείνα τα αθώα παιδικά μάτια και δεν μπόρεσε να του αντισταθεί. Χάιδεψε τα μαλλιά του και του έδωσε ένα φιλί.

«Όμορφα θα είναι!» του είπε.

Εκείνο το βράδυ κοιμήθηκαν αγκαλιασμένοι. Οι γαλιφιές του γεράκου δεν έπιασαν τόπο. Η Αντα ήταν άκεφη. Αν και ο Νίκος είχε σταματήσει να τους ενοχλεί, εκείνη δεν έδειχνε το ίδιο ήρεμη με τον Στάθη. Ήταν φανερό πως κάτι την απασχολούσε. Ήταν αφηρημένη και σκυθρωπή. Τις περισσότερες φορές έδειχνε να ενοχλείται από τα τηλεφωνήματα των συναδέλφων του Στάθη, που επί το πλείστον ήταν γυναίκες. Το βλέμμα της σκοτείνιαζε αλλά δεν του έλεγε τίποτα. Εκείνος όμως την έβλεπε. Την παρατηρούσε. Όσο περνούσαν οι μέρες του φερόταν όλο και πιο παράξενα.

«Πρέπει να της δώσω το δαχτυλίδι. Και γρήγορα!», μου είπε. «Ίσως το Σαββάτο το βράδυ». Θα την πήγαινε κάπου όμορφα, με χαμηλό φωτισμό και απαλή μουσική.

Την Παρασκευή την περίμενε από νωρίς στο σπίτι αλλά εκείνη άργησε να φανεί. Στο τηλέφωνο δεν απαντούσε και η καρδιά του Στάθη είχε πάει στα πόδια του. Του είπε ότι άργησε να φύγει από τη δουλειά γιατί ζήτησε από την προϊσταμένη της ορισμένες διευκρινίσεις, σχετικά με κάποια έντυπα που έπρεπε να συμπληρώσουν. Δεν είχε προλάβει να μπει καλά καλά στο σπίτι και της τηλεφώνησε η Ναταλία. Ο Στάθης απόρησε. Τι την ήθελε η Ναταλία, αφού όλη μέρα ήταν μαζί;

«Έλα. Τι κάνεις;» της είπε η Άντα και έκανε νόημα με το δάχτυλο στον Στάθη να σωπάσει. «Θα σ' έπαιρνα κι εγώ». Ο Στάθης προσπάθησε να κρυφακούσει τα λόγια της Ναταλίας αλλά η Άντα απομακρύνθηκε από κοντά του.

«Αυτή τη στιγμή δεν μπορώ να σου μιλήσω. Θα σε πάρω μόλις πάω στο σπίτι. Εντάξει;» Φαίνεται πως συμφώνησαν και έκλεισε τη γραμμή σχεδόν αμέσως.

«Τι σε ήθελε η μικρή;» ρώτησε ο Στάθης και ξάπλωσε στον καναπέ.

«Για το γάμο! Ξέρεις τώρα. Θα χρειαστεί βοήθεια, γι' αυτό με πήρε». Ο Στάθης δεν την πίστεψε αλλά δεν είπε τίποτα. Η Αντα τον πλησίασε και χώθηκε στην αγκαλιά του.

«Σήμερα, όμως, δεν θέλω να μιλήσουμε για κανέναν», του είπε. «Μπορείς μόνο να με κρατήσεις σφιχτά;» Ακούμπησε στο στήθος του και άκουγε τους παλμούς της καρδιάς του που χτυπούσε δυνατά. Ο Στάθης της χάιδεψε την πλάτη, με απαλές και αργές κινήσεις. Εκείνη την ημέρα ήταν ιδιαίτερα σιωπηλή. Κάποια στιγμή ανασήκωσε το σώμα της και τον κοίταξε σοβαρή.

«Στάθη», του είπε, «θέλω να ξέρεις ότι σ' αγαπάω πολύ!»

«Το ξέρω, καρδιά μου. Και εγώ σ' αγαπάω!»

«Να το θυμάσαι. Ό,τι κι αν γίνει, σ' αγαπάω πολύ». Πλησίασε τα χείλη της κοντά στα δικά του. Πήρε μια βαθιά αναπνοή λες και ήθελε να μυρίσει το άρωμά του και ύστερα τον φίλησε με πάθος. Σαν να ήταν η πρώτη φορά. Όταν ξανάνοιξε τα μάτια της έμεινε να τον κοιτάζει λυπημένη. Ο Στάθης κατάλαβε πως κάτι τη βασάνιζε.

«Τι είναι, καρδούλα μου; Κι αύριο εδώ θα είμαι. Γιατί με κοιτάς έτσι;» της είπε.

«Τίποτα. Απλά σ' αγαπάω», του είπε εκείνη και χώθηκε ξανά μέσα στην αγκαλιά του. Δεν την ρώτησε τίποτε άλλο. Δεν άντεχε να τη βλέπει έτσι. Ήθελε μόνο να της δείξει με τον τρόπο του ότι ήταν εκεί. Κοντά της. Το βράδυ δεν έμεινε μαζί του. Του είπε πως ήταν κουρασμένη. Σηκώθηκε αργά από τον καναπέ, κοιτάζοντας το υφασμάτινο κάλυμμα που είχαν αγοράσει παρέα και το έτριψε με την παλάμη της σαν να ήθελε να σιγουρευτεί για την υφή του. Μετά, σταμάτησε στα μισά του δωματίου και κοίταξε γύρω της.

«Ξέχασες κάτι;» τη ρώτησε ο Στάθης.

«Όχι!» του είπε, αλλά συνέχισε να περιεργάζεται με τα μάτια της τα έπιπλα και τους τοίχους δεξιά και αριστερά σαν κάτι ν' αναζητούσε. Στάθηκε στην εξώπορτα και τον κοίταξε κατάματα. Τον αγκάλιασε και κόλλησε το σώμα της επάνω στο δικό του. Όπως εκείνη τη νύχτα στο μπαρ. Πιθαμή προς πιθαμή. Πίεσε τα χείλη της στα χείλη του και τον φίλησε για ώρα, αναστενάζοντας. Τραβήχτηκε λίγο και μετά τον φίλησε ξανά. Τα μάτια της γυάλιζαν.

«Είσαι σίγουρα καλά;» της είπε ο Στάθης. Η Αντα κούνησε το κεφάλι της καταφατικά. Σηκώθηκε στις μύτες των ποδιών της και πέρασε τα χέρια της γύρω από το λαιμό του αγκαλιάζοντάς τον σφιχτά. Ύστερα αναστέναξε ξανά.

«Καληνύχτα», του είπε και του έδωσε ένα ακόμα φιλί. Το χέρι της χάιδεψε το μπράτσο του, γλίστρησε μέχρι την παλάμη του και τον κράτησε όσο περισσότερο μπορούσε, μέχρι που τα βήματά της την οδήγησαν μακριά του. Η πόρτα του ασανσέρ έκλεισε, ενώ εκείνη τον κοιτούσε ακόμα.

Το γράμμα

Το Σαββάτο, ο Στάθης είχε γενική καθαριότητα. Είχε ανοίξει την τηλεόραση στη διαπασών και πηγαινοερχόταν από δωμάτιο σε δωμάτιο τακτοποιώντας το σπίτι. Τον είχε πιάσει η προκοπή και ήθελε να είναι όλα στην εντέλεια! Κόντευε πια απόγευμα όταν τελείωσε. Μόλις είχε βγει από το μπάνιο, όταν είδε με την άκρη του ματιού του ένα λευκό φάκελο σφηνωμένο κάτω από τη χαραμάδα της πόρτας. Ήταν σίγουρος πως, λίγα λεπτά πριν, δεν βρισκόταν εκεί. «Τι είναι αυτό;» αναρωτήθηκε μεγαλόφωνα. Έσκυψε και το μάζεψε. Άνοιξε την εξώπορτα και κοίταξε στον διάδρομο. Δεν ήταν κανείς. Ο φάκελος έγραφε επάνω «Για τον Στάθη» και είχε μέσα ένα χαρτί, διπλωμένο στη μέση. Το άνοιξε και άρχισε να το διαβάζει:

Αγαπημένε μου Στάθη,

Συγχώρεσε με που διάλεξα αυτόν τον τρόπο για να σου πω ότι φεύγω αλλά αν στεκόμουν απέναντί σου δεν θα με άφηνες να το κάνω ποτέ. Ούτε εγώ θα μπορούσα.

Θα παρασυρόμουν ξανά από τη ζέστη των ματιών σου και από τα γεμάτα αγάπη λόγια σου. Μου λείπεις ήδη. Έπρεπε όμως να φύγω. Το ξέρουμε καλά και οι δυο. Δεν ξέρω αν μπορώ να σε κάνω ευτυχισμένο. Δεν ξέρω πώς. Να προσέχεις το σπίτι μας, όπως ήθελες πάντα να λες το μικρό σου διαμέρισμα, που με άφηνες να το στολίζω όπως ήθελα. Να προσέχεις τον εαυτό σου και ελπίζω μια μέρα να με συγχωρέσεις. Φεύγω σήμερα το απόγευμα για Αγγλία. Δεν σου λέω αντίο. Δεν θα μπορούσα άλλωστε. Αν η μοίρα το θελήσει ίσως ξανασυναντηθούμε.

Σ' αγαπάω πάντα
Η Αντα σου

Ο Στάθης, δεν πίστευε αυτό που διάβαζε.

«Όχι! Όχι τώρα! Πού να πάρει ο διάολος» φώναξε δυνατά. Κοίταξε το ρολόι του. Τι ώρα να έφευγε; Στάθηκε στη μέση του διαδρόμου και της τηλεφώνησε. «Ο συνδρομητής που καλέσατε έχει πιθανόν...» Το έκλεισε. Δεν θα του απαντούσε. Είχε απενεργοποιήσει τη συσκευή της. Έτρεξε στο υπνοδωμάτιο και έβαλε ένα καθαρό τζιν και ένα πουκάμισο. Χωρίς δεύτερη σκέψη, φόρεσε το παλτό του, πήρε τα κλειδιά στο χέρι και έφυγε βιαστικά για το αυτοκίνητο. Θα πήγαινε στο αεροδρόμιο. Ήλπιζε μόνο να την προλάβει. Δεν ήξερε τι ώρα έφευγε, ούτε τον αριθμό πτήσης. Ποιος όμως θα του έδινε αυτές τις πληροφορίες;

«Σκέψου, Στάθη. Σκέψου», παραμιλούσε στη διαδρομή. Ατελείωτες εικόνες, λόγια και σκέψεις περνούσαν από το μυαλό του. Όλα στριφογύριζαν με ταχύτητα σαν να είχαν μπει σ' ένα μίξερ που γυρνούσε σαν δαιμονισμένο. Μόλις που μπορούσε να ξεχωρίσει το δρόμο μπροστά του. Ένας φουκαράς, που προσπάθησε να διασχίσει μία διάβαση, το μετάνιωσε, βλέποντας το αυτοκίνητο να περνάει με φόρα χωρίς πρόθεση να σταματήσει. Ίσα που πρόλαβε, με ένα σάλτο, να ανέβει ξανά στο πεζοδρόμιο για να μην τον χτυπήσει ο Στάθης. Άρχισε να του φωνάζει και να του κάνει χειρονομίες, αλλά εκείνος ούτε που έκοψε καθόλου ταχύτητα. Ξαφνικά ήρθαν στο μυαλό του τα λόγια της Άντας από το προηγούμενο βράδυ. Είχαν κανονίσει με τη Ναταλία να συναντηθούν.

«Αυτή θα ξέρει», είπε και της τηλεφώνησε. Όταν η Ναταλία απάντησε, ο Στάθης μπήκε αμέσως στο θέμα.

«Είσαι με την Άντα;», τη ρώτησε.

«Στάθη; Εσύ είσαι;»

«Ναι εγώ. Είσαι με την Άντα;»

«Όχι. Η Αντα έφυγε... Δεν σ' το 'πε;» ρώτησε σαστισμένη η Ναταλία.

«Ξέρεις τι ώρα πετάει;»

«Στις πέντε. Ήθελα να πάω στο αεροδρόμιο αλλά...»

«Ναταλία, πες μου ό,τι ξέρεις γρήγορα», την διέκοψε ο Στάθης που ένιωθε τον χρόνο να τον πιέζει. Η Ναταλία του είπε την αεροπορική εταιρεία, τον αριθμό πτήσης και όλα όσα της είχε πει η Άντα προκειμένου να τη συναντήσει. Ήξερε ότι ο Στάθης και η Άντα ήταν φίλοι. Νόμιζε πως εκείνος θα ήξερε. Όμως δεν του είχε πει τίποτα! Και τώρα; Τον άκουγε να αγωνιά στο τηλέφωνο για να προλάβει· και τότε κατάλαβε!

«Θα την προλάβεις λες;» τον ρώτησε σαν να ήξερε τα πάντα για εκείνους.

«Το ελπίζω, Ναταλία. Το ελπίζω!» της είπε.

Αγώνας δρόμου

Ο Στάθης οδηγούσε όσο πιο γρήγορα μπορούσε. Προσπερνούσε τα φανάρια με κόκκινο, το ένα μετά το άλλο. Ο Θεός τον φύλαξε και δεν είχε κάνα άλλο ατύχημα, να τρέχουμε πάλι όλοι μαζί στα δικαστήρια. Στην Αττική οδό, προκάλεσε την τύχη του. Προσπέρασε σαν σίφουνας δύο περιπολικά που είχαν σταματήσει για ένα τροχαίο. Το ένα τον ακολούθησε, κάνοντας σήμα με τα φώτα του να σταματήσει. Ο Στάθης όμως επιτάχυνε. Το αυτοκίνητο της αστυνομίας άναψε τους φάρους και η σειρήνα του ήχησε με εκείνον τον απειλητικό ήχο που σου διαπερνάει το μυαλό. Μόλις ο Στάθης έφτασε στην είσοδο των αναχωρήσεων, φρέναρε απότομα και μπήκε τρέχοντας στην αίθουσα του αεροδρομίου. Πλησίασε έναν πίνακα ανακοινώσεων και έψαξε για τον αριθμό πτήσης αλλά μέσα στη σύγχυση του δεν καταλάβαινε τίποτα. Έπρεπε να ρωτήσει. Κοίταξε γύρω του. Το γραφείο πληροφοριών ήταν λίγα μέτρα πιο πέρα. Έτρεξε προς το γκισέ, παρασύροντας με το πόδι του τη βαλίτσα μια ηλικιωμένης κυρίας που στριφογύρισε αλαφιασμένη. «Συγνώμη, συγνώμη!» είπε χωρίς να σταματήσει. Η νεαρή κοπέλα που βρισκόταν στις πληροφορίες προθυμοποιήθηκε να τον εξυπηρετήσει. Στο μεταξύ οι αστυνομικοί είχαν φτάσει στο αεροδρόμιο και τον έψαχναν. Η επιμονή τους ήταν απίστευτη για τα ελληνικά δεδομένα!

«Η πτήση για Λονδίνο;» ρώτησε ο Στάθης και έδειξε στην κοπέλα το χαρτί με τον αριθμό.

«Μισό λεπτό να κοιτάξω», του είπε και έλεγξε τα στοιχεία στον υπολογιστή.

«Αυτή η πτήση κύριε, μόλις αναχωρεί», του είπε.

«Από πού; Πού να πάω;» της είπε φανερά ταραγμένος.

«Δεν μπορείτε, κύριε. Έχει κλείσει η πύλη».

«Τι;» ρώτησε σαν να του είχαν πει κάτι πρωτάκουστο, κάτι περίεργο. Δεν ήξερε τι να κάνει. Τι να πιστέψει. Πισωπάτησε αργά, με τα μάτια του ακόμα στυλωμένα στο γεμάτο ερωτηματικά πρόσωπο της κοπέλας.

«Πάει! Την έχασα», είπε και έκρυψε το πρόσωπο του στις παλάμες του. Ένιωσε τα γόνατά του να λυγίζουν και να καρφώνονται το πάτωμα. Εκείνη ακριβώς τη στιγμή, δύο δυνατά χέρια έσφιξαν τους ώμους του. Ο ένας από τους δύο άντρες της αστυνομίας του πέρασε χειροπέδες.

Όλοι όσοι έτυχε να βρεθούν στο σημείο της σύλληψης, κοιτούσαν ξαφνιασμένοι και απορημένοι. Έμοιαζε με σκηνή από αστυνομική ταινία, μόνο που ο γεράκος μας δεν ένιωθε καθόλου σαν κινηματογραφικός αστέρας. Χωρίς καμία αντίσταση, οδηγήθηκε στο τμήμα. Με το κεφάλι σκυμμένο και τη σκέψη του παγιδευμένη στο πρόσωπο της Άντας.

«Την έχασα. Την έχασα για πάντα», συλλογιζόταν.

Είχε αρχίσει να νυχτώνει. Στο αστυνομικό τμήμα άκουσε τις κατηγορίες αμίλητος. Υπερβολική ταχύτητα και ανυπακοή σε εντολή αστυνομικού. Ο διοικητής της αστυνομίας, ένας μεγαλόσωμος και θεωρητικός άντρας, παρατηρούσε τον Στάθη, χαϊδεύοντας κάθε τόσο το μουστάκι του. Δεν μπορούσε να εξηγήσει τη συμπεριφορά του. Τον ρώτησε κάνα δυο φορές τον λόγο που έτρεχε σαν τρελός αλλά εκείνος δεν απάντησε, σα να μην είχε ακούσει. Είχε μόνο το κεφάλι σκυμμένο και ήταν φανερό ότι κάτι τον στεναχωρούσε. Θα έμενε στο κρατητήριο για εξακρίβωση στοιχείων. Τον οδήγησαν στο βάθος του διαδρόμου. Ο αστυνόμος άνοιξε μια πόρτα με ένα στενό, καγκελωτό παράθυρο και του έκανε νόημα να μπει. Κάθισε σε έναν μακρόστενο πάγκο στο βάθος του δωματίου. Ακούμπησε την πλάτη του στη γωνιά του τοίχου και ανέβασε επάνω τα πόδια του. Ο αστυνομικός κλειδαμπάρωσε την πόρτα και απομακρύνθηκε βιαστικά. Ο ήχος των τακουνιών από τα σκαρπίνια του, φανέρωνε τα βήματά του στα πλακάκια του διαδρόμου, μέχρι που απομακρύνθηκε εντελώς. Και μετά τίποτα. Ο Στάθης έμεινε να κοιτάζει τον γκριζωπό τοίχο αμίλητος. Για μια στιγμή, σκέφτηκε το αυτοκίνητό του και έψαξε στην τσέπη του τα κλειδιά. Τα είχαν πάρει όμως οι αστυνομικοί από τα χέρια του την ώρα που τον συνέλαβαν. Αντί για αυτά έπιασε το μικρό βελούδινο κουτί με το δαχτυλίδι, που είχε αγοράσει για την Άντα. Το έβγαλε από την τσέπη του, άνοιξε την κόκκινη θήκη και το κοίταξε.

«Γιατί, μάτια μου; Γιατί;» μονολόγησε. Ο ξερός βήχας του διοικητή διέκοψε τις σκέψεις του. Είχε σταθεί έξω ακριβώς από το καγκελωτό παράθυρο της πόρτας και τον κοιτούσε.

«Ήθελα μόνο να προλάβω», του είπε ο Στάθης και χαμήλωσε ξανά το βλέμμα πάνω στις γυαλιστερές πέτρες. Εκείνος κούνησε το κεφάλι του, διόρθωσε λίγο το πηλήκιό του και έφυγε. Ο Στάθης έριξε μια τελευταία ματιά στο δαχτυλίδι και το ξανάβαλε στην τσέπη του. Μάζεψε τα πόδια κοντά στο στήθος του και έγειρε πάνω τους με τα μάτια βουρκωμένα.

Ξημέρωσε ο Θεός την Κυριακή και ο Στάθης βρισκόταν ακόμα κουλουριασμένος στην άκρη του πάγκου. Δεν κουνήθηκε καθόλου από τη θέση του όλο το βράδυ. Κάπνισε μόνο όσα τσιγάρα του είχαν απομείνει στο πακέτο και περίμενε. Είχε αρχίσει να κάνει παγωνιά εκεί μέσα. Λίγο φως από την είσοδο του τμήματος, γλίστρησε ανάμεσα από τα σίδερα του παραθύρου. Ακούστηκαν ομιλίες και αμέσως μετά βήματα. Ένας αστυνομικός ξεκλείδωσε την πόρτα και του ζήτησε να τον ακολουθήσει.

«Μήπως έχεις ώρα;» τον ρώτησε ο Στάθης.

«Είναι έξι, κύριε», απάντησε το όργανο και τον οδήγησε στο γραφείο του διοικητή. Εκείνος, μόλις τον είδε, του ζήτησε να καθίσει.

«Θέλεις καφέ;»

«Όχι ευχαριστώ», είπε ξαφνιασμένος ο Στάθης.

«Κανονικά θα έπρεπε να έρθω στις οχτώ», του είπε ο διοικητής και έκανε μία μικρή παύση. «Με προβλημάτισες όμως τόσο που σηκώθηκα και ήρθα από το άγριο χάραμα!» Ο Στάθης δεν μίλησε. Μόνο τον κοιτούσε απορημένος. Δεν ήξερε πού το πάει.

«Αυτή τη φορά», συνέχισε κοιτάζοντας τον αυστηρά,

«θα τη γλιτώσεις μόνο με αυτό», του είπε και του έδωσε μία κλήση. Τη διάβασε. Πρόστιμο εκατό ευρώ για παραβίαση ορίου ταχύτητας.

«Την επόμενη φορά, όμως, δεν θα είναι τόσο απλά τα πράγματα!» του είπε ο διοικητής. Ο Στάθης σηκώθηκε.

«Ευχαριστώ πολύ» του είπε.

«Και να θυμάστε, κύριε Αργυρόπουλε πως τα αεροπλάνα δεν φεύγουν μόνο. Επιστρέφουν κιόλας!» του είπε και του έδωσε τα κλειδιά του αυτοκινήτου. Ο γεράκος κούνησε το κεφάλι. Είχε καταλάβει τι εννοούσε.

Οι δρόμοι ήταν άδειοι. Έφτασε στο σπίτι πολύ γρήγορα. Πέταξε τα κλειδιά στο τραπέζι του σαλονιού, έβγαλε αργά το παλτό του και το κουβάριασε στην καρέκλα. Ένιωθε πιασμένος. Τεντώθηκε, όσο περισσότερο μπορούσε, και πήγε να ρίξει λίγο νερό στο πρόσωπό του. Ήταν χλωμός και είχε μαύρους κύκλους κάτω από τα μάτια. Γύρισε ξανά στο σαλόνι και άνοιξε την τηλεόραση. Την άφησε να παίζει όπως έκανε πάντα. Είχε τα πρωινά νέα. Προσποιήθηκε πως παρακολουθούσε αλλά στο μυαλό του είχε μόνο την Άντα. Στον μπουφέ, στο δεύτερο συρτάρι, αναζήτησε ένα πακέτο τσιγάρα που κρατούσε κρυμμένο για τις φορές που ξέμενε. Είχε μέσα μόνο ένα. Πρώτα όμως έπρεπε να φτιάξει καφέ, να συνέλθει και να σκεφτεί. Έβαλε μια γερή δόση με το κουτάλι της σούπας, σαν μικρογραφία του Ταΰγετου, και άρχισε να τον ανακατεύει μηχανικά με τη ζάχαρη. Ξάφνου, η τηλεόραση δυνάμωσε απότομα στην εκφώνηση ενός ρεπορτάζ. «Από καθαρή τύχη δεν κατέληξε σε τραγωδία εχθές το απόγευμα, το τροχαίο ατύχημα που συνέβη στην Αττική οδό στο ύψος του αεροδρομίου». Το μυαλό του πήγε στο ατύχημα που προσπέρασε όταν τον κυνήγησε το περιπολικό. Πλησίασε στο σαλόνι για να ακούσει καλύτερα, ενώ συνέχισε να ανακατεύει τον καφέ του. «... Ο οδηγός του ταξί, ο οποίος είχε αναπτύξει ταχύτητα, εκτροχιάστηκε, όταν έσκασε το δεξί λάστιχο του οχήματος, με αποτέλεσμα να προσκρούσει στη νησίδα. Η τύχη ήταν με το μέρος του, αφού τη συγκεκριμένη χρονική στιγμή, δεν τον ακολουθούσαν άλλα οχήματα και έτσι απετράπησαν τα χειρότερα. Ο οδηγός του ταξί, κύριος Στεφάνου Γεώργιος καθώς και η πελάτισσα που επέβαινε σε αυτό, κυρία Μάρκου Άντα, νοσηλεύονται στο Κ.Α.Τ ελαφρά τραυματισμένοι, για προληπτικούς κυρίως λόγους».

Ήταν απίστευτο! Όλο αυτό που συνέβη ήταν απίστευτο. Η Αντα ήταν ακόμα εδώ. Είχε ακόμα μία ευκαιρία να τη δει. Να προλάβει. Να της αλλάξει γνώμη. Αρκεί μόνο να ήταν καλά. Στις ειδήσεις είχαν πει πως χτύπησε ελαφρά, αλλά ποιος μπορούσε να περιμένει. Παράτησε τον καφέ και έφυγε αμέσως για το νοσοκομείο. Όταν έφτασε του είπαν πως ήταν στον πέμπτο όροφο. Στο 503. Το ασανσέρ σταματούσε σε κάθε όροφο και όταν έφτασε στο ισόγειο ήταν γεμάτο. Αποφάσισε να ανέβει με τις σκάλες. Μέχρι τον τέταρτο είχε λαχανιάσει. Μόλις πάτησε στο πλατύσκαλο του πέμπτου ορόφου άκουσε τις πόρτες του ασανσέρ να κλείνουν.

«Αναθεματισμένο!» είπε ασθμαίνοντας. Κοντοστάθηκε για λίγο. Διέσχισε το διάδρομο και προχώρησε στο δωμάτιο που νοσηλευόταν η Άντα. Εκεί είδε μόνο μια κυρία με σπασμένο πόδι και μια νοσηλεύτρια που άλλαζε σεντόνια στο διπλανό κρεβάτι. Τους κοίταξε σαστισμένος.

«Ψάχνετε κάποιον;» τον ρώτησε η νοσηλεύτρια.

«Μια κοπέλα. Μου είπαν ότι είναι στο 503. Μάρκου λέγεται».

«Α, ναι! Η κυρία Μάρκου. Πήρε εξιτήριο. Τώρα μόλις κατέβηκε με το ασανσέρ. Ίσως την προλάβετε», είπε η γυναίκα.

«Α! Μάλιστα. Ευχαριστώ». Ούτε τώρα τα είχε καταφέρει. «Ίσως τελικά δεν είναι γραφτό», σκέφτηκε. Αυτή τη φορά κατέβηκε με το ασανσέρ. Στάθηκε στην είσοδο του νοσοκομείου και κοίταξε στον προαύλιο χώρο. Έβγαλε από την τσέπη του το μοναδικό τσιγάρο που του είχε απομείνει και το κράτησε ανάμεσα στα δάχτυλα. Το βλέμμα του στάθηκε στο πίσω τζάμι ενός ταξί. Δεν έκανε λάθος. Αυτά τα μάτια δεν θα τα ξεχνούσε ποτέ. Ήταν η Άντα που έφευγε ξανά. Είχε σταθεί άτυχος δύο φορές μέσα σε λιγότερο από εικοσιτέσσερις ώρες. Έμεινε αποκαμωμένος και κοίταζε το ταξί που απομακρυνόταν. Δεν ήξερε πια τι έπρεπε να κάνει. Άναψε το τσιγάρο του και άφησε τον καπνό να βγει αργά με την ανάσα του.

«Γιατί δεν την ακολούθησες;» τον ρώτησα.

«Με τι; Το αυτοκίνητο ήταν παρκαρισμένο στην άλλη άκρη».

«Γιατί δεν φώναζες; Γιατί δεν έκανες κάτι;»

«Παράτα με! Έκανα. Έκανα ό,τι μπορούσα», μου είπε και κατέβασε το κεφάλι του. Ακούμπησα το χέρι μου στον ώμο του και τον έσφιξα ελαφρά.

«Θα τη βρούμε. Σ' το υπόσχομαι», του είπα.

«Δεν χρειάζεται. Δεν θέλω πια», μου είπε και σηκώθηκε. Πήγε κοντά στο παράθυρο και αγνάντευε τον κάμπο. Δεν μου ξαναμίλησε. Έφυγα και τον άφησα εκεί.

Μπροστά στο παράθυρο. Όταν βγήκα από το δωμάτιο η κυρα-Ντίνα με ρώτησε τι είχε συμβεί. Μου είπε πως ήταν κλεισμένος στο δωμάτιό του από την ώρα που ήρθε και δεν μιλούσε σε κανέναν.

«Μην ανησυχείς κυρα-Ντίνα», της είπα «γυναικοδουλειές. Θα του περάσει». Δεν ήμουν όμως καθόλου σίγουρος γι' αυτό. Δεν τον είχα ξαναδεί ποτέ έτσι, μετά από χωρισμό.

Όπου εκείνος και εγώ

Τις επόμενες τρεις μέρες δεν πήγε στη δουλειά. Έμεινε κλεισμένος στο δωμάτιο, έπινε και κάπνιζε. Χρυσό τον έκανε η μάνα του να φάει, αλλά εκείνος τίποτα. Την Τετάρτη, αργά το απόγευμα, έφαγε μόνο λίγο ψωμοτύρι που του πήγα εγώ και αυτό μετά από παρακάλια. Τον έριξα στο φιλότιμο πως μας είχε κάνει όλους να ανησυχούμε και για να μου αποδείξει πως όλα ήταν καλά έφαγε το μισό.

«Σιγά. Θα βαρυστομαχιάσεις!» του είπα αλλά ήταν λες και μιλούσα σε φωτογραφία. Ακούνητος και αμίλητος.

Ευτυχώς που είχε και τη δουλειά και έπρεπε κάποια στιγμή να ανέβει στην Αθήνα. Πήγα κι εγώ μαζί του. Η Αρετή μου έβαλε την ιδέα. «Πήγαινε. Θα σε χρειάζεται τώρα», μου είπε. Μ' έβαλε να κοιμηθώ στο κρεβάτι του και εκείνος κοιμόταν στον καναπέ. «Κοιμόταν». Τρόπος του λέγειν. Τον άκουγα κάθε βράδυ να σηκώνεται και να πηγαινοέρχεται από δωμάτιο σε δωμάτιο. Μόλις άναβε την τηλεόραση, καταλάβαινα πως ήταν δύσκολα τα πράγματα και σηκωνόμουν κι εγώ. Άνοιγε τότε το μπουκάλι με την «Πέρδικα», βάζαμε και μερικά παγάκια και πίναμε. Μια βδομάδα γινόταν αυτό. Κόντεψε να πάθει το συκώτι μου. Τα πρωινά πήγαινε στο γραφείο σαν το φάντασμα, κατάχλωμος. Υποψιαζόμουν πως δεν θα έτρωγε τίποτα όλες εκείνες τις ώρες στην εταιρεία και μόλις γύριζε, τον έψηνα να με πάει για φαγητό, με την πρόφαση πως ήμουν κι εγώ νηστικός. Στην αρχή έπιανε το κόλπο, ύστερα όμως το κατάλαβε, γιατί άφηνα τις μερίδες μου μισές. Πόσο να φάει ο άνθρωπος!

Είχαν περάσει δεκαπέντε ημέρες. Ο Στάθης είχε σταματήσει να ξενυχτάει, ήθελε να κοιμάται συνέχεια κι έτρωγε ελάχιστα. Τα γένια του είχαν μεγαλώσει και τα μαλλιά του ήταν συνεχώς ακατάστατα. Είχε αδυνατίσει κι εγώ είχα αρχίσει πλέον να ανησυχώ σοβαρά. Έπρεπε να λάβω μέτρα. Ένα απόγευμα που έκανε μπάνιο βρήκα την ευκαιρία να τηλεφωνήσω στη Ναταλία. Της ζήτησα να συναντηθούμε. Έτσι, το επόμενο πρωί που έφυγε ο Στάθης για τη δουλειά, πήγα και τη βρήκα. Τη ρώτησα για την Άντα. Ήθελα να μάθω αν μιλούσαν στο τηλέφωνο και αν γνώριζε τη διεύθυνσή της στην Αγγλία. Μου είπε πως έμενε στους γονείς της, στο Σάρεϊ, αλλά δεν ήξερε συνοικία και διεύθυνση. Μπορούσε όμως να μάθει. Της είπα για τον Στάθη και την ξόρκισα να μην το πει σε κανέναν. Δεν της έκανε εντύπωση.

«Ούτε η Άντα είναι καλά», μου είπε. Κανονίσαμε να μιλήσουμε ξανά. Δεν έπρεπε να αφήσουμε αυτούς τους δυο να μείνουν χώρια. Ίσως να μην το ήξεραν ακόμα, αλλά έπρεπε να είναι μαζί. Δεν υπήρχε καμία αμφιβολία.

Όσες φορές προσπάθησα να μιλήσω στον Στάθη για

την Άντα, δεν ήθελε να ακούσει κουβέντα. «Έκανε την επιλογή της. Πάει και τελείωσε», μου έλεγε. Περίμενα λίγες ημέρες ακόμα, μέχρι να γίνει ο γάμος της Ναταλίας και να πάρω κατόπιν στα χέρια μου τα στοιχεία που ήθελα. Μετά του το ξεφούρνισα.

«Η Αντα σ' αγαπάει».

«Και εσύ πού το ξέρεις;» μου είπε. Δεν ήθελα να του τα φανερώσω όλα αμέσως.

«Για να σ' το λέω! Σ' αγαπάει. Έτσι δεν σου έγραφε στο γράμμα;»

«Ναι! Και μετά με παράτησε για να γυρίσει στον άλλον, στην Αγγλία», μου είπε.

«Δεν είναι με τον άλλον. Στους γονείς της είναι». Με κοίταξε λοξά.

«Και πού ξέρεις εσύ πού είναι;» μου είπε και το βλέμμα του αγρίεψε.

«Πάμε μια βόλτα και θα σου τα πω όλα», του είπα. Αν έμενα στο σπίτι κινδύνευε η σωματική μου ακεραιότητα. Έπρεπε να είμαι κάπου έξω. Ανάμεσα σε κόσμο, μπας και τη γλίτωνα. Πήγαμε στην καφετέρια του Αλέκου. Η ώρα ήταν έξι και μισή αλλά είχε ήδη σκοτεινιάσει. Με ρώτησε αν θέλω να πιούμε κρασί. Δεν είπα όχι. Στην προκειμένη περίπτωση το χρειαζόμασταν και οι δύο. Πήραμε ένα μπουκάλι λευκό, αρετσίνωτο. Μόλις ο σερβιτόρος ακούμπησε την μπουκάλα στο τραπέζι άρχισε τις ερωτήσεις.

«Για λέγε λοιπόν! Πού έμαθες εσύ για την Άντα;» είπε και ξεβίδωσε το καπάκι.

«Κάτσε να φέρει ο χριστιανός και τα ποτήρια! Δεν θέλω να μας διακόψουν», του είπα. Έψαχνα να βρω τρόπο να του το φέρω μαλακά. Ο σερβιτόρος μας έφερε δύο κολονάτα ποτήρια και ευχήθηκε στην υγειά μας.

«Θα δείξει!» του είπα χαμογελώντας.

«Σ' ακούω», είπε ο Στάθης και γέμισε τα ποτήρια μας με κρασί.

«Εσένα σε νοιάζει ποιος μου τα είπε ή τι μου είπε;»

«Και τα δύο. Και πρώτα πρώτα πες μου πως δεν μίλησες με την Άντα». Πήρε το ποτήρι, ήπιε μια γερή γουλιά και μετά γέμισε το στόμα του με αλκοόλ. Με κοίταξε μπουκωμένος, με το ποτό να πηγαινοέρχεται στα μάγουλά του, όπως όταν θέλεις να ξεπλύνεις τα δόντια σου μετά από ένα καλό βούρτσισμα.

«Όχι! Δεν μίλησα με την Άντα», του είπα σοβαρός και έφερα το ποτήρι στο ύψος των χειλιών μου. Εκείνος κατάπιε και περίμενε να πιω κι εγώ. Ίσα που πρόλαβα να βρέξω τα χείλη μου και άρχισε ξανά τις ερωτήσεις.

«Τότε ποιος;»

«Πρώτα θα σου πω τι ξέρω και μετά θα σου πω ποιος», του είπα. Συμφώνησε. Δεν μπορούσε να κάνει κι αλλιώς.

«Η Αντα σ' αγαπάει. Όπως σου έγραφε και στο γράμμα. Δεν γύρισε στην Αγγλία για κανέναν. Από το φόβο της γύρισε». Σταμάτησα για λίγο, ήπια άλλη μια γουλιά κρασί και ακούμπησα το ποτήρι στο τραπέζι. «Από το φόβο της πως δεν θα μπορούσε να σε κρατήσει κοντά της», του είπα.

«Δικαιολογίες! Φτηνές και αβάσιμες», είπε και κούνησε το κεφάλι του. Δεν φάνηκε να με πιστεύει.

«Άκου με που σου λέω. Έφυγε γιατί δεν ήθελε να σε πιέζει. Σ' αγαπάει πολύ. Άκουγε που σε έπαιρνε τηλέφωνο η μια και η άλλη και εκείνη ζήλευε. Δεν ήξερε τι να σου πει. Φοβόταν πως θα σε έπιανε μια μέρα όπως έπιασε και τον πρώην της· στο κρεβάτι με μια άλλη. Και δεν θα μπορούσε να το αντέξει αυτό για δεύτερη φορά». Ήπιε το κρασί του μονορούφι και ξαναγέμισε το ποτήρι έως επάνω.

«Βλακείες! Αυτά είναι βλακείες! Δεν είχε κανένα λόγο να με συγκρίνει με τον πρώην της».

«Ξεχνάς μου φαίνεται πόσο την πλήγωσες! Με το δήθεν ραντεβού που είχες στήσει. Εδώ καθόσουν. Στο διπλανό τραπέζι!» του είπα.

«Εγώ ήθελα να την παντρευτώ!» διαμαρτυρήθηκε ο Στάθης.

«Και ο πρώην!» είπα και ήπια ακόμα λίγο κρασί.

«Εγώ όμως την αγαπούσα!» είπε δυνατά και χτύπησε το χέρι του στο τραπέζι. Το ξέχειλο ποτήρι τραντάχτηκε και το υγρό αναταράχτηκε σαν φουρτουνιασμένη θάλασσα. Μια παρέα πιτσιρικάδων απέναντί μας γύρισαν και μας κοίταξαν. Τους έκανα νόημα πως όλα ήταν καλά και μετά γύρισα προς τον Στάθη που έπινε ξανά το κρασί του μονοκοπανιά. Κατέβασα και το δικό μου μονομιάς και μετά πήρα το μπουκάλι και έβαλα και στους δυο μας.

«Τώρα δηλαδή; Δεν την αγαπάς;» του είπα. Ακούμπησε τον αγκώνα του στο τραπέζι και στερέωσε το κεφάλι του. Μετά έτριψε το μέτωπό του. Είχε αρχίσει να βουρκώνει. Είδα τη γνάθο του να πάλλεται ρυθμικά, καθώς έσφιγγε τα δόντια στην προσπάθειά του να ηρεμίσει. Τον χτύπησα μαλακά στο σβέρκο.

«Το ξέρω πως ακόμα την αγαπάς», του είπα. Εκείνος ρούφηξε τη μύτη του σαν να είχε συνάχι και έβγαλε να καπνίσει ένα τσιγάρο. Ήπια λίγο κρασί ακόμα και του έδωσα χρόνο να σκεφτεί.

«Δεν μπόρεσα να την κρατήσω», μου είπε «Δεν πρόλαβα να της δώσω ούτε το δαχτυλίδι». Φύσηξε τον καπνό ψηλά και έπιασε το κολονάτο ποτήρι χωρίς να το σηκώσει.

«Μπορούμε να πάμε να τη βρούμε. Έχω τη διεύθυνσή της», του είπα. Με κοίταξε ξαφνιασμένος.

«Τι με κοιτάς; Τη βρήκα από τη Ναταλία. Τα είχε καταλάβει όλα την ημέρα που της τηλεφώνησες και έψαχνες την Άντα. Είναι στο Γκίλφορντ, στους γονείς της. Και σ' αγαπάει. Το είπε στη Ναταλία κλαίγοντας».

«Άμα την πιάσω στα χέρια μου...»

«Τι φταίει η Ναταλία τώρα; Να βοηθήσει ήθελε, όπως και εγώ», του είπα.

«Την Άντα άμα πιάσω στα χέρια μου! Όχι τη Ναταλία». Γέλασα ανακουφισμένος. Είχε αρχίσει ήδη να στριφογυρίζει στο μυαλό του η ιδέα να πάμε να τη βρούμε. Γιατί μαζί θα πηγαίναμε. Δεν τον άφηνα ξανά μόνο του.

Χωρίς λόγια

Του έβαλα σαν όρο να ξεκινήσει να τρώει κανονικά. «Μην πας στην Αγγλία σαν χτικιάρης. Γυναίκα πάμε να ρίξουμε!» του είπα. Γέλασε και μου το υποσχέθηκε. Είχε ξεκινήσει η αντίστροφη μέτρηση. Βρήκα εισιτήρια από το ιντερνέτ. Σε δεκαπέντε μέρες πετούσαμε για Λονδίνο. Έντεκα του Απρίλη. Θα μέναμε μόνο ένα Σαββατοκύριακο, μία διανυκτέρευση και ένα σακίδιο στην πλάτη με τα απολύτως απαραίτητα. Ένιωθα σαν μυστικός πράκτορα. Ένας άλλος Τζέιμς Μποντ, σε ειδική αποστολή. «Για τα μάτια σου μόνο! ». Ταυτόχρονα ωστόσο σταυροκοπιόμουν από μέσα μου να πάνε όλα καλά, γιατί η δική μας ζωή δεν ήταν ταινία.

Δύο ημέρες μετά, ο Στάθης είχε ξεκινήσει να ανακτά τις δυνάμεις του. Έτρωγε καλά, πρωί, μεσημέρι και βράδυ. Κρύψαμε τα μπουκάλια με το ουίσκι στον μπουφέ και ξεκινήσαμε να ψάχνουμε πώς θα πείθαμε την Άντα να μας ακολουθήσει.

Ένα απόγευμα είχαμε κάτσει στο τραπέζι του σαλονιού, είχαμε πάρει χαρτί και μολύβι και προσπαθούσαμε να σκεφτούμε τα κατάλληλα λόγια.

«Αφού θα της δώσεις το δαχτυλίδι! Υπάρχει καλύτερος λόγος;» του είπα.

«Ναι! Αλλά πρέπει και κάτι να πω. Θα χτυπήσω την πόρτα. Τι θα πω;» Μούγκρισα σαν να κατάλαβα τι εννοούσε και έκανα πως σκεφτόμουν. Με κοιτούσε με μάτια ορθάνοιχτα δαγκώνοντας τα νύχια του.

«Το βρήκα!» είπα ξαφνικά. Έβγαλε το χέρι από το στόμα του και με κοίταξε ελπίζοντας σε κάτι καλό.

«Για πες», είπε.

«Το ξέχασα!» του απάντησα σοβαρός.

«Ε, δεν τρώγεσαι!» μου είπε και μου έριξε μια στο σβέρκο. Με πιάσανε τα γέλια.

«Έλα! Συγκεντρώσου. Αν ανοίξει η μάνα της τι να της πω;» Τον κοίταξα σαν να μην πίστευα αυτό που άκουγα. Ήταν δυνατόν να ρωτάει τέτοια πράγματα; Λες και ήταν κανένα σχολιαρόπαιδο!

«Τι θα της πεις, γεράκο μου; Ολόκληρος άντρας είσαι. Θα ζητήσεις την Άντα».

«Κι αν δεν είναι μέσα;»

«Θα την περιμένουμε. Όπου και αν είναι κάποια στιγμή θα γυρίσει»

«Όχι στο ξένο σπίτι όμως! Θα κάνουμε μια βόλτα και θα ξαναπάμε».

«Εντάξει! Εκεί θα τα χαλάσουμε;»

«Αν ανοίξει την πόρτα ο πατέρας της;»

«Ε; Τι; Τα ίδια θα του πεις». Με κοίταξε και έξυσε το κεφάλι του με το μολύβι. Είχε μια ακατανόητη αγωνία για το ποιος θα ανοίξει την πόρτα. Πλησίασα το πρόσωπό μου στο δικό του σαν να ήθελα να του πω κάποιο μυστικό.

«Αν ανοίξει ο πρώην της να φοβάσαι!» του είπα χαμηλόφωνα.

«Μη μου λες τέτοια!» είπε και πετάχτηκε από τη θέση του «Δεν πάω πουθενά!». Του έριξα ένα φάσκελο και τον έβρισα μπας και τον συνεφέρω.

«Να σκεφτείς τι θα πεις στην Άντα. Άσε τους άλλους!» του είπα. Κάθε απόγευμα καθόταν μπροστά από ένα λευκό χαρτί και το γέμιζε μουντζούρες. Όσο περνούσαν οι μέρες αποκτούσε ξανά την αυτοπεποίθησή του αλλά ακόμα δεν ήξερε τι θα της έλεγε τη στιγμή που θα τη συναντούσε. Ήταν όμως σίγουρος πως θα την έπειθε να γυρίσει μαζί μας στην Ελλάδα. Να γυρίσει κοντά του.

Έντεκα Απριλίου ξημερώματα ήμασταν στο αεροδρόμιο. Το ταξί μάς άφησε ακριβώς μπροστά στην πύλη των αναχωρήσεων. Βάλαμε τα παλτά μας, πήραμε τους σάκους μας στον ώμο, ήταν δεν ήταν πέντε κιλά, και περάσαμε την είσοδο αποφασισμένοι. Γινόταν το αδιαχώρητο. Δεν περίμενα πως θα είχε τόσο κόσμο αξημέρωτα. Ο Στάθης με κοίταξε αγχωμένα. Δεν υπήρχε λόγος. Είχαμε αρκετό χρόνο μπροστά μας. Κάναμε τσεκίν και προχωρήσαμε προς τον έλεγχο των διαβατηρίων. Ο Στάθης με άφησε να προχωρήσω μπροστά και ακολούθησε σιωπηλός. Περάσαμε άνετα από τον δεύτερο έλεγχο βγάζοντας μόνο τα παλτά και ξεφορτώνοντας τις χειραποσκευές στο μηχάνημα με τις ακτίνες. Όλα κύλησαν ομαλά και φτάσαμε στην αίθουσα αναμονής πιο γρήγορα απ' ό,τι φανταζόμασταν. Η επιβίβαση θα ξεκινούσε σε μισή ώρα. Κάτσαμε σε δυο καρέκλες στην άκρη του διαδρόμου και ακουμπήσαμε τους σάκους μας στη μοκέτα. Ο Στάθης ξεφύσησε φουσκώνοντας τα μάγουλά του.

«Είσαι καλά, γεράκο;» τον ρώτησα. Κούνησε το κεφάλι του. Κάπου έτρεχε ο νους του όλη εκείνη την ώρα, αλλά το κράτησε για τον εαυτό του.

«Μην ανησυχείς. Όλα θα πάνε καλά», του είπα με απόλυτη σιγουριά. Το πίστευα τόσο που ξαφνιάστηκα κι εγώ ο ίδιος.

Οι επιβάτες που περίμεναν μαζί μας στην αίθουσα ήταν ακόμα λιγοστοί. Επικρατούσε σχεδόν απόλυτη ησυχία. Αραιά και πού ακουγόταν ένας ξερός βήχας ή το τρίξιμο κάποιας σακούλας από τα αφορολόγητα. Όσο πλησίαζε η ώρα της επιβίβασης μαζεύονταν ολοένα και περισσότεροι άνθρωποι. Σύντομα οι ήχοι στην αίθουσα έγιναν πιο ζωηροί. Κοίταξα το ρολόι μου. Πλησίαζε έξι και δέκα. Οι υπάλληλοι της αερογραμμής πήραν τις θέσεις τους πίσω από το γκισέ. Όλα τα βλέμματα τώρα ήταν στραμμένα επάνω τους. Ακούστηκε ένας σύντομος καμπανιστός ήχος και μετά μια γυναικεία φωνή: «Προσοχή παρακαλώ. Οι επιβάτες της πτήσης 3581 για Γκάτγουικ να προσέλθουν στην πύλη. Ευχαριστώ». Και μετά η ίδια ανακοίνωση στα αγγλικά. Γύρισα και κοίταξα τον Στάθη. «Ξεσκόνισες καθόλου τα αγγλικά σου;» του είπα.

«Φοβάσαι μπας και χαθούμε;» με ρώτησε και χαμογέλασε λοξά. Δεν απάντησα αλλά η αλήθεια ήταν πως μια ανησυχία την είχα. Σηκωθήκαμε. Είχε ξεκινήσει βαβούρα και μια μεγάλη ουρά είχε ήδη σχηματιστεί μπροστά από την πύλη. Μερικά ρολόγια ξεπρόβαλαν από τα μανίκια. Οι ομιλίες δυνάμωσαν, τα μπουφάν θρόιζαν, οι βαλίτσες ρολάριζαν στη μοκέτα. Χάχανα, τηλεφωνήματα και μια ανυπόμονη προσμονή. Είχε αρχίσει να χαράζει όταν μπήκαμε στο αεροπλάνο. Ο Στάθης έκατσε πλάι στο παράθυρο και λίγο μετά την απογείωση είδα τα βλέφαρά του να κλείνουν. Αποφάσισα πως θα ήταν καλό να κοιμηθώ και εγώ τώρα που μπορούσα, μιας και δεν είχα ιδέα πως θα εξελίσσονταν τα πράγματα. Ανοίξαμε ξανά τα μάτια μας την ώρα του φαγητού. Κοίταξα από το παράθυρο. Αραιά σύννεφα και χιονισμένες βουνοκορφές. Τί καιρό να είχε άραγε στην Αγγλία;

Τέσσερις ώρες μετά προσγειωνόμασταν ανάμεσα σε ατελείωτα γκρίζα σύννεφα. Είχε ένα ενοχλητικό ψιλόβροχι και ομίχλη. Πήραμε ταξί. Έδειξα στον οδηγό τη διεύθυνση που είχα γραμμένη σε ένα χαρτί. Μας είπε πως σε μια ώρα και κάτι θα ήμασταν στον προορισμό μας. Έβαλε πίσω τα μπαγκάζια μας και μας άνοιξε τις πόρτες να μπούμε. Τον είδα να μπαίνει και να κάθεται δεξιά. Νόμιζα προς στιγμή πως θα ερχόταν άλλος οδηγός. Μετά συνειδητοποίησα. Στην Αγγλία τα αυτοκίνητα είναι δεξιοτίμονα. Μου φάνηκε τόσο παράξενο που γέλασα με τον εαυτό μου. Ο Στάθης σε όλο το ταξίδι ήταν ιδιαίτερα σιωπηλός. Το ίδιο και τώρα. Σαν να προσπαθούσε να βάλει σε τάξη τις σκέψεις του. Να δώσει θάρρος στον εαυτό του. Την περισσότερη ώρα κοιτούσαμε έξω από τα πιτσιλισμένα παράθυρα του ταξί. Όσο μπορούσες να δεις ανάμεσα από την ομίχλη, υπήρχε πράσινο.

«Τελικά τι θα της πεις;» τον ρώτησα. Σήκωσε τους ώμους του.

«Την αλήθεια», μου είπε.

«Με πιστεύεις;»

Πλησίαζε δώδεκα, αλλά έμοιαζε σαν να ήταν ακόμη αξημέρωτα. Το ταξί έστριψε δεξιά και σταμάτησε στην οδό Whitby, δίπλα σε μια χαμηλή μάντρα με κόκκινα τούβλα και καλοσχηματισμένους θάμνους. Κατεβήκαμε. Το πεζοδρόμιο ήταν βρεγμένο και ο αέρας μύριζε βροχή. Όλα τα σπίτια ήταν ολόιδια. Διώροφα, κολλημένα ανά δύο, με μικρά κοκκινωπά τούβλα, λευκά στρογγυλεμένα παράθυρα και γκρι κεραμίδια. Μπροστά είχαν τετράγωνες αυλές με φρεσκοκομμένο γρασίδι και σε μερικά υπήρχαν παρτέρια με λουλούδια. Ο δρόμος ήταν ήσυχος, χωρίς αυτοκίνητα και όση ώρα ήμασταν εκεί με τον οδηγό, δεν είχε περάσει άνθρωπος. Το αυτοκίνητο απομακρύνθηκε ήσυχα και εγώ με τον Στάθη μείναμε σχεδόν ακίνητοι στην άκρη του δρόμου. Κοίταξα το χαρτί που κρατούσα στο χέρι μου. Ήμασταν έξω από το σπίτι με τον αριθμό είκοσι τέσσερα. Το σπίτι της Άντας. Ο Στάθης έσπρωξε την ξύλινη πόρτα της αυλής και προχωρήσαμε έως την κύρια είσοδο, αφήνοντας τους σάκους μας παράμερα. Ένα επιτοίχιο φανάρι φώτιζε ακόμα πλάι στη λευκή πόρτα στέλνοντας ένα αχνό κιτρινωπό φως. Δεξιά και αριστερά υπήρχαν πήλινες γλάστρες με ανθισμένα λουλούδια, νοτισμένα από την πρωινή καταχνιά. Σήκωσε τη γροθιά του και ήταν έτοιμος να χτυπήσει, αλλά ξαφνικά σταμάτησε. Γύρισε και με κοίταξε.

«Άντε, χτύπα!» του είπα. Πήρε μια βαθιά ανάσα, χτύπησε δυνατά, τρεις φορές με τους κόμπους των δαχτύλων του και περίμενε. Μετά χτύπησε ξανά. Τίποτα.

«Είσαι σίγουρος πως είναι εδώ;» μου είπε. Τον πλησίασα κρατώντας στο χέρι μου το χαρτί με τη διεύθυνση. Είκοσι τέσσερα Γουίτμπι Άβενιου. Δεν είχα κάνει λάθος. Ακούμπησα στον ώμο του. «Πάμε. Θα ξανάρθουμε αργότερα», του είπα. Δεν κουνήθηκε. Είχε μείνει μπροστά στην πόρτα σαν να περίμενε να ανοίξει κάποιος για να τον ρωτήσει το λόγο της επίσκεψής του. Πριν χάσει το θάρρος του. Πριν λιγοστέψει η ψυχή του. Φαίνεται πως κάτι ήξερε παραπάνω. Προτού προλάβουμε να κάνουμε βήμα ακούστηκε το στριφογύρισμα της κλειδαριάς. Η πόρτα άνοιξε με ένα μικρό τρίξιμο. Έκανα ένα βήμα πίσω και έβαλα τα χέρια στις τσέπες μου. Ο Στάθης κοιτούσε ασάλευτος. Μια μικροκαμωμένη σιλουέτα ξεχώρισε στο άνοιγμα. Ήταν η Άντα. Φορούσε ένα σταχτί κολάν κι ένα κόκκινο πουλόβερ, μακρύ σαν φόρεμα. Τα μαλλιά της ήταν λυτά και τα μάγουλά της είχαν ένα ροδαλό χρώμα που τόνιζε τα γαλάζια μάτια της. Μας κοίταξε σαν να μην πίστευε αυτό που έβλεπε.

«Στάθη!» είπε. Κοίταξε μια εκείνον και μια εμένα. Έγνεψα με το κεφάλι μου και έκανα ακόμα μισό βήμα πίσω. Ο Στάθης την κοιτούσε με ένα αχνό χαμόγελο σχηματισμένο στο πρόσωπό του.

«Στάθη μου! Τι κάνεις εδώ;» τον ρώτησε.

«Μου έλειψες», της είπε. Ένα σφιγμένο χαμόγελο σχηματίστηκε στο πρόσωπό της. Άνοιξε την πόρτα διάπλατα και μας κάλεσε μέσα. Είχε ξεκινήσει πάλι αυτό το ενοχλητικό ψιλόβροχο. Ο Στάθης αρνήθηκε.

«Όχι, δεν χρειάζεται. Ήρθα μόνο να σου πω πως μου έλειψες». Εκείνη στο πλατύσκαλο και εκείνος ένα σκαλοπάτι πιο χαμηλά, είχαν ακριβώς το ίδιο ύψος. Κοιτάχτηκαν στα μάτια. Το μικρό υπόστεγο πάνω από το κεφάλι του ίσα που κάλυπτε τα μαλλιά του, ενώ το παλτό του είχε αρχίσει κιόλας να μουσκεύει.

«Το άρωμά σου χάθηκε από το μαξιλάρι μου, ξέρεις», της είπε. Εκείνη δεν μίλησε. Τον κοίταξε απορημένη. Χαμήλωσε το βλέμμα του, έβαλε τα χέρια στις τσέπες και κλότσησε με τη μύτη του παπουτσιού το πεζούλι.

«Απ' όταν έφυγες, δεν θέλω να κάθομαι πια στο μπαλκόνι· κι ας έχει ωραία θέα. Δεν είσαι εκεί, να μου γελάς», είπε και την ξανακοίταξε. «Φατσάκι μου!». Την κοιτούσε μετανιωμένος με βλέμμα παρακλητικό. Χάιδεψε με τις άκρες των δαχτύλων του το πρόσωπό της και χαμογέλασε.

«Μου λείπεις. Κάθε μέρα και πιο πολύ», της είπε και σταμάτησε ξανά. Την κοιτούσε σαν να ήθελε να αποτυπώσει στη μνήμη του κάθε γραμμή του προσώπου της. «Εσένα; Δεν σου έλειψε το σπίτι μας;» της είπε. Τα μάτια της Άντας είχαν γεμίσει, και ένα δάκρυ κύλησε από το μάγουλό μέχρι το πιγούνι της.

«Πήρα και σουρωτήρι! Για να φτιάχνουμε μακαρόνια με κόκκινη σάλτσα!» της είπε πιο εύθυμα τώρα, καταφέρνοντας να την κάνει να γελάσει, αλλά και να δακρύσει ταυτόχρονα για άλλη μια φορά. Ξανάβαλε τα χέρια του στις τσέπες, έριξε άλλη μια με το παπούτσι του στο πεζούλι και μετά την ξανακοίταξε.

«Ήρθα, γιατί ήθελα να δω τα μάτια σου, τα χείλη σου, ακόμα κι αυτό το κοκκίνισμα στα μάγουλά σου». Εκείνη, τράβηξε το χέρι του και κράτησε την παλάμη του ανάμεσα στις δικές της. Ο Στάθης ξεροκατάπιε, σαν να ήθελε να διώξει τον κόμπο που είχε ανέβει στο λαιμό του. Την κοίταξε με λαχτάρα αλλά και μ' ένα παράπονο μικρού παιδιού και έμπλεξε τα δάχτυλά του στα δικά της.

«Σ' αγαπάω. Σ' αγαπάω, όσο δεν αγάπησα ποτέ», της είπε. «Με πιστεύεις;» Εκείνη κούνησε το κεφάλι της καταφατικά χωρίς να μπορέσει να αρθρώσει λέξη. Τότε έβγαλε το βελούδινο κουτί από την τσέπη του και το άνοιξε. Η Αντα τον κοίταξε δαγκώνοντας λοξά τα χείλη της.

«Πιο πολύ όμως, ήρθα γι' αυτό. Σε θέλω στη ζωή μου για πάντα», της είπε και έβαλε το μονόπετρο στο δάχτυλό της.

«Εσύ;» Η Αντα τον κοίταξε και ένα χαμόγελο φώτισε τα υγρά της μάτια. Τον αγκάλιασε σφιχτά.

«Και εγώ!» του είπε με τρεμάμενη φωνή. «Συγγνώμη που έφυγα έτσι. Χίλιες φορές συγγνώμη!» του είπε και σφίχτηκε επάνω του. Την κράτησε στην αγκαλιά του για μερικά δευτερόλεπτα και ύστερα σκούπισε το μουσκεμένο της πρόσωπο με τα δάχτυλά του.

«Σ' αγαπάω, καρδιά μου! Μη μου ξαναφύγεις ποτέ», της είπε και της έδωσε ένα υγρό φιλί που κράτησε πραγματικά πολύ. Εγώ από πίσω τους χοροπηδούσα από τη χαρά μου χτυπώντας με τις γροθιές μου τον αέρα και ούτε που με ένοιαζε πια που βρεχόμουν από αυτή την ενοχλητική εγγλέζικη ντουζιέρα που είχε ανοίξει πάνω από το κεφάλι μου. Άλλωστε τώρα δεν είχαμε λόγο να στεκόμαστε άλλο στη βροχή. Τους πλησίασα και ακούμπησα τα χέρια μου στους ώμους τους.

«Σ΄ ευχαριστώ!» μου είπε η Άντα. Είχε καταλάβει πως είχα βάλει και εγώ το χεράκι μου γι΄ αυτό το ταξίδι.

Μπήκαμε μέσα. Το σπίτι ήταν όμορφο και ζεστό. Βγάλαμε τα παπούτσια μας και καθίσαμε κατάχαμα στο χαλί, γύρω από το τζάκι που άναβε ζωηρά. Οι πυρωμένες πέτρες πάνω από τη φλόγα του γκαζιού το έκαναν να μοιάζει αληθινό. Της είπαμε πως θα μέναμε μόνο μία μέρα.

«Έχουμε τρία εισιτήρια για την επιστροφή. Θα έρθεις;» της είπα. Κοίταξε τον Στάθη.

«Θα έρθω!» είπε χαμογελώντας.

Λίγη ώρα αργότερα ήρθε η μητέρα της. Φορτωμένη σακούλες από το σουπερμάρκετ. Ήταν μία συμπαθητική κυρία με λευκά μαλλιά, λεπτοκαμωμένη όπως η Άντα. Το μεσημέρι φάγαμε όλοι μαζί και το απόγευμα που γύρισε ο πατέρας της από τη δουλειά τους ανακοίνωσε την απόφασή της να γυρίσει στην πατρίδα μαζί μας. Ο πατέρας της, πιο ψηλός από εμάς και γεροδεμένος για την ηλικία του, φάνηκε πιο επιφυλακτικός. Και όχι άδικα. Είχαμε βρεθεί δυο άντρες από το πουθενά σαν να θέλαμε να του κλέψουμε την κόρη. Της είχε αδυναμία. Το κατάλαβα αμέσως. Τόση, που μια αγκαλιά και ένα φιλί από την κόρη του ήταν αρκετά για να μην της χαλάσει τελικά το χατίρι. Το βράδυ δεν μείναμε εκεί. Ο Στάθης δεν ήθελε με τίποτα. Τους ζητήσαμε μόνο να μας βρουν ένα ξενοδοχείο κάπου κοντά. Μπήκαμε σε ένα ταξί και υποσχεθήκαμε στην Άντα πως θα μιλούσαμε την επομένη.

Μόλις κλείσαμε την πόρτα του δωματίου πίσω μας, πετάξαμε τα ρούχα μας σε μια γωνιά και πέσαμε στο κρεβάτι σαν κούτσουρα. Εκείνη η ημέρα είχε καταλήξει πιο κουραστική και πιο φορτισμένη απ' όσο τελικά περιμέναμε.

Την επόμενη το απόγευμα πετούσαμε κι οι τρεις για Αθήνα. Η Αντα πήρε μια βαλίτσα ρούχα και τα υπόλοιπα θα τα έστελναν οι γονείς της στο σπίτι του Στάθη. Εκεί θα έμενε άλλωστε. Οι τέσσερις ώρες του ταξιδιού κύλησαν σαν νερό και φτάσαμε στην Αθήνα σχεδόν μεσάνυχτα. Αυτή τη φορά κοιμήθηκα εγώ στον καναπέ. Την επομένη το πρωί γύρισα στο χωριό. Ως μυστικός πράκτορας είχα φέρει σε πέρας την αποστολή μου με απόλυτη επιτυχία. Ο γεράκος δεν με χρειαζόταν πια! Τον άφηνα σε καλά χέρια!

Όσα δεν φέρνει ο χρόνος...

Ξύπνησα με το πρώτο λάλημα του πετεινού και τα γαβγίσματα του Τρύφωνα. Ήταν Κυριακή. Δέκα Μαΐου. Μεγάλη ημέρα! Και ήταν μία από τις ελάχιστες φορές που ανυπομονούσα να περάσει η ώρα. Περίμενα μέχρι το ρολόι να δείξει εννιά και πήγα να χτυπήσω δίπλα, στον Στάθη. Μου άνοιξε αμέσως, λες και ήταν πίσω από την πόρτα, με ένα πλατύ χαμόγελο και με αγκάλιασε σαν να είχε να με δει μέρες.

«Χρόνια πολλά, γεράκο! Κορακοζώητος!» του είπα.

Το παράθυρο στο δωμάτιό του ήταν ανοιχτό. Ο κάμπος ήταν για άλλη μια φορά καταπράσινος. Οι βροχές του χειμώνα είχαν ζωντανέψει τη φύση και μαζί τα χρώματα και τ' αρώματά της περισσότερο από κάθε άλλη χρονιά. Ο Στάθης είχε φορέσει ένα λευκό πουκάμισο και ένα γαλάζιο τζιν παντελόνι. Σκέφτηκα πως τα τζιν δεν θα έβγαιναν ποτέ από πάνω μας, ως στα βαθιά μας γεράματα, και στραβογέλασα χωρίς να πω τίποτα. Εκείνος στάθηκε μπροστά στον καθρέφτη και προσπάθησε να τιθασεύσει τα μαλλιά του.

«Θέλω κούρεμα! Έχουν παραφουντώσει», μου είπε. Ήταν έτοιμος.

«Η Αντα;»

«Είναι έξω στην αυλή από ώρα. Πάμε;» Κούνησα το κεφάλι μου. Βγήκαμε από την κουζίνα, που μύριζε κόκορα κοκκινιστό και κατεβήκαμε τα τσιμεντένια σκαλιά.

«Εδώ είσαι, μάτια μου;» είπε ο Στάθης μόλις είδε την Άντα. Στεκόταν όρθια μπροστά στη χαμηλή μάντρα και αγνάντευε, ενώ ο αέρας κουνούσε ελαφρά το εμπριμέ φουστάνι της.

«Ναι! Χαζεύω τον κάμπο!» απάντησε στρέφοντας το κεφάλι. Ο Στάθης πέρασε τα χέρια του γύρω από τη μέση της και ακούμπησε το πιγούνι του στον ώμο της.

«Ο έρωτας είναι σαν την ανεμοβλογιά. Όσο μεγαλύτερος κολλάς τόσο πιο δύσκολα περνάς», είπα χαμογελώντας. Γύρισαν προς το μέρος μου και με κοίταξαν. Προσπάθησαν να κάνουν τους αδιάφορους αλλά τελικά έσκασαν και οι δύο στα γέλια.

«Η Αρετή σου;» με ρώτησε η Άντα.

«Θα έρθει σε λίγο», είπα. Είχε πάει να κανονίσει για την τούρτα μαζί με τη Δέσποινα, αλλά δεν το ήξερε κανείς. Έκατσα σε μια ψάθινη καρέκλα που ήταν αφημένη δίπλα σε δυο άλλες, γύρω από το στρογγυλό τραπέζι της αυλής.

«Απίστευτο που θα έρθουν και οι γονείς σου πάντως! Δεν το περίμενα», είπε ο Στάθης κοιτάζοντας την Άντα.

«Αυτό έλειπε! Τόσο δρόμο έκανες για να βρεις την κόρη τους!»

«Ας είναι καλά ο Γιώργος και η Ναταλία να λες!» της είπε. Κούνησα το χέρι μου στον αέρα θριαμβευτικά και με μια γκριμάτσα τους έκανα να γελάσουν δυνατά. Ο Στάθης έπιασε την Άντα από τη μέση και την έσφιξε επάνω του.

«Είσαι ευτυχισμένη;» τη ρώτησε. Εκείνη κράτησε το πρόσωπό του ανάμεσα στα μικρά της χέρια. Το διαμάντι που φορούσε στον παράμεσο άστραψε στον ήλιο.

«Είσαι ό,τι ζητούσα!» του είπε κοιτάζοντάς τον στα μάτια. Της χάιδεψε τα μαλλιά και τη φίλησε στα χείλη όπως έκανε πάντα· σαν να ήταν η πρώτη φορά!

Τους κοίταξα χαμογελώντας με μια ανακούφιση στην ψυχή μου, κάτι σαν βάλσαμο. Με τον Στάθη είμαστε μαζί από παιδιά. Μεγαλώσαμε στην ίδια γειτονιά. Ένα σπίτι μας χώριζε. Δεκαεννέα βήματα. Άτιμο πράγμα ο έρωτας, σκέφτηκα. Άτιμο και ύπουλο. Έρχεται πάντα όταν δεν τον περιμένεις. Του τα 'λεγα εγώ: «Θα έρθει μια μέρα που θα με θυμηθείς». Πού να 'ξερε τότε! Όσα δεν φέρνει ο χρόνος... τα φέρνει ο έρωτας! Και σιγά να μην περνάει από το στομάχι. Από τα μάτια περνάει! Στα χείλη αφήνει τη γεύση του, πικρή ή γλυκιά. Και άμα φτάσει να μπλεχτεί στους χτύπους της καρδιάς σου; Τότε την πάτησες!

ΤΕΛΟΣ

Λίγα λόγια για την συγγραφέα

Γεννήθηκε το 1976 στην Αθήνα. Σπούδασε Διοίκηση Επιχειρήσεων αλλά η λογοτεχνία την συγκινούνε πάντα περισσότερο από τους αριθμούς.

Ξεκίνησε να ασχολείται με τη Δημιουργική Γραφή το 2007. Το 2009 έκανε τα πρώτα της σεμινάρια Δημιουργικής Γραφής στο Ελληνοαμερικάνικο Κολλέγιο του Ψυχικού με εισηγητή τον συγγραφέα Αλέξανδρο Ασωνίτη. Το 2012 παρακολούθησε το Εργαστήριο Δημιουργικής Γραφής του Εθνικού Κέντρου Βιβλίου, με εισηγήτρια τη συγγραφέα Αμάντα Μιχαλοπούλου και το 2013 συνέχισε τα μαθήματα μαζί της για ολόκληρο το διδακτικό έτος έως και το Φεβρουάριο του 2014. Παράλληλα, παρακολούθησε σεμινάρια Δημιουργικής Σκέψης στο Εθνικό και Καποδιστριακό Πανεπιστήμιο Αθηνών. Στο τελευταίο, ολοκλήρωσε τον Μάιο του 2014 και την εκπαίδευση της στην Δημιουργική Γραφή, ενώ συνεχίζει να μελετά και να διαβάζει ό,τι μπορεί να της χαρίσει γνώση, έμπνευση και χαρά.

Made in the USA
Monee, IL
21 December 2021

86703043R00144